Avril enchanté

Elizabeth von Arnim
vers 1923.

ELIZABETH VON ARNIM

Avril enchanté

Traduit de l'anglais
par François Dupuigrenet Desroussilles

Ouvrage traduit avec le concours
du Centre National des Lettres

SALVY

14, RUE DU MAIL 75002 PARIS.

CHAPITRE UN.

Tout commença dans un club féminin de Londres, une après-midi de février — le club était inconfortable, l'après-midi morose —, lorsque Mrs Wilkins, qui était descendue de Hampstead pour faire des courses et venait de finir son déjeuner, ouvrit le *Times* et tomba sur la petite annonce suivante :

> À tous ceux qui aiment les glycines et le soleil. Italie. Mois d'avril. Particulier loue petit château médiéval meublé bord Méditerranée. Domesticité fournie. Répondre au *Times* sous la référence Z 1000.

Comme c'est souvent le cas dans bien des conceptions, celui qui avait conçu cette annonce était loin d'avoir mesuré les conséquences de son acte.

Quant à Mrs Wilkins, elle se doutait si peu que venait de se décider la façon dont elle passerait le mois d'avril qu'elle reposa le journal avec un geste d'agacement et de résignation, se dirigea vers la fenêtre et entreprit de contempler la rue dégoulinante de pluie.

Un château médiéval, même minuscule, mais ce n'était pas pour elle ! Pas plus que la Méditerranée au mois d'avril, les glycines, ou le soleil lui-même. Seuls les riches pouvaient se permettre un pareil luxe. Et pourtant l'annonce s'adressait à « tous ceux » qui pouvaient apprécier ces excellentes choses, ce qui était assurément son cas. Malheureusement elle était bien pauvre, ne possédant au monde que quatre-vingt dix livres mises de côté année après année en économisant sur l'argent de ses vêtements. C'est à la suggestion de son mari qu'elle avait rassemblé cette somme qui devait lui servir de « poire pour la soif ». Comme son père ne lui versait jamais que cent livres par an pour son habillement, Mrs Wilkins portait en toute saison des vêtements aussi modestes que convenables, selon l'expression de son très ladre époux. Leurs relations disaient d'elle, les rares fois où il était question d'une quantité si négligeable, qu'elle s'habillait avec une décence parfaite.

Mr Wilkins était avocat et se montrait parcimonieux en tout, sauf lorsqu'il s'agissait de sa nourriture. L'esprit d'économie, alors, lui semblait parfaitement déplacé. Il n'avait en revanche pas de mots assez forts pour louer celui qui, telle une mite affamée, dévorait les vêtements de Mrs Wilkins. « Qui sait si nous n'aurons pas un jour grand besoin de votre poirillon pour notre soif ? », aimait-il à répéter.

À force de contempler par la fenêtre le spectacle qu'offrait Shafstesbury Avenue – son club était modeste, mais bien commode quand on venait de Hampstead, où elle habitait, et si proche du magasin Shoolbred, où elle faisait ses courses –, Mrs Wilkins, la tête pleine de visions enchantées de la Méditerranée en avril, de glycines et de toutes les belles choses qui font la délectation des gens riches, mais l'œil offusqué par la pluie crasseuse s'abattant en rafales sur les parapluies et les omnibus qui soulevaient des gerbes d'eau boueuse, se demanda soudain si le moment n'était pas venu de mordre dans la fameuse poire que Mellersh – ainsi se prénommait Mr Wilkins –, l'avait si fort encouragée à garder pour une soif qu'elle ressentait aujourd'hui bien fort, et si le petit château médiéval n'avait pas été élevé par la Providence afin qu'elle pût y employer le produit de ses économies. Une partie en tout cas, peut-être même une toute petite partie de son pécule. D'ailleurs, si le château datait du Moyen Âge il avait de bonnes chances d'être délabré, et on ne pouvait quand même pas faire payer pour les parties délabrées, ce qui diminuerait encore son prix. Mais à quoi bon caresser des rêves impossibles ...

Elle se détourna de la fenêtre avec le même geste d'agacement et de résignation mêlés qu'elle avait eu en reposant le *Times*, et se dirigea vers la porte dans la sincère intention de s'emparer de son mackintosh et de son parapluie puis de grimper dans le premier omnibus bondé qui se présenterait pour gagner Shoolbred où elle ferait l'acquisition de quelques soles pour le dîner de Mellersh – Mellersh était extrêmement difficile en matière de poisson et n'aimait pratiquement que la sole et le saumon –, lorsqu'elle aperçut Mrs Arbuthnot, une jeune femme qu'elle connaissait de vue car elle vivait également à Hampstead et était membre du même club, assise à la table où étaient étalés les journaux et les magazines. Mrs Arbuthnot paraissait également fascinée par une certaine annonce à la première page du *Times*.

Mrs Wilkins n'avait jamais adressé la parole à Mrs Arbuthnot, qui fréquentait surtout les organisations charitables où elle mettait les pauvres en fiches et dossiers, tandis que Mellersh et elle ne sortaient jamais que pour assister aux vernissages des innombrables peintres impressionnistes de Hampstead. Une sœur de Mellersh avait épousé l'un d'entre eux, et cette parenté entraînait Mrs Wilkins à fréquenter des milieux où elle se sentait fort mal à l'aise, au point qu'elle avait acquis une véritable répulsion pour quelque tableau que ce fût. On sollicitait constamment son avis, et jamais elle ne savait quoi dire. Aussi se réfugiait-elle dans de lâches et balbutiants « merveilleux » dont elle rougissait chaque fois. Mais qui s'en souciait ? Qui l'écoutait ? Qui prêtait la moindre attention à Mrs Wilkins ? Elle était de ces gens que nul ne remarque dans un vernissage. Ses vêtements, mités de ladrerie, la rendaient presque invisible. Son visage était banal, sa conversation mal assurée. Elle était en outre affreusement timide. Et puisqu'on ne pouvait la remarquer ni pour ses vêtements, ni pour son visage, ni pour sa conversation, Mrs Wilkins, qui n'avait que trop conscience de son manque de grâce, se demandait ce qui pourrait attirer l'attention sur elle.

Qui plus est, elle était toujours flanquée de Mr Wilkins, dont la prestance et la distinction auraient suffi à donner grand genre aux plus médiocres réunions. C'était la respectabilité incarnée. On savait que ses associés le tenaient en haute estime et que les artistes amis de sa sœur ne l'admiraient pas moins. Il laissait en effet tomber de ses augustes lèvres des jugements très réfléchis sur l'art et les artistes, se montrait aussi spirituel que prudent, et ne prononçait jamais un mot plus haut que l'autre, ni un mot de trop. On avait l'impression qu'il tenait un registre de toutes ses déclarations, ce qui inspirait un tel sentiment de confiance à ses auditeurs que ceux-ci revenaient souvent d'un vernissage fort mécontents de leurs avocats habituels et, après une courte période de réflexion, venaient grossir la clientèle de Mr Wilkins.

On comprend que Mrs Wilkins ait été tenue pour quantité négligeable auprès d'un pareil époux, dont la sœur avait déclaré tout net qu'« elle ferait mieux de rester à la maison ». Mais Mr Wilkins ne pouvait pas se permettre de laisser sa femme à la maison. Sa clientèle était familiale, et il lui était indispensable de se faire accompagner d'une épouse lors des vernissages du samedi et des services religieux du dimanche. À trente-neuf ans il était encore jeune, et sa clientèle ne comprenait pas assez de ces chères vieilles dames dont tout avocat rêve d'avoir la pratique pour qu'il se permît de ne pas fréquenter l'église. Bref, voilà pourquoi Mrs Wilkins connaissait l'existence de Mrs Arbuthnot sans jamais lui avoir adressé la parole.

Elle l'avait vue diriger d'une main ferme la troupe des petits pauvres qui arrivait de l'école du dimanche cinq minutes exactement avant la chorale, installer garçonnets et fillettes à leurs places réservées, les jeter à genoux en une petite prière préliminaire, puis les faire se relever au moment précis où, dans un fracas d'orgue, la porte de la sacristie s'ouvrait à deux battants pour laisser passer la chorale et les desservants qui se préparaient à faire trembler de leurs hymnes et de leurs litanies les épais murs de l'église. Malgré son petit visage triste, elle était d'une redoutable efficacité, ce qui ne laissait pas d'intriguer Mrs Wilkins car Mellersh, un jour qu'elle n'avait su lui procurer que du carrelet, avait déclaré qu'une bonne organisation de la vie quotidienne était le meilleur antidote à la dépression, et que bien faire son travail procurait sans coup férir bonheur et grande santé.

Jamais Mrs Arbuthnot n'avait semblé respirer le bonheur, et lorsque Mrs Wilkins l'aperçut au club elle contemplait fixement la première page du *Times* avec son habituel air de Madone infiniment patiente mais cruellement déçue par l'existence.

Obéissant à une impulsion irrésistible qui la stupéfia elle-même, la timide Mrs Wilkins ne gagna pas le vestiaire et ne se hâta nullement vers Shoolbred à la recherche de poisson pour Mellersh. Non, au lieu de cela elle vint s'asseoir bien en face de Mrs Arbuthnot avec qui elle n'avait pas échangé deux mots sa vie durant.

La longue table était fort étroite, à la façon des tables de réfectoire, et les deux femmes se trouvaient toutes proches l'une de l'autre.

Mrs Arbuthnot n'en leva pas les yeux pour autant mais continua de fixer rêveusement une section bien précise de la page des petites annonces.

Mrs Wilkins l'observa pendant une bonne minute en essayant de rassembler assez de courage pour lui adresser la parole. Elle voulait lui demander si elle avait remarqué la même petite annonce. Dans quel but ? Cela, elle l'ignorait encore. Il était par trop absurde de ne pas oser lui parler. Elle avait l'air si gentille, et si malheureuse. Pourquoi deux voyageuses traversant la vallée de larmes de la vie ne pourraient-elles alléger un instant leur peine en engageant une petite conversation ? Une modeste conversation toute simple sur leurs sentiments, leurs désirs, leurs espoirs. Et puis elle était sûre que Mrs Arbuthnot était en train de lire la même annonce. En tout cas elle avait le regard arrêté à mi-colonne, exactement à l'emplacement du texte. Essayait-elle à son tour d'imaginer les couleurs, les parfums, les lumières, la mer battant au pied de rochers brûlants ? La mer, la lumière, le soleil ... au lieu de Shaftesbury Avenue, des omnibus dégoulinants d'eau, de la poissonnerie de Shoolbred, du métro et du dîner à préparer, aujourd'hui comme tous les autres jours et à jamais ...

Soudain Mrs Wilkins sentit qu'elle se penchait à travers la table et s'entendit demander :

« Est-ce l'annonce sur le château avec les glycines que vous lisez ? »

La surprise de Mrs Arbuthnot n'avait d'égale que celle de Mrs Wilkins.

Mrs Arbuthnot ne croyait pas avoir jamais rencontré la créature aux vêtements ternes et tout rapés qui lui faisait face, avec son petit visage couvert de taches de rousseur et de grands yeux gris qui disparaissaient presque entièrement sous un chapeau de pluie défoncé, aussi resta-t-elle un moment silencieuse avant de lui répondre. Oui, elle était bien en train de lire l'annonce sur le château aux glycines, ou plutôt elle l'avait lue dix minutes plus tôt et depuis ne cessait de rêver de couleurs, de parfums, de lumière, du bruit de la mer battant au pied de rochers brûlés de soleil ...

« Pourquoi me demandez-vous cela ? » dit-elle d'une voix qu'avaient un peu voilé, à la longue, ses innombrables harangues et exhortations aux pauvres honteux.

Mrs Wilkins rougit jusqu'aux oreilles. Elle paraissait affreusement timide, et même passablement effrayée.

« Oh, simplement parce que moi aussi je l'ai lue et que j'avais pensé que peut-être... si cela était possible... »

Sur quoi Mrs Arbuthnot, en habituée des classifications, listes et inventaires d'êtres humains, se mit à considérer rêveusement Mrs Wilkins. Sous quelle rubrique pourrait-elle bien la faire entrer ?

« ... et puis je vous connais de vue, poursuivit Mrs Wilkins, qui, comme tous les timides, avait fait le plus difficile en se lançant, et était maintenant impossible à arrêter, comme enivrée par le simple son de sa voix. Tous les dimanches... Je vous vois tous les dimanches... à l'église...

— À l'église ?

— C'était joli comme tout, cette annonce avec la glycine et tout le reste... »

Malgré ses trente ans bien sonnés, Mrs Wilkins se mit soudain à se tortiller sur sa chaise à la façon d'une écolière prise en faute.

« Tellement joli, reprit-elle, alors que cette journée est laide, si laide... »

Et elle leva vers Mrs Arbuthnot de grands yeux de chien battu.

« Cette pauvre femme a grand besoin des conseils d'une amie », songea Mrs Arbuthnot qui passait sa vie à tenter d'améliorer le sort de ses semblables.

Et elle se prépara très patiemment à les donner.

« Si vous m'avez rencontrée à l'église, dit-elle avec une sollicitude marquée, c'est que vous habitez Hampstead. Je ne me trompe pas ?

— Oh non ! » dit Mrs Wilkins.

Et elle répéta ce « oh non ! », la tête respectueusement courbée devant le nom sacré de Hampstead.

« Où cela exactement ? » demanda Mrs Arbuthnot qui, en excellente organisatrice qu'elle était, se préoccupait d'abord de collecter le maximum d'informations.

Mais Mrs Wilkins, une main caressant doucement la page du *Times* où se trouvait l'annonce, comme si les mots mêmes en étaient infiniment précieux, répondit seulement :

« Peut-être est-ce parce que j'habite Hampstead que l'annonce m'a paru si merveilleuse.

— N'en croyez rien. Elle vous aurait paru merveilleuse quel que soit le quartier de Londres que vous habitez.

— Vous l'avez donc lue ?

— Eh oui ! dit Mrs Arbuthnot dont les yeux se firent à nouveau rêveurs.

— Ne serait-ce pas merveilleux ? murmura Mrs Wilkins.

— Absolument merveilleux, répondit Mrs Arbuthnot dont le visage avait repris son expression de patience infinie. Mais à quoi bon bâtir d'impossibles châteaux... en Espagne ?

— Mais ce n'est pas un château en Espagne ! » répliqua vivement Mrs Wilkins.

La réponse avait claqué comme un coup de fouet, et cette soudaine vivacité était aussi peu en harmonie que possible avec la banalité de son manteau et de sa jupe, son chapeau fripé et la mèche incertaine qui s'en échappait mollement.

« D'abord il est en Italie. Et puis n'est-il pas merveilleux d'échapper un instant à Hampstead, même en rêve ? Je crois d'ailleurs — je crois vraiment —, que si on pense très fort à quelque chose ... eh bien, on finit quelquefois par l'obtenir ! »

Mrs Arbuthnot la regardait avec la plus grande attention. Dans quelle catégorie pourrait-elle bien la ranger ?

« Comment vous appelez-vous ? commença-t-elle. Si nous devons devenir amies, comme je l'espère de tout cœur, il faut commencer par le commencement.

— Oh oui, bien sûr. C'est très gentil à vous. Je suis Mrs Wilkins, dit Mrs Wilkins.

— Cela ne vous dit sans doute rien, ajouta-t-elle en rougissant. Il m'arrive parfois d'en douter mais... je suis vraiment Mrs Wilkins ! »

Elle n'aimait vraiment pas son nom. C'était un petit nom mesquin avec au bout une sorte de retroussis ridicule en forme de queue de carlin. Mais enfin c'était le sien, et elle n'y pouvait rien. Wilkins elle était, Wilkins elle resterait, en dépit même de son mari qui insistait pour qu'elle se présentât en toute occasion comme « Mrs Mellersh-Wilkins », ce qui lui paraissait encore pire — l'adjonction de « Mellersh » attirant excessivement l'attention sur « Wilkins », comme si l'on baptisait *Chatsworth* une modeste maison de campagne.

La première fois que son mari lui avait suggéré cette innovation, elle n'avait pas manqué de lui faire cette objection pleine de sens. Après un moment de réflexion — car Mellersh ne parlait jamais qu'après un moment de silence pendant lequel il prenait mentalement copie des fines remarques dont il s'apprêtait à faire profiter ses auditeurs —, il avait répondu, très irrité : « mais je ne suis pas une maison de campagne ! » Et dans son regard on aurait pu lire, pour la centième fois peut-être, toute l'exaspération de l'homme qui se demande pourquoi il a été épouser une femme aussi sotte.

Bien sûr que non... jamais elle n'avait voulu dire une chose pareille, s'était empressée de déclarer Mrs Wilkins. Pas un instant... Comment avait-il pu imaginer... elle avait simplement dit ce qui lui passait par la tête...

Et plus elle s'était empêtrée dans ses justifications, plus Mellersh s'était senti taraudé, comme si souvent depuis deux ans — son mariage avait deux ans —, par l'idée qu'il aurait sans doute pu éviter d'épouser une femme sans cervelle. Ils avaient eu une grande scène de ménage, si du moins on peut parler de scène quand le mari se retranche dans un silence offensé et que l'épouse présente tour à tour mille excuses et pardons — non, jamais elle n'avait voulu le moins du monde suggérer que Mr Wilkins ressemblait en quoi que ce fût à une maison de campagne !

Lorsque tout avait été terminé — ce qui avait pris quelque temps —, elle avait commencé à se dire qu'ils avaient l'un et l'autre besoin de vacances. Depuis deux ans qu'ils étaient mariés, ils ne s'étaient pas quittés un seul jour. À ce régime, les couples les plus unis ne pouvaient éviter de se déchirer.

« Mon mari est avocat, reprit Mrs Wilkins pour se présenter plus complètement à Mrs Arbuthnot. Il est... »

Elle chercha un grand moment l'adjectif qui peindrait le plus exactement Mellersh et finit par le trouver :

« Il est très beau.

— Eh bien, répondit Mrs Arbuthnot avec un bon sourire, voilà qui doit vous rendre fort heureuse !

— Pourquoi dites-vous cela ? »

Mrs Arbuthnot eut un mouvement de surprise. Sa fréquentation assidue des nécessiteux l'avait habituée à plus de déférence.

« Parce que la beauté elle-même est un don de Dieu, et pourvu qu'elle ne soit pas utilisée à mauvais escient... »

Elle s'arrêta court. Mrs Wilkins la regardait fixement de ses grands yeux gris, et Mrs Arbuthnot se demanda soudain si à force de s'adresser à des auditoires de malheureux qui dépendaient entièrement de son bon vouloir pour leur subsistance et n'avaient ni les moyens ni le désir de l'interrompre, elle n'avait pas fini par prendre la mauvaise habitude de pérorer à l'infini sur tous les sujets possibles, comme font si bien les gouvernantes et les bonnes d'enfants.

Mais Mrs Wilkins n'écoutait nullement. Si inattendu que cela pût paraître, elle venait d'avoir une vision. Deux femmes étaient assises sous une glycine aux cent lianes qui se nouaient aux branches d'un arbre inconnu, et ces deux femmes n'étaient autres que Mrs Wilkins et Mrs Arbuthnot — elle les voyait, elle les voyait ! Et derrière elles on pouvait apercevoir les hauts murs gris du château...

Toute à sa vision, elle n'entendait donc pas un mot de ce que disait Mrs Arbuthnot et se contentait de sourire béatement. Son visage trahissait à cet instant une telle exaltation que Mrs Arbuthnot se mit à la regarder de plus près. Se fût-elle trouvée dans un vernissage ce jour-là, Mrs Wilkins n'eût pas manqué d'y être remarquée.

Les deux femmes se considéraient, Mrs Arbuthnot avec surprise, Mrs Wilkins avec un mystique enthousiasme. La voilà, la solution... Bien sûr... Elle ne pouvait pas se le permettre à elle seule... et même si elle le pouvait, elle ne pourrait pas partir seule, alors qu'en compagnie de Mrs Arbuthnot...

Elle se pencha par dessus l'étroite table.

« Pourquoi ne pas essayer ? » murmura-t-elle.

Mrs Arbuthnot sursauta une nouvelle fois.

« Essayer quoi ?

— Essayer d'y aller, répondit Mrs Wilkins toujours murmurant, comme de peur d'être entendue par des oreilles indiscrètes. Ne pas rester assises ici à se dire que ce serait merveilleux de partir pour l'Italie avant de nous en retourner à Hampstead sans avoir levé le petit doigt — avant de rentrer préparer le dîner et le poisson comme nous le faisons depuis des années... Quand tout cela finira-t-il ? »

Mrs Wilkins rougit jusqu'à la racine des cheveux, terrifiée par ce qu'elle s'entendait dire et pourtant incapable de s'arrêter.

« Jamais ! C'est pour cela qu'il faut faire une pause, souffler un peu. Dans l'intérêt de tout le monde. Qui pourrait nous tenir rigueur de prendre un peu de bon temps puisque nous reviendrions de notre escapade plus aimables et plus charmantes que jamais ? Tout le monde a besoin de prendre des vacances de temps en temps.

— Mais ... qu'entendez-vous par essayer ?

— Eh bien, la prendre.

— La prendre ?

— La louer.

— Vous voulez dire, nous deux ?

— Oui ! En partageant. Cela coûterait moitié moins cher et puis vous avez l'air d'avoir tellement besoin... comme moi, tellement besoin de vous reposer et d'être un peu heureuse...

— Mais nous ne nous connaissons pas.

— Justement ! Nous aurions tout un mois pour faire connaissance... Et puis j'ai de l'argent de côté, une poire pour la soif, et je suis sûre que vous aussi vous l'avez, votre poire, et que vous avez grand soif ! »

« Une déséquilibrée », pensa Mrs Arbuthnot qui se sentait troublée malgré tout.

« Songez que nous pourrions partir un mois... un mois ! Tout quitter, et nous retrouver au Paradis... »

« Elle ne devrait pas dire cela », songea Mrs Arbuthnot. « Jamais le pasteur ne la laisserait... »

Pourtant le trouble persistait. Ce serait vraiment merveilleux de pouvoir se reposer, de pouvoir s'arrêter un moment, rien qu'un moment.

L'habitude resta malgré tout la plus forte. Après des années de charités bien ordonnées elle ne put que déclarer quasi automatiquement, avec la légère supériorité, à la fois amicale et condescendante, de celle qui connait la vérité des choses :

« C'est en nous-mêmes, ma chère, qu'il faut chercher le véritable Paradis. C'est ce que nous enseigne l'Église depuis l'origine des temps. »

Et elle devint fort sérieuse, comme lorsqu'elle s'armait de patience pour aider et éclairer les pauvres ignorants.

« Cherchons le jardin d'Eden, mais cherchons-le à l'intérieur de nous-mêmes, dit-elle de sa voix douce, amicale. Vous connaissez la citation sur la commune nature de la maison des hommes...

— Je ne la connais que trop !

— ... et du jardin d'Eden, continua Mrs Arbuthnot qui avait l'habitude d'achever ses phrases. Notre maison, notre foyer abrite un paradis.

— Ah pour cela non ! »

Mrs Arbuthnot n'en revenait pas. Après un moment d'hésitation, elle reprit néammoins le dessus.

« Mais si ! Elle peut l'abriter si nous le voulons vraiment, si nous agissons ...

— Croyez-moi, je le veux vraiment et pour agir j'agis, mais rien n'y fait. »

Cette fois, Mrs Arbuthnot resta silencieuse. Elle aussi, au fond, doutait de l'existence des paradis domestiques. Plus fortement que jamais elle éprouvait le besoin de faire entrer Mrs Wilkins dans une catégorie d'êtres bien étiquetée. Si seulement elle y parvenait elle sentait qu'elle pourrait retrouver un équilibre intérieur dangereusement menacé. Car elle non plus n'avait pas pris de vacances depuis des années. La petite annonce l'avait beaucoup fait rêver, et l'exaltation de Mrs Wilkins était contagieuse. Elle avait l'impression, à entendre les petites phrases pressées de la jeune femme, à voir son visage comme éclairé de l'intérieur, que quelqu'un essayait de la réveiller d'un long sommeil.

À l'évidence Mrs Wilkins était une déséquilibrée, mais Mrs Arbuthnot avait par le passé rencontré bien des déséquilibrés, et jamais cela n'avait eu aucun effet sur elle. Au contraire cette jeune femme timide ébranlait petit à petit les quatre piliers de sa sagesse — Dieu, son Mari, sa Maison et ses Devoirs —, au point que partir, partir seule — car elle n'avait pas l'impression que Mr Wilkins dût être du voyage —, et être enfin heureuse commençaient à lui sembler des objectifs très désirables, sinon tout à fait louables. Elle aussi avait une poire pour la soif sous forme de compte à la caisse d'épargne de la poste, mais il était absurde d'imaginer seulement qu'elle pût dépenser cet argent pour son seul plaisir. Comment pourrait-elle jamais faire une chose pareille ? Ne se devait-elle pas d'abord à ses pauvres et à ses malades ? Sans doute un voyage en Italie serait-il des plus agréables, mais à combien d'agréments ne fallait-il pas renoncer chaque jour —, et cela n'était-il pas juste et bon ?

Dieu, son Mari, sa Maison et ses Devoirs étaient les quatre points cardinaux de l'univers de Mrs Arbuthnot. Depuis des années ils constituaient l'oreiller mol et doux de ses certitudes, et l'on comprend la répugnance qu'elle avait à s'en arracher. Aussi était-il de la plus haute importance pour elle de trouver rapidement sous quelle rubrique elle devait classer le cas de Mrs Wilkins. Son équilibre intellectuel et moral en dépendait. « *Pro tempore* », comme disait le pasteur qui avait des lettres, elle décida que ce serait sous la rubrique « Nerfs malades ». « Hystérie » aurait peut-être mieux convenu, mais c'était la dernière étape avant la terrible rubrique « Folie », et Mrs Arbuthnot avait appris à ses dépens que mieux valait ne point se hâter d'attribuer aux êtres humains leur label définitif. Trop souvent elle s'était trompée, et que de remords l'avaient assaillie lorsqu'elle avait dû modifier ses belles étiquettes !

« Nerfs malades », c'était le mot. Sans doute Mrs Wilkins manquait-elle d'une cause à laquelle se dévouer. Trop repliée sur elle-même, aucun garde-fou ne l'empêchait de céder à ses instincts. Oui, la pauvre enfant avait les nerfs bien malades, songea Mrs Arbuthnot qui reprenait peu à peu ses esprits. La table dissimulait les longues jambes de Mrs Wilkins, et Mrs Arbuthnot ne pouvait voir que son petit visage timide, ses épaules minces, et son regard d'enfant prête à tout pour quelques miettes de bonheur. Mais ces futilités n'étaient pas le bonheur, non ! Après treize années de mariage — elle avait épousé son Frederick à l'âge de vingt ans, et elle en avait maintenant trente-trois —, Mrs Arbuthnot avait compris que la seule façon d'atteindre à la félicité était de se dévouer sans compter pour autrui. Combien de fois n'avait-elle pas déposé aux pieds du Tout-Puissant ses découragements et ses déceptions ? Chaque fois elle en avait tiré consolation et joie profonde.

Frederick avait été le genre de mari dont la femme est amenée très tôt à contempler fréquemment les pieds du Tout-Puissant. De Frederick à Dieu le Père, le pas avait été rapidement franchi, non sans souffrances pourtant. Pendant toute la première année de son mariage elle avait lutté pied à pied, et chaque étape de ce chemin de croix était, lui avait-il semblé alors, taché de son sang. Mais tout cela appartenait au passé. Depuis longtemps elle avait trouvé la paix. Et Frederick, autrefois jeune époux passionnément aimé, n'occupait plus qu'un honorable second rang dans la hiérarchie de ses obligations. Dieu premier servi ! Frederick avait été comme saigné à blanc par les prières de sa femme. Pendant des années Mrs Arbuthnot n'avait pu être heureuse qu'en oubliant jusqu'à la possibilité du bonheur, et elle n'aspirait à rien d'autre, évitant comme la peste tout ce qui pouvait évoquer, par trop de beauté ou de grâce, des plaisirs à jamais interdits.

« Je serais heureuse que nous devenions amies, dit-elle d'un ton de profonde conviction. Voulez-vous venir me voir ? À moins que je ne vienne moi-même ? N'hésitez pas à m'appeler si vous avez besoin de parler. Je vais vous donner mon adresse ... »

Elle fourragea dans son sac à main.

« ... comme cela vous n'oublierez pas. »

Finalement elle découvrit une carte de visite qu'elle brandit triomphalement. Mais Mrs Wilkins ne la regardait pas.

« C'est drôle, dit Mrs Wilkins qui poursuivait imperturbablement le cours de ses propres pensées, je nous vois très bien toutes les deux dans ce château moyenâgeux. »

Mrs Arbuthnot se sentit de nouveau mal à l'aise.

« Vraiment ? réussit-elle à dire en faisant effort pour garder sa sérénité en face de ce regard de visionnaire exaltée.

— Ne vous arrive-t-il jamais de voir les choses avant qu'elles ne se produisent ?

— Jamais ! »

Mrs Arbuthnot s'efforça de sourire, sans succès, malgré l'habitude qu'elle avait d'acquiescer avec sympathie et compréhension aux discours nécessairement incohérents et malhabiles de ses chers pauvres. Le sourire se figea sur ses lèvres.

« Évidemment, dit-elle à voix soudain très basse comme si elle avait craint que le pasteur et la caisse d'épargne ne fussent à l'écoute, ce serait splendide...

— Et si c'était mal, reprit Mrs Wilkins, nous ne pécherions pas plus d'un mois.

— On ne négocie pas avec le péché..., commença Mrs Arbuthnot, mais Mrs Wilkins l'interrompit aussitôt.

— De toute façon je suis persuadée que c'est péché de se rendre malheureuse à force de vertu. Vous avez l'air si triste que vous avez dû être bien vertueuse durant toutes ces années. »

Mrs Arbuthnot ouvrait la bouche pour protester, mais Mrs Wilkins ne lui en laissa pas le temps.

« Et moi... Depuis que je suis toute petite je n'ai rien fait que la Cendrillon. Femme de devoir, c'est peu dire... Et croyez-vous qu'on m'en aime davantage ? Oh ! Comme je voudrais m'en aller... faire quelque chose... quoi que ce soit... de différent ! »

Allait-elle se mettre à pleurer ? Mrs Arbuthnot se sentit très mal à l'aise, malgré sa sympathie pour la jeune femme. Pourvu qu'elle n'aille pas se mettre à pleurer... Pas ici. Pas dans cette salle inamicale, devant tous ces inconnus...

Mais Mrs Wilkins, qui avait eu le plus grand mal à extraire son mouchoir de sa manche, réussit à donner le change en se mouchant ostensiblement. Après quelques rapides battements de cils, elle regarda Mrs Arbuthnot avec un air un peu humble, un peu craintif, et s'efforça de sourire.

« Jamais je n'ai parlé à personne de cette façon. Croyez-moi », murmura-t-elle en s'efforçant de maîtriser le tremblement de sa bouche.

Elle paraissait morte de honte.

« Je ne comprends pas ce qui m'est arrivé.

— C'est la faute de cette petite annonce, dit gravement Mrs Arbuthnot.

— Oui... de la petite annonce..., répondit Mrs Wilkins en s'essuyant furtivement les yeux, et de notre malheureux sort... »

CHAPITRE DEUX.

MALHEUREUSE ! Comment Mrs Arbuthnot aurait-elle pu connaître le malheur quand Dieu l'avait constamment en sa sainte garde ? Elle laissa dire pourtant. Une créature souffrante avait besoin d'elle, à qui il ne s'agissait pas de fournir bottes fourrées, couvertures ou médicaments, mais cette denrée beaucoup plus rare : les mots qui sauraient l'apaiser.

Après avoir essayé sans succès aucun d'évoquer la charité, la prière, et le bonheur de s'abandonner à la volonté divine – car Mrs Wilkins sut opposer victorieusement à ces suggestions des formules incohérentes mais auxquelles il était bien difficile de répondre sur le moment –, Mrs Arbuthnot se rendit compte que le seul moyen d'apaiser vraiment cette âme en peine était de lui proposer de répondre à la petite annonce. Sans engagement de sa part bien sûr. À simple titre d'information.

Mais ce qui troubla bien fort Mrs Arbuthnot, ce fut de sentir obscurément qu'elle n'avançait pas cette proposition pour le seul réconfort de Mrs Wilkins. Elle aussi mourait d'envie d'en apprendre davantage sur le château mystérieux.

Tout cela ne laissait pas d'être... oui, c'était le mot juste... « troublant ». Comment ! Elle qui passait ses journées à prodiguer aide et conseil à tous ses semblables — à la seule exception de Frederick, depuis longtemps abandonné à la seule garde du Tout-Puissant —, voilà qu'une petite annonce et les propos incohérents d'une parfaite inconnue suffisaient à la désarçonner. S'il n'y avait pas là de quoi être troublée... Elle ne parvenait pas à comprendre sa soudaine complaisance pour une curiosité aussi futile que mal placée. N'avait-elle pas soigneusement banni ce détestable sentiment de son paysage intérieur ?

« Il n'y a rien de mal à s'informer, murmura-t-elle d'une voix presque imperceptible, comme si le pasteur, la Caisse d'épargne et tous ses pauvres rassemblés avaient pu l'entendre.

— Ce n'est pas comme si nous nous engagions à quoi que ce soit », dit Mrs Wilkins d'une voix brisée par l'émotion.

Elles se levèrent d'un bond — Mrs Arbuthnot n'aurait jamais cru que Mrs Wilkins fût aussi grande —, et allèrent s'installer à un petit bureau sur lequel Mrs Arbuthnot écrivit une belle lettre référencée Z 1000 pour demander des « informations complémentaires ». En réalité la seule information dont elles se souciaient était le montant du loyer. Elles étaient rapidement tombées d'accord pour que Mrs Arbuthnot se charge d'écrire la lettre. Outre un grand sens pratique, et l'habitude de l'organisation, sa maturité et son calme la désignaient évidemment pour cette tâche délicate. À ces qualités elle aurait elle-même volontiers ajouté la sagesse, ce dont Mrs Wilkins n'aurait assurément pas disconvenu. La raie bien droite qui partageait la chevelure de Mrs Arbuthnot en deux moitiés rigoureusement égales imposait l'idée d'une sérénité parfaite qui, on le sait, est toujours le fruit d'une profonde sagesse.

Malgré sa sagesse, sa maturité et son calme, Mrs Arbuthnot avait bien du mal à résister à sa nouvelle amie. Il y avait dans les propos incohérents de Mrs Wilkins quelque chose d'irrésistiblement entraînant. Si la jeune femme donnait l'impression d'avoir besoin d'aide, elle dégageait aussi une sorte d'énergie contagieuse à laquelle il était difficile de s'opposer. La façon qu'elle avait de proférer comme vérité d'évidence des jugements aussi hâtifs que mal fondés – comme celui qui prétendait faire d'elle, Mrs Arbuthnot ! une créature digne de pitié – avait quelque chose de déconcertant.

Quoi qu'il en fût, l'exaltation de Mrs Wilkins eut facilement raison de la sagesse de Mrs Arbuthnot. Lorsque la lettre eut été dûment cachetée et jetée dans la boîte aux lettres du hall, les deux femmes éprouvèrent le même sentiment de culpabilité à l'idée du geste irréparable qu'elles venaient d'accomplir.

« Cela montre simplement que jusqu'à présent nous avons été des modèles de vertu, murmura Mrs Wilkins. Il suffit que nous dissimulions quelque chose à nos maris pour que nous nous sentions coupables.

— Je n'oserai pas soutenir que j'ai été un modèle de vertu, crut devoir protester Mrs Arbuthnot, un peu gênée par ces nouvelles affirmations péremptoires car elle n'avait encore rien avoué de la culpabilité qui la taraudait.

— Mais je suis sûre que vous l'avez toujours été — cela se voit comme le nez au milieu de la figure. Voilà pourquoi vous êtes si malheureuse ! »

« Elle ne devrait pas dire des choses pareilles » songea Mrs Arbuthnot. « Je dois l'aider de toutes mes forces. »

Et de sa voix la plus grave elle déclara :

« Je ne comprends pas ce qui vous fait penser que je puisse être malheureuse. Si nous nous connaissions mieux vous comprendriez que je suis en réalité très heureuse. D'ailleurs je suis persuadée que vous ne pensez pas, au fond, que la vertu fasse le malheur des femmes.

— Mais si ! rétorqua Mrs Wilkins. Telle que nous la pratiquons en tout cas. Nous avons atteint aux sommets de la vertu, et cela ne nous a pas rendues heureuses. C'est donc qu'il y a deux espèces de vertus, la malheureuse mais aussi l'heureuse, celle que nous connaîtrions si nous louions le château...

— ... ce qui eﬅ hautement improbable », rappela Mrs Arbuthnot.

Elle sentait que Mrs Wilkins avait besoin d'être rappelée à l'ordre.

« Nous avons écrit dans le seul but d'obtenir des renseignements complémentaires. Ces renseignements seront sans doute négatifs, malheureusement, et même s'ils ne l'étaient pas, demain nous n'aurions sans doute plus envie de partir.

— Mais je nous vois dans ce château », réussit à répondre Mrs Wilkins.

Tout cela n'avait ni queue ni tête. Mrs Arbuthnot, qui se hâtait à travers les rues crevassées de flaques d'eau car elle était déjà en retard pour la réunion paroissiale à laquelle elle devait prendre la parole, était au dernier degré de la confusion d'esprit. Elle espérait, sans trop y croire, que Mrs Wilkins n'avait pas remarqué son trouble et la tentation qui l'avait saisie. Très émue, elle éprouvait ce mélange de bonheur, de remords et de crainte qui eﬅ d'ordinaire le privilège des femmes adultères. En montant à la tribune, elle paraissait la vivante image du repentir. Elle, au front toujours si pur, voilà qu'elle évitait maintenant le regard de ses auditeurs aux visages fermés comme des huîtres et qu'elle devait pourtant coûte que coûte convaincre d'alléger les souffrances des pauvres de Hampﬅead, eux qui ne pensaient qu'aux leurs. Un secret terrible et délicieux semblait l'habiter toute entière. Sa désarmante sincérité habituelle avait laissé la place à une sorte de satisfaction contenue et si mal dissimulée qu'elle aurait dû immédiatement faire comprendre à un auditoire plus au fait des usages du monde qu'elle venait de s'arracher aux étreintes passionnées d'un amant fougueux et adroit.

Beauté, beauté, beauté ... les mots résonnaient à ses oreilles tandis qu'elle débitait à la maigre assistance sa triste litanie habituelle. Jamais elle n'était allée en Italie. Son petit pécule, sa poire pour la soif, devait-elle être gaspillée pour un voyage de plaisir ? Certes elle ne pouvait approuver la façon dont Mrs Wilkins faisait intervenir la Providence dans son avenir immédiat, comme s'il suffisait de s'abandonner à elle sans choix ni combat, et cependant elle se sentait encore sous le charme de sa nouvelle amie. Peut-être Mrs Wilkins avait-elle un véritable don de voyance. Mrs Arbuthnot savait que cela pouvait arriver. Et si elle les avait vraiment « vues » toutes les deux dans ce vieux château, à quoi bon nier l'évidence ? Mais gaspiller ses économies de cette façon... Sans doute l'origine n'en était-elle pas très avouable, comme nous le verrons, mais elle s'était toujours dit que la fin rachèterait les moyens. Pouvait-elle en conscience dépenser pour son seul plaisir un argent réservé à ses œuvres ?

Pendant ce temps Mrs Arbuthnot continuait un discours si parfaitement rôdé qu'elle aurait pu le prononcer en dormant à poings fermés. À la fin de la réunion elle était si occupée de son grand secret qu'elle remarqua à peine le manque d'enthousiasme de son auditoire.

Le pasteur, lui, était atterré. D'ordinaire son excellente amie Mrs Arbuthnot faisait affluer les donations. Pire encore, elle paraissait ne pas se rendre compte de son insuccès.

« Je n'arrive pas à comprendre pourquoi ces gens prennent la peine de venir, dit-il du ton de la plus grande irritation. Rien ne paraît susceptible de les émouvoir !

— Peut-être ont-ils besoin de vacances », avança Mrs Arbuthnot.

L'étrange, la baroque idée, songea le pasteur.

« Au mois de février ? demanda-t-il la bouche tordue par le sarcasme.

— Non non, en avril ! » répondit Mrs Arbuthnot par-dessus son épaule.

« Bizarre autant qu'étrange » se répéta le pasteur. Il pestait encore en rentrant chez lui, ce qui le fit manquer de charité à l'égard de sa femme.

Ce soir-là Mrs Arbuthnot supplia le Seigneur de l'éclairer. Elle avait eu l'intention de Lui demander de faire louer le château par quelqu'un d'autre et de régler cette affaire une bonne fois pour toutes, mais elle avait manqué de courage. Et si sa prière était exaucée ? Elle ne pouvait pas prendre un pareil risque. Après tout, fit-elle remarquer au Père Tout Puissant, si elle dépensait son pécule rien ne l'empêchait d'en accumuler immédiatement un autre. Frederick ne la laissait pas sans argent, et pourvu que pendant quelque temps elle restreignît sa contribution aux œuvres de charité elle aurait tôt fait de reconstituer un petit trésor dont la destination vertueuse ferait oublier la ténébreuse origine.

Car Mrs Arbuthnot, qui n'avait pas de fortune personnelle, dépendait entièrement de la générosité de Frederick, dont les sources de revenus étaient tout sauf vertueuses. Au grand chagrin de sa femme, Frederick rédigeait chaque année les mémoires imaginaires de la maîtresse d'un grand roi, et chaque année la nouvelle livraison s'enlevait comme des petits pains. Le grand nombre de rois ayant eu des maîtresses, ainsi que le nombre plus considérable encore de maîtresses royales, lui avaient permis de ne jamais manquer de travail depuis le début de son mariage, et il devait encore s'occuper de bien des dames et demoiselles. Mrs Arbuthnot n'avait pas d'échappatoire. Qu'elle le voulût ou non, elle devait bien accepter de vivre du péché. Un jour il lui avait offert un affreux divan — c'était après le succès des mémoires de la Du Barry —, dont les coussins moelleux, caressants, ne lui avaient semblé que trop propres à ressusciter au cœur même de sa maison les pires libertins du XVIIIe siècle français.

Sa bonté naturelle, et la certitude que la vertu est une condition indispensable du bonheur, lui rendaient insupportable l'idée que Frederick pût tirer profit du péché, même de celui des autres, fût-il de surcroît fort ancien. C'était une des raisons de sa tristesse. Plus les maîtresses royales avaient été dévergondées mieux les livres de Frederick se vendaient et plus il se montrait généreux avec elle. Tout ce qu'il lui donnait était immédiatement versé à des œuvres de charité, après prélèvement d'un léger pourcentage pour le petit pécule qu'elle amassait en prévision du jour où le public se lasserait de lire de pareilles horreurs et où elle devrait subvenir à son tour aux besoins de Frederick. La paroisse florissait donc grâce à l'inconduite de dames telles que la Du Barry, la Montespan, la Pompadour, Ninon de l'Enclos, et même la savante Mme de Maintenon, et Mrs Arbuthnot espérait que les pauvres jouaient, en quelque sorte, le rôle de filtre purificateur de tout ce sale argent. C'était tout ce qu'elle pouvait faire. Autrefois elle avait tenté de découvrir la juste voie à suivre dans ces circonstances compliquées, mais après avoir passé beaucoup de temps à se casser la tête en pure perte elle avait résolu de remettre cette question, comme tout ce qui concernait Frederick, entre les mains de Dieu. Elle ne dépensait pas un penny de cet argent pour sa garde-robe ou la décoration de sa maison, qui restaient l'une et l'autre des plus austères. Pour finir, les pauvres en avaient eu tout le profit, même s'il semblait toujours à Mrs Arbuthnot que leurs souliers avaient la couleur du péché. Mais comme la décision avait été difficile ! Mrs Arbuthnot avait prié, prié à l'infini pour savoir si elle ne devrait pas refuser cet argent comme elle refusait le péché qui l'avait suscité. Mais qui, dès lors, aurait fourni la paroisse en souliers ? Elle s'en était ouverte au pasteur qui, après maintes circonvolutions et précautions de langage, avait fini par se prononcer avec assez de netteté en faveur des souliers.

Au moins avait-elle persuadé Frederick de publier ces mémoires sous un nom d'emprunt afin de préserver sa réputation — il ne s'était lancé dans cette profitable carrière qu'après leur mariage, lui qui, lorsqu'elle l'avait épousé, était encore un fonctionnaire parfaitement honorable attaché à la bibliothèque du British Museum — si bien que les habitants de Hampstead dévoraient les livres atroces sans se douter qu'un des leurs en était l'auteur. Frederick était à Hampstead un parfait inconnu. Il n'assistait à aucun vernissage et toutes ses distractions, à supposer qu'il en eût, avaient Londres pour théâtre. Sa femme elle-même ne lui connaissait pas le moindre ami. Seul le pasteur savait la véritable origine des fonds de la paroisse, mais il avait assuré Mrs Arbuthnot qu'il se ferait un point d'honneur de n'en parler à personne.

Et puis sa petite maison bien propre n'était point souillée par la présence des dames aux mœurs légères puisque Frederick travaillait au dehors. Il avait loué un deux pièces près du British Museum — scène de ses exploits —, où il se rendait chaque matin et dont il ne revenait que bien après que sa femme se fût couchée. Parfois il ne revenait pas du tout. Parfois il lui arrivait de ne pas se montrer de plusieurs jours avant de réapparaître au petit déjeuner, étant rentré sans bruit la nuit précédente grâce à son passe, toujours d'excellente humeur, jovial, heureux de vivre et de se faire servir quelque chose à manger « si c'était un effet de sa bonté », la bonté de sa femme s'entend. Bref, un homme en règle avec le monde et avec lui-même. Quant à elle, elle se montrait parfaitement aimable avec lui, veillant attentivement à ce que son café lui fût servi à la bonne température.

L'air de contentement de Frederick faisait plaisir à voir, même si Mrs Arbuthnot ne reconnaissait plus rien en lui de l'homme qu'elle avait cru épouser. Il n'accordait plus la moindre importance à des choses dont il avait soutenu avec force qu'elles étaient essentielles — l'amour, le foyer, la communion des pensées, des cœurs et des intérêts. Après quelques tentatives vite avortées pour ressusciter les premiers et merveilleux moments de leur couple, tentatives qui l'avaient moralement brisée et avaient à jamais détruit l'image du Frederick qu'elle avait épousé, elle avait décidé qu'elle se contenterait d'en faire chaque soir l'objet de ses plus ferventes prières. Pour le reste, Dieu devrait s'en débrouiller. Elle avait trop aimé Frederick pour lui refuser ses prières, et il était loin de se douter qu'il ne passait pas la porte de sa maison sans qu'elle prononçât un mot de bénédiction qui, à la façon d'un angelot protecteur, voletait, faible image de leur affection ancienne, tout autour de sa tête autrefois si chérie. Jamais plus elle n'osait penser à lui tel qu'il était au début de leur mariage, de leur amour. Leur enfant n'ayant pas vécu, elle n'avait personne à qui se dévouer que ses pauvres, et Dieu était devenu l'unique objet de son amour. Même si elle n'imaginait pas de vie plus heureuse, son visage, ses yeux surtout, avaient toujours un air de tristesse.

« Quand nous serons vieux, peut-être ... Quand nous serons tous les deux très vieux... » lui arrivait-il de penser avec nostalgie.

CHAPITRE TROIS.

Le propriétaire du château était un Anglais, Mr Briggs, qui se trouvait alors à Londres et répondit qu'il y avait des lits pour huit personnes, sans compter les domestiques, trois salons, un chemin de ronde, des tourelles, et aussi l'électricité. Le loyer était de soixante livres par mois, sans compter les gages des domestiques, et il demandait des références – la première moitié du loyer devant être payée d'avance, il voulait s'assurer du versement de la seconde grâce à la caution d'un avocat, d'un médecin ou d'un ecclésiastique, au choix. Sa lettre était des plus courtoises, et il prenait grand soin d'expliquer que sa demande de caution n'était que pure formalité.

Mrs Arbuthnot et Mrs Wilkins n'avaient nullement envisagé cette demande de garanties, et le loyer leur parut démesurément élevé. Elles avaient imaginé un prix d'environ trois guinées par semaine, moins peut-être puisque le château était tout petit et délabré.

Ces soixante livres les laissaient sans voix.

Mrs Arbuthnot eut la vision de pyramides de souliers à l'infini, de tous les souliers qu'elle aurait pu acheter pour soixante livres — sans compter qu'il faudrait payer les gages des domestiques, la nourriture, et les voyages en train à l'aller comme au retour. Quant aux références, comment s'en procurer sans dévoiler leur plan ?

Après concertation, elles avaient toutes deux décidé d'expliquer à leurs amis et connaissances — qui appartenaient heureusement à deux mondes bien différents —, qu'elles allaient passer quelque temps chez une amie qui possédait une maison en Italie. Mrs Arbuthnot elle-même avait accepté de commettre ce pieux mensonge lorsqu'elle s'était rendue compte qu'elle ne pourrait sans mille difficultés expliquer les choses telles qu'elles étaient. Selon Mrs Wilkins, il ne s'agissait d'ailleurs pas vraiment d'un mensonge : chacune étant l'amie de l'autre et payant la moitié du loyer, elles allaient effectivement séjourner l'une comme l'autre chez une amie. Et puis il était impossible de rien dire d'autre à Mellersh si l'on voulait compter sur sa neutralité — mieux valait ne pas tabler sur sa sympathie. Si jamais il apprenait qu'elle dépensait son argent pour un simple voyage en Italie, il risquait de s'étouffer d'indignation, et elle préférait ne pas penser à ce qu'il pourrait dire s'il lui revenait qu'elle louait la moitié d'un *castello*. Pendant des jours il ne manquerait pas d'exhaler sa rancœur sans tenir aucun compte du fait qu'il s'agissait de son argent à elle et qu'il n'y perdrait pas un penny.

« Évidemment votre mari serait du même avis, avait-elle ajouté. Ils sont bien tous les mêmes, au fond. »

Mrs Arbuthnot n'avait rien dit non plus, mais les raisons qu'elle avait de ne rien avouer à Frederick étaient exactement inverses. Elle était sûre que Frederick n'aurait été que trop heureux de la voir partir. Non seulement il ne s'y serait pas opposé, mais il aurait applaudi bruyamment à cette manifestation d'indépendance, la priant avec une insistance déplaisante de bien s'amuser et surtout de prendre tout son temps pour rentrer. Mrs Wilkins aurait dû remercier le ciel que Mellersh désirât la retenir, quel qu'en fût le motif, tandis qu'elle désespérait de n'avoir personne qui voulût l'avoir auprès d'elle.

Voilà pourquoi, tout compte fait, elle avait fini par ne rien dire. Pendant une grande journée elles crurent toutes les deux qu'elles devraient renoncer à leur château en Ligurie, et parvenant à cette navrante conclusion, elles se rendirent compte qu'elles ne désiraient pourtant rien d'autre au monde.

Mrs Arbuthnot, habituée à trouver des solutions aux problèmes les plus inextricables, résolut habilement celui des références. Au même moment Mrs Wilkins eut la révélation d'un procédé infaillible pour réduire le montant du loyer.

Le plan de Mrs Arbuthnot était si simple qu'il réussit au-delà de toute espérance. Elle alla retirer soixante livres de son livret de Caisse d'épargne – bredouillant mille excuses comme si le guichetier avait pu savoir que cet argent n'était nullement destiné aux pauvres de la paroisse –, fourra les six billets de dix livres dans son sac à main, se fit conduire chez le propriétaire qui habitait près de Brompton Oratory, sortit les billets craquant neufs et déclara qu'elle renonçait à son droit de ne payer d'avance que la moitié du loyer. Dès que le propriétaire du château eut vu ses cheveux bien tirés, ses doux yeux noirs et sa mise sobre, dès qu'il eut entendu le son de sa belle voix grave, il déclara sans ambage qu'elle n'avait nul besoin de demander des références.

« C'est parfait, dit-il en griffonnant un reçu. Asseyez-vous, je vous prie. Quel temps affreux ! Vous verrez, le château est fort ensoleillé, quelles que soient les qualités qui lui manquent par ailleurs. Votre mari vous accompagnera sans doute ... »

Mrs Arbuthnot, qui n'avait pas l'habitude de mentir, se troubla et commença à bredouiller des phrases incompréhensibles. Le propriétaire en conclut qu'elle devait être veuve – veuve de guerre bien sûr, car les autres veuves étaient vieilles et laides –, et s'en voulut de son manque de délicatesse.

« Je suis désolé, bredouilla-t-il, le visage soudain écarlate de la pointe du menton jusqu'à la racine des cheveux. Je ne voulais pas, euh, euh... »

Pour se donner une contenance il jeta un dernier coup d'œil au reçu qu'il venait de rédiger.

« Eh bien, je pense que tout est en ordre ! »

Il tendit le reçu d'une main mal assurée, prit les billets, et sourit car Mrs Arbuthnot était plus qu'agréable à regarder.

« Je suis plus riche de soixante livres, et vous plus heureuse qu'en entrant dans cette pièce. J'ai l'argent. Vous avez San Salvatore. De nous deux je me demande qui est le plus à envier.

— Vous devez pourtant en avoir quelqu'idée ! » dit Mrs Arbuthnot en déclenchant son sourire angélique.

Il rit le plus longtemps qu'il put et ouvrit la porte à regret, pour la seule raison qu'il avait été incapable de trouver un motif plausible de prolonger leur entretien. Il mourait d'envie de l'inviter à déjeuner. Elle lui faisait penser à sa mère, à sa gouvernante, à toutes sortes de créatures faites pour la douceur et la tendresse, tout en présentant l'inestimable avantage de n'être ni sa mère ni sa gouvernante.

« J'espère que vous aimerez l'endroit », réussit-il finalement à articuler pour la retenir un instant sur le pas de la porte.

Même à travers le gant, le simple contact de sa main avait quelque chose de rassurant. Elle était de ces mains que les enfants aiment à retenir dans le noir.

« En avril il est envahi de fleurs... La mer bat au pied des murailles... N'oubliez pas de porter du blanc... Cela vous ira si bien... Il y a déjà des portraits de vous là-bas...

— Des portraits ?

— Oui, des Madones ... Celle de l'escalier vous ressemble trait pour trait. »

Mrs Arbuthnot sourit, lui souhaita le bonjour et le remercia de tout cœur. Sans la moindre hésitation elle l'avait rangé dans la catégorie des artistes exaltés.

Elle lui serra la main et il la laissa partir malgré le grand désir qu'il avait de la retenir un instant encore. Après son départ il songea qu'il aurait dû lui demander de produire des références, ne serait-ce que pour ne pas lui donner l'impression qu'il traitait à la légère les affaires d'argent, mais autant demander à une sainte couronnée de son auréole de bien vouloir produire des témoins de moralité.

Rose Arbuthnot ... Rose ...

La lettre par laquelle elle lui donnait rendez-vous traînait encore sur la table.

Le joli nom !

Ainsi, grâce à l'audace et à l'esprit de décision de Rose, le premier obstacle avait été brillamment franchi. Restait le second, à savoir l'effet terriblement réducteur de cette dépense sur les pécules des deux amies, spécialement sur celui de Mrs Wilkins, véritablement lilliputien comparé à celui de Mrs Arbuthnot. Mais les puissances célestes accordèrent bientôt à Mrs Wilkins la prescience des moyens nécessaires à la résolution de ce difficile problème. Puisqu'elles disposaient maintenant de San Salvatore — l'aspect religieux de ce nom ne laissait pas de les fasciner —, elles n'avaient qu'à faire paraître à leur tour une petite annonce dans le *Times* pour rechercher deux dames prêtes à partager les dépenses du séjour.

Cela réduirait leur mise de fonds de moitié. Mrs Wilkins était prête à investir tout son pécule dans l'aventure, mais elle savait que si seulement elle dépensait six pence de plus que ses quatre-vingt dix livres elle se trouverait dans une position intenable. Comment pourrait-elle aller trouver Mellersh et lui dire tout uniment: « j'ai des dettes » ? Il serait déjà assez difficile de devoir dire un jour « mon pécule a disparu », mais au moins elle serait soutenue par l'idée qu'il ne s'agissait que de son argent à elle. Aussi était-elle très attentive à ne pas investir un penny dont elle ne pourrait prouver un jour qu'il lui appartenait en propre. Si sa part de loyer se réduisait à quinze livres il lui semblait qu'elle pourrait faire face sans difficulté aux dépenses supplémentaires. Elle se disait aussi qu'elles pourraient économiser sur la nourriture en cueillant des olives au jardin et en pêchant leur poisson dans la crique en bas du château.

Bien sûr, elles auraient aussi pu réduire leur part de loyer à très peu de chose en augmentant le nombre des invités. Par exemple il pourrait y avoir six dames au lieu de deux, étant donné qu'on annonçait huit lits. Mais si jamais ces lits étaient disposés deux par deux, elles seraient obligées de partager leurs chambres avec des inconnues, ce qu'elles ne souhaitaient pas. De plus, San Salvatore risquait alors de ne plus être le hâvre de paix dont elles rêvaient toutes deux. La présence de six dames supplémentaires représentait un danger qu'elles ne se sentaient pas le droit de courir.

De toute façon il n'existait, semblait-il, que deux dames dans toute l'Angleterre qui désirassent les rejoindre. Leur annonce n'avait en effet suscité en tout et pour tout que deux malheureuses réponses.

« Nous ne voulions que deux autres dames, c'est parfait ! déclara Mrs Wilkins en dissimulant sa déception car elle était persuadée qu'elles recevraient une avalanche de courrier.

— J'aurais mieux aimé pouvoir choisir, dit Mrs Arbuthnot.

— Pour éviter d'avoir lady Caroline Dester ?

— Je n'ai pas dit cela, protesta doucement Mrs Arbuthnot.

— C'est qu'en réalité nous n'avons nul besoin d'elle, dit Mrs Wilkins. Une personne de plus suffirait amplement pour payer le loyer. Rien ne nous oblige à en avoir deux.

— Mais pourquoi refuser son offre ? Elle semble correspondre trait pour trait à ce que nous souhaitions.

— En effet... sa lettre est séduisante », dit Mrs Wilkins d'un air de doute.

En réalité elle était extrêmement intimidée par lady Caroline. Aussi incroyable que cela puisse paraître alors qu'on les rencontre à tous les coins de rues, Mrs Wilkins n'avait encore jamais vu un membre de l'aristocratie britannique en chair et en os.

Elles eurent un entretien avec lady Caroline, puis avec l'autre postulante, une nommée Mrs Fisher.

Lady Caroline en personne condescendit à se déplacer jusqu'au club de Shaftesbury Avenue. Elle paraissait obsédée par l'idée de partir le plus loin possible des siens. L'allure du club, et des deux rédactrices de l'annonce, la rassura d'emblée. Elle avait grâce à elles le moyen d'aller en Italie, qu'elle adorait, sans avoir besoin de descendre à l'hôtel — elle détestait les hôtels —, et sans devoir subir la compagnie de cette engeance abhorrée : les amis empressés. Au lieu de cela elle se trouverait au milieu de parfaits inconnus qui ne lui parleraient jamais de gens qu'elle pourrait connaître, tout simplement parce qu'ils ne les auraient jamais rencontrés de leur vie. Elle posa quelques questions sur la quatrième locataire, et fut très satisfaite des réponses qu'elle obtint. Mrs Fisher, de Prince of Wales Terrace, était veuve. On n'en savait pas plus. Elle non plus ne risquait pas de connaître ses amis. Lady Caroline ne savait même pas où se trouvait Prince of Wales Terrace.

« C'est à Londres, dit Mrs Arbuthnot.

— Vraiment ? » dit lady Caroline.

Tout cela avait quelque chose de reposant.

Mrs Fisher, elle, ne put venir jusqu'au club car, ainsi qu'elle l'expliquait dans la lettre, elle avait besoin d'une canne pour se déplacer. Mrs Arbuthnot et Mrs Wilkins allèrent donc la trouver.

Mais si elle ne peut se rendre au club comment compte-t-elle descendre en Italie ?

« C'est ce qu'elle nous expliquera elle-même », dit Mrs Arbuthnot.

En guise d'explication elles apprirent, grâce à d'habiles questions indirectes, qu'il y avait une grande différence entre le fait de rester assise dans un compartiment de train et la marche en montagne, ce qu'elles n'ignoraient pas vraiment. La question de la canne mise à part, Mrs Fisher paraissait une candidate tout à fait recommandable par son âge, ses excellentes manières et sa voix distinguée. Elle était nettement plus âgée qu'elles ou que lady Caroline — lady Caroline n'avait pas manqué de leur dire qu'elle avait vingt-huit ans —, mais était encore très vive d'esprit. D'allure éminemment respectable, elle était encore en grand deuil alors que son mari était mort, leur apprit-elle, depuis onze ans déjà. Sa maison était remplie de photographies des grands hommes de l'époque de la reine Victoria, qu'elle semblait avoir tous connus pendant son enfance. Son père, un critique éminent, recevait tout ce qui comptait dans le monde des lettres et des arts. Carlyle lui avait fait des grimaces, Matthew Arnold l'avait tenue sur ses genoux, et Tennyson l'avait bruyamment soutenue quand elle avait refusé de laisser raccourcir ses nattes. Elle leur montra les photographies exposées aux murs en indiquant les signatures autographes du bout de sa canne. De son mari, il ne fut jamais question, ni des leurs, ce qui les soulagea beaucoup. Mrs Fisher semblait penser qu'elles avaient perdu leurs maris, car en apprenant que lady Caroline Dester serait la quatrième invitée elle demanda si elle était veuve elle aussi. Mrs Arbuthnot et Mrs Wilkins se hâtèrent d'expliquer qu'elle ne pouvait l'être puisqu'elle n'avait jamais été mariée, et Mrs Fisher fit remarquer, l'air perdu dans ses pensées, quoiqu'aimable, que tout venait à point à qui savait attendre.

Mrs Fisher paraissait toute entière absorbée par ses souvenirs des personnages importants qu'on pouvait admirer sur les photographies, et une bonne partie de l'entretien roula sur Carlyle, Meredith, Matthew Arnold, Tennyson, d'autres encore. Cet air d'absence au monde avait d'ailleurs quelque chose de rassurant. Mrs Fisher ne demandait rien d'autre que de pouvoir rester assise au soleil à remâcher ses souvenirs. Rien ne pouvait mieux convenir à Mrs Arbuthnot et à Mrs Wilkins que d'avoir une invitée perdue toute la semaine dans ses pensées et cependant capable de se réveiller le samedi soir pour payer son écot. Mrs Fisher était également passionnée de jardinage. Un jour qu'elle passait le week-end avec son père à Box Hill ...

« Qui habitait Box Hill ? » l'interrompit

Mrs Wilkins qui buvait les paroles de Mrs Fisher, n'osant croire qu'elle avait devant elle quelqu'un qui avait réellement connu tous ces personnages considérables, les avait entendus parler, les avait vus, touchés peut-être.

Mrs Fisher lui lança un regard d'étonnement par-dessus ses lunettes. Dans sa hâte d'arracher à Mrs Fisher le plus de souvenirs possible avant que Mrs Arbuthnot ne l'entraînât sur la route du retour, Mrs Wilkins avait déjà plusieurs fois interrompu Mrs Fisher, et toujours mal à propos.

« Meredith, bien sûr, rétorqua Mrs Fisher un peu brusquement. Je me souviens d'un week-end très particulier... Mon père m'y emmenait souvent, mais je me souviendrai toujours de ce week-end...

— Avez-vous rencontré Keats aussi ? » l'interrompit avidement Mrs Wilkins.

Après un instant d'hésitation, Mrs Fisher mit à contribution tout son art du sous-entendu pour révéler qu'elle n'avait rencontré ni Keats ni Mr William Shakespeare, Esq.

« Oh bien sûr... C'est si stupide de ma part ! s'écria Mrs Wilkins soudain très rouge. Mais les immortels semblent toujours... vivants, n'est-ce pas... on a l'impression qu'ils vont pénétrer dans la pièce d'une minute à l'autre... et on oublie qu'ils sont morts. En réalité ils ne sont pas morts, pas vraiment... beaucoup moins morts que nous ne le sommes... »

Mrs Fisher la regardait par-dessus ses lunettes avec une curiosité croissante.

« J'ai vraiment cru voir Keats l'autre jour, continua Mrs Wilkins, encouragée de n'être pas interrompue à son tour. C'était à Hampstead, de l'autre côté de la maison... vous savez, la maison où il habitait... »

Mrs Arbuthnot déclara qu'il était temps pour elles de se retirer.

Mrs Fisher ne fit pas mine de les retenir.

« J'ai vraiment cru que je le voyais, protesta Mrs Wilkins, cherchant frénétiquement un soutien, incapable de s'arrêter maintenant. Je suis persuadée que c'était lui... Il était habillé en... »

Mrs Arbuthnot elle aussi la regardait à présent d'un air étrange. De sa voix la plus douce elle suggéra qu'elles risquaient d'être en retard pour déjeuner.

C'est alors que Mrs Fisher demanda des références. Elle n'avait pas la moindre envie d'être enfermée un mois durant avec une voyante extralucide. Sans doute y avait-il trois salons, sans compter le jardin et le chemin de ronde, ce qui lui permettrait d'échapper à Mrs Wilkins. Cependant il aurait souverainement déplu à Mrs Fisher que Mrs Wilkins prétendît, par exemple, qu'elle avait « vu » Mr Fisher. Le pauvre homme était mort, qu'il le reste ! Elle n'avait pas la moindre envie d'entendre dire qu'il se promenait tranquillement dans le jardin. En fait, les seules références dont elle avait besoin concernaient la santé de Mrs Wilkins — car elle avait atteint un âge et une position dans le monde qui faisaient qu'elle se souciait comme d'une guigne de partager une maison avec des partenaires n'appartenant pas à la meilleure société. Donc, la santé de Mrs Wilkins était-elle bonne ? Était-elle quelqu'un de normal, de sensé ? Mrs Fisher avait l'impression que si elle pouvait avoir ne serait-ce qu'une adresse, elle finirait par en avoir le cœur net. Aussi demanda-t-elle effectivement des références, ce qui fit à ses visiteuses l'effet d'une douche froide. Les visions de Mrs Wilkins se dissipèrent aussitôt. Au point que Mrs Fisher se sentit obligée d'ajouter que cela n'avait rien d'inhabituel.

Mrs Wilkins fut la première à recouvrer ses esprits.

« Mais, commença-t-elle, n'est-ce pas plutôt à nous de vous en demander ? »

Mrs Arbuthnot en était bien d'accord. Après tout c'étaient elles qui conviaient Mrs Fisher à les rejoindre, et non l'inverse !

En guise de réponse Mrs Fisher s'appuya sur sa canne, alla s'asseoir à son écritoire, et d'une main qui ne tremblait pas écrivit trois noms qu'elle soumit à Mrs Wilkins. Ces noms étaient si respectables, que dis-je, si augustes, que leur simple lecture suffisait à imposer le silence. Le président de l'Académie royale, l'archevêque de Canterbury, le gouverneur de la Banque d'Angleterre, qui oserait déranger de pareils personnages pour leur demander si une de leurs amies était bien tout ce qu'elle prétendait être ?

« Ils m'ont connue quand j'étais toute petite », dit Mrs Fisher.

Tout le monde paraissait avoir connu Mrs Fisher quand elle était petite.

« Je ne trouve pas qu'il soit juste d'exiger des références entre femmes, explosa Mrs Wilkins avec l'énergie d'une bête prise au piège car elle aurait été fort embarrassée de fournir aucune autre référence que le magasin Shoolbred, ce qui risquait d'être insuffisant car elle n'y était connue que par ses achats de poisson pour Mellersh. Nous ne sommes pas des hommes d'affaires. Pourquoi cette méfiance ? »

Mrs Arbuthnot, elle, soutint avec une parfaite dignité que ces exigences risquaient d'empoisonner l'atmosphère du voyage telle qu'elles l'avaient conçu et que dans ces conditions elles préféraient ne donner ni recevoir de références.

« Je suppose que vous préférerez donc ne pas vous joindre à nous », ajouta-t-elle.

Et elle s'apprêta à serrer la main de leur hôtesse.

C'est alors que le regard de Mrs Fisher croisa celui de Mrs Arbuthnot, ce beau regard qui inspirait confiance même aux contrôleurs du métropolitain. Au fond, ce serait absurde de perdre cette occasion d'aller en Italie à des conditions aussi avantageuses. Avec le renfort de cette femme évidemment sereine et placide elle parviendrait bien à calmer l'autre quand elle serait prise de visions. Aussi, en serrant la main de Mrs Arbuthnot, dit-elle :

« Très bien. Je renonce à exiger des références. »

Ce qu'elle fit.

En remontant vers la gare de Kensington High Street, les deux femmes trouvèrent que Mrs Fisher avait eu une manière un peu hautaine de donner son accord. Même Mrs Arbuthnot, toujours prête à absoudre son prochain, estimait qu'elle aurait pu s'exprimer autrement. Quant à Mrs Wilkins, échauffée par la marche et la lutte contre les parapluies des passants, elle alla jusqu'à proposer de se passer de Mrs Fisher.

« S'il faut que quelqu'un renonce, je préfère que ce soit nous ! »

Mais comme à l'habitude Mrs Arbuthnot réussit à calmer Mrs Wilkins qui finit par déclarer qu'à San Salvatore Mrs Fisher serait promptement remise à sa place.

« Je la vois déjà en train de se faire proprement remettre à sa place », dit-elle les yeux brillants.

Sur quoi Mrs Arbuthnot se mit à examiner dans sa belle tête de vierge sage les moyens les plus appropriés pour empêcher Mrs Wilkins d'avoir autant de visions, ou du moins pour l'inciter à cultiver la vision purement intérieure.

CHAPITRE QUATRE.

Mrs Arbuthnot et Mrs Wilkins avaient décidé de voyager de concert pour arriver à San Salvatore le soir du 31 mars – le propriétaire, qui avait fourni toutes les informations nécessaires à leur voyage, se réjouissait qu'elles n'eussent pas insisté pour n'arriver que le 1er avril. Lady Caroline et Mrs Fisher, qui ne se connaissaient pas encore et n'étaient donc pas obligées de se tenir compagnie pendant le voyage, ne découvrant leur identité que par approximations successives, étaient attendues le matin du 2 avril. De cette façon tout devait être prêt pour accueillir les deux femmes qui, en dépit du caractère fondamentalement égalitaire de l'arrangement conclu, jouaient d'une certaine manière le rôle des invitées.

Il y avait eu à la fin du mois de mars quelques regrettables incidents lorsque Mrs Wilkins, l'estomac noué et le cœur battant, le visage exprimant à la fois la terreur, le remords et la détermination, s'en était allée avouer à son mari qu'elle avait été invitée en Italie par une très chère amie, et qu'il n'en avait rien cru. Comment aurait-il pu croire que quiconque aurait jamais l'idée saugrenue d'inviter sa femme en Italie ? C'était sans précédent. Il avait donc exigé des preuves, et Mrs Wilkins avait été obligée de produire Mrs Arbuthnot. Cela n'avait pas été sans adjurations et supplications infinies ! Jamais Mrs Arbuthnot n'avait imaginé qu'elle serait confrontée à Mr Wilkins en personne et devrait lui débiter des demi-vérités, voire de fieffés mensonges. Comme elle en avait le sentiment depuis quelque temps, elle s'éloignait décidément de plus en plus de la voie de la vertu.

À vrai dire, le mois de mars tout entier avait été difficile, plein de moments désagréables, pénibles mêmes. La conscience de Mrs Arbuthnot, maintenue en parfait état de marche par des années de soins attentifs, ne réussissait pas à approuver ce qu'elle faisait et ne lui laissait pas un instant de repos. Jusque pendant ses prières elle venait la taquiner, ponctuant ses supplications de « N'est-ce pas d'une hypocrite ? En es-tu sûre ? Franchement, ne serais-tu pas déçue que ta prière soit exaucée ? »

Le mauvais temps se mettait aussi de la partie, en multipliant le nombre des malades à visiter. Ils attrapaient la bronchite, les fièvres, tout ce qu'ils pouvaient. Et voilà qu'elle dépensait son argent, leur argent, pour son plaisir et distraction. Elle, elle seule et égoïste, en face de ces pitoyables multitudes...

Elle n'arrivait plus à regarder le pasteur en face. Comme tout le monde, le malheureux ignorait les noirs desseins de sa paroissienne. C'est bien simple, depuis le début de cette affaire Mrs Arbuthnot n'osait plus regarder personne en face. Sous divers prétextes elle s'était fait excuser lors des diverses réunions au cours desquelles elle devait prendre la parole. Comment aurait-elle pu en conscience demander de l'argent pour des œuvres quand elle ne songeait qu'à ses plaisirs ? On imagine que ses scrupules ne s'étaient pas apaisés lorsque, dans un effort pour reconstituer un pécule inconsidérément entamé, elle avait dit à Frederick qu'elle lui serait reconnaissante de lui faire tenir quelque argent et qu'il lui avait, séance tenante, remis un chèque de cent livres. Il n'avait posé aucune question. Elle était devenue écarlate. Il l'avait regardé un instant, puis était sorti, très heureux qu'elle consentît enfin à recevoir de l'argent de lui. Elle s'empressa de tout distribuer à ses œuvres, mais n'en fut pas soulagée pour autant.

Mrs Wilkins, elle, n'avait pas de pareils scrupules, étant intimement persuadée qu'il était juste et bon que l'on prît des vacances, et tout aussi certaine qu'il n'y avait rien de mal à dépenser pour son plaisir un argent durement gagné.

« Nous aurons tout le temps d'être vertueuses quand nous serons rentrées d'Italie », répétait-elle à Mrs Arbuthnot pour encourager son amie qui pâlissait de jour en jour.

Mais si Mrs Wilkins n'avait pas de scrupules, elle avait des craintes. Mars ne fut pas un très bon mois pour elle non plus. L'angoisse la minait chaque fois que Mr Wilkins, inconscient de ce qui se tramait sous son propre toit, mangeait son poisson en silence dans la quiétude d'une illusoire sécurité.

Et puis rien ne se passait comme prévu. Tout allait de travers. Mrs Wilkins, qui tenait pendant ce mois à servir à Mellersh ce dont il était le plus friand, mettait tous ses soins à choisir et cuisiner les poissons les plus succulents. Mellersh en fut d'abord étonné, puis ravi, au point de se demander s'il n'avait pas fait le bon choix en épousant Mrs Wilkins, contrairement à ce qu'il pensait le plus souvent. Aussi, le troisième dimanche du mois – Mrs Wilkins avait calculé qu'elle parlerait de son invitation en Italie le quatrième dimanche car cette année-là il y avait cinq dimanches en mars et elle devait partir le cinquième dimanche –, le troisième dimanche, donc, après un savoureux déjeuner au cours duquel le *Yorkshire pudding* avait littéralement fondu dans sa bouche et la tarte à l'abricot été si succulente qu'il n'en avait pas laissé une bouchée, Mellersh alluma un bon cigare devant la cheminée pendant que la grêle crépitait contre la vitre, et fit une déclaration stupéfiante :

« J'ai bonne envie de vous emmener en Italie au moment de Pâques. »

Il marqua une légère pause, afin que son épouse pût sans difficulté lui exprimer sa gratitude infinie.

Mais rien ne vint. Le silence était total, pesant, on n'entendait plus que le bruit de la grêle contre les fenêtres et le joyeux ronronnement du feu. Mrs Wilkins était trop émue, trop abasourdie pour parler. Elle ne s'était préparée à annoncer la nouvelle de son départ que le dimanche suivant et n'avait même pas encore choisi les mots pour le dire.

Mr Wilkins, qui n'avait pas été à l'étranger depuis la guerre et avait remarqué avec un dégoût croissant la persistance du mauvais temps, les semaines venteuses succédant aux semaines pluvieuses, s'était peu à peu habitué à l'idée de quitter l'Angleterre au moment de Pâques. Ses affaires prospéraient. Il pouvait donc s'offrir le voyage. Aller en Suisse au mois d'avril n'avait pas de sens. Au contraire il y avait quelque chose de rassurant et de familier à associer Pâques et l'Italie. Va pour l'Italie ! Et comme il risquait de s'exposer à des commérages déplaisants s'il n'emmenait pas sa femme avec lui il s'était résolu à cette idée — n'avait-on pas souvent l'usage d'une deuxième personne lors d'un voyage à l'étranger, ne fût-ce que pour surveiller les bagages ?

Il s'était attendu à des manifestations d'enthousiasme débordant et ne comprenait rien à leur absence manifeste. Elle ne devait pas l'avoir entendu, tout occupée qu'elle devait être de quelque billevesée. Dommage qu'elle soit restée si enfant !

Il tourna la tête — leurs chaises faisaient face au feu —, et la regarda attentivement. Elle ne quittait pas le feu des yeux, et c'était sûrement le feu qui la rendait si rouge.

« Je compte, répéta-t-il à haute et intelligible voix, et avec quelque vivacité car un pareil manque d'attention était vraiment inqualifiable de la part d'une épouse, vous emmener en Italie pour Pâques. M'entendez-vous ? »

Oui, elle l'avait bien entendu et s'émerveillait de cette coïncidence qui... que... dont elle allait l'entretenir... et qui faisait qu'elle avait invité une amie... non qu'une amie l'avait invitée à Pâques — Pâques était en avril, c'était bien cela ? — et cette amie avait justement... justement là-bas...

Morte de peur et de remords elle s'était montré encore plus incohérente qu'à l'ordinaire.

L'après-midi avait été horrible. Mellersh, au comble de l'indignation, l'avait soumise à un interrogatoire en règle. Il avait exigé haut et fort qu'elle écrivît sur le champ une lettre pour décliner l'invitation qu'elle avait eu la folie d'accepter sans même le consulter. Puis, à force de se heurter à une résistance inattendue, il avait refusé tout net de croire à la réalité de l'invitation, comme de cette Mrs Arbuthnot dont il n'avait jamais entendu parler. Il fallut que cette dernière fût produite devant lui — avec mille difficultés et seulement après qu'elle eût menacé à plusieurs reprises de tout abandonner plutôt que d'induire Mr Wilkins en erreur —, pour qu'il consentît à croire à leur histoire. Comment ne pas accorder foi à tout ce que pouvait dire Mrs Arbuthnot ? Elle lui inspirait la même confiance qu'aux contrôleurs du métropolitain, et n'avait donc pas eu à souiller sa bouche de quelque mensonge que ce fût. Mais sa conscience lui avait remontré qu'en ne disant rien elle avait sciemment trompé son semblable. « Dieu ne distingue pas, lui, entre péchés par action et péchés par omission » lui avait-elle rappelé sans faiblir.

La fin du mois de mars s'écoula comme un mauvais rêve. Mrs Arbuthnot et Mrs Wilkins se sentaient affreusement coupables. Moralement, elles avaient atteint le dernier degré de l'épuisement. Aussi le matin du 30 mars ne ressentaient-elles nullement ce frémissement joyeux qui accompagne d'ordinaire les départs en vacances.

« Nous avons été beaucoup, beaucoup trop vertueuses, répétait Mrs Wilkins tandis qu'elles arpentaient le quai à la gare de Victoria — elles étaient arrivées une heure à l'avance —, c'est pour cela que nous avons l'impression de faire quelque chose de mal. Avec nos mille rides de remords nous n'avons plus rien d'humain. Aucun être au monde ne peut faire preuve d'autant de vertu que nous. Oh ! Penser que nous sommes à la gare, que nous sommes sur le point de partir, et que tout le plaisir du départ nous est gâché parce nous avons trop gâté ces messieurs ! Qu'avons-nous fait, mon Dieu, qu'avons-nous fait si ce n'est vouloir être seules quelques semaines et nous trouver loin d'eux ! »

Mrs Arbuthnot n'avait pas besoin de demander qui Mrs Wilkins stigmatisait. Les maris, toujours les maris ! car elle persistait à croire que Frederick avait montré la même indignation que Mellersh à l'idée du départ de sa femme alors qu'il ignorait même qu'elle fût sur le point de partir.

Mrs Arbuthnot, qui ne parlait jamais de Frederick à Mrs Wilkins – elle l'aimait trop pour cela –, s'était bien gardée de dire que Frederick était en train de finir un de ses livres affreux et qu'il y avait des semaines qu'il n'était plus revenu à la maison. Pourquoi aurait-elle dû le prévenir ? Elle n'était que trop certaine de son indifférence, aussi avait-elle laissé un simple petit mot sur le plateau de l'entrée indiquant qu'elle partait en vacances pour un mois car elle était fatiguée, et que Gladys, la diligente femme de chambre, veillerait sur son confort. Elle ne disait même pas où elle partait. À quoi bon ? Il s'en moquait sûrement.

C'était une journée sinistre, aussi humide que venteuse. La traversée fut houleuse, et elles furent bien malades. Mais après tant de déboires, le seul fait d'arriver à Calais et de n'être plus malades leur parut merveilleux. Alors seulement un sentiment de bonheur, léger d'abord puis de plus en plus enivrant, s'empara de Mrs Wilkins avant de se communiquer à sa compagne encore toute pâle d'émotion. À Calais, où Mrs Wilkins avait voulu à toute force manger des soles – cela en ferait toujours quelques-unes que Mellersh n'aurait pas –, le souvenir de Mellersh commençait à s'estomper.

Aucun des porteurs français ne le connaissait. Aucun des douaniers de Calais ne se souciait de Mellersh. À Paris Mrs Wilkins n'eut même pas le temps de penser à lui car leur train avait du retard et elles attrapèrent de justesse le rapide de Turin à la gare de Lyon. Dès l'après-midi du lendemain elles étaient en Italie. Aussitôt l'Angleterre, Frederick, Mellersh, le pasteur, les pauvres, Hampstead, le club, Shoolbred, les choses et les gens de ce pays de tristesse et de froid avaient semblé perdre toute réalité et n'être plus que matière de rêve.

CHAPITRE CINQ.

Le ciel nuageux de l'Italie les surprit tant elles s'attendaient à trouver le grand soleil. Mais que leur importait ? N'étaient-elles pas en Italie où les nuages semblent des anges potelés ? Les deux jeunes femmes, tout à l'exaltation de leur premier voyage, ne quittaient pas des yeux les paysages qui défilaient devant la fenêtre du compartiment. Même la nuit elles éprouvaient une grande joie à sentir que chaque tour de roue les rapprochaient du but. À Gênes il avait commencé à pleuvoir — Gênes ! c'était à peine croyable de se trouver à Gênes, de lire ce nom au fronton de la gare comme si c'était la chose la plus naturelle du monde —, à Nervi la pluie avait redoublé, et lorsqu'enfin le train était parvenu à Mezzago, peu avant minuit, le rideau de pluie était devenu si épais qu'il semblait presque solide. Mais la pluie italienne était si belle ! — une pluie qui tombait bien droit, juste sur le parapluie, tout le contraire de ces bourrasques anglaises qui vous trempent jusqu'aux os. Et puis elle finissait par s'arrêter, et l'on découvrait que la terre était couverte de roses.

Mr Briggs, le propriétaire du château, leur avait dit de descendre à Mezzago et de prendre une voiture, oubliant qu'il arrive aux trains italiens d'être en retard — comme nous le savons bien. Il avait compté que ses locataires arriveraient à huit heures à la gare et trouveraient une file de voitures prêtes à les emmener.

Or le train avait quatre heures de retard, et lorsque Mrs Arbuthnot et Mrs Wilkins eurent descendu à grand peine les hautes marches glissantes, leurs jupes couvertes de suie humide car elles n'avaient pu les relever, les mains occupées par les bagages, aucune voiture ne les attendait. Ou plutôt aucune voiture ne les aurait attendues sans la prévoyance de Domenico, le jardinier de San Salvatore. Bien certain que le train arriverait en retard et que toutes les voitures seraient parties quand les voyageuses arriveraient, il avait fait envoyer à la gare la voiture de sa tante, conduite par le fils de celle-ci — son cousin, donc. Et comme sa tante, et sa voiture, habitait Castagneto, un village situé juste en dessous de San Salvatore, il n'était pas question que la voiture revînt à vide, quel que fût le retard du train.

Le cousin de Domenico se nommait Beppo. Il fit son apparition au moment où Mrs Arbuthnot et

Mrs Wilkins commençaient à désespérer. Le train était reparti. Aucun porteur n'était en vue, et elles avaient de plus en plus l'impression qu'elles ne se trouvaient nullement sur un quai de gare mais au beau milieu du grand chemin.

Jaillissant de l'obscurité, Beppo se mit à parler italien avec volubilité. Ce jeune homme d'excellente famille ne laissait pas de paraître inquiétant au milieu de la nuit, surtout avec le grand chapeau dégoulinant d'eau qui lui couvrait l'œil droit. La façon dont il s'empara de leurs valises les alarma. Il n'avait pas l'air d'un porteur. Heureusement il leur sembla entendre, dans le flot de paroles dont il les accabla, les mot magiques « *San Salvatore* ». Aussi les répétaient-elles comme une litanie — c'étaient les seuls mots d'italien qu'elles connaissaient — en trottinant derrière lui à travers rails et flaques d'eau, attentives à ne pas perdre leurs valises des yeux, jusqu'à la voiture haute sur roues qui les attendait.

La capote était relevée, et le cheval avait l'air perdu dans ses rêves. À peine furent-elles installées — à vrai dire Mrs Wilkins n'était pas encore assise —, que le cheval sortit brusquement de sa rêverie et partit comme une flèche. Sans Beppo, et sans les bagages.

Beppo se précipita à la tête du cheval en poussant de hauts cris et réussit à attraper les rênes pendantes. Non sans fierté il expliqua que son cheval n'en faisait jamais d'autres car il était plein d'ardeur et de feu et l'objet des soins attentifs de son maître — lui, Beppo —, qui l'aimait comme un fils, et que les dames ne devaient pas avoir peur — il avait remarqué qu'elles se serraient l'une contre l'autre. Malgré son éloquence, son verbe haut et clair — lui semblait-il —, les dames continuaient de le regarder d'un air interdit.

Il n'en continua pas moins de les entretenir de mille choses tout en disposant leurs bagages autour d'elles, certain qu'elles finiraient bien par le comprendre un jour, surtout s'il prenait soin de parler très fort et de souligner tout ce qu'il disait de gestes explicatifs élémentaires. Mais elles continuaient de le regarder avec une incompréhension aussi manifeste que désolante. Il remarqua qu'elles étaient très pâles, avaient l'air bien las et les yeux battus. Quelles belles dames pourtant ! Les deux paires d'yeux qui surveillaient chacun de ses mouvements par-dessus la pile de valises — elles n'avaient pas de malles mais une infinité de valises —, étaient dignes de la Madone elle-même. Tout ce que les dames savaient dire, et qu'elles répétaient maintenant à intervalles réguliers en lui tapotant l'épaule pour attirer son attention, c'était « *San Salvatore ?* »

Au bout du compte il finit par hurler « *Sì, sì — San Salvatore !* »

« Qu'est-ce qui nous prouve que c'est bien à San Salvatore qu'il nous emmène », dit Mrs Arbuthnot à voix basse après qu'ils eurent roulé pendant une période qui leur avait semblé infiniment longue.

Ils avaient quitté le pavé de la ville endormie et suivaient maintenant les lacets d'une route que longeait sur leur gauche un muret au-delà duquel on ne percevait qu'une grande étendue obscure et le bruit de la mer. À leur droite se trouvait quelque chose de tout proche, d'abrupt et de très noir — « des rochers ! » murmurèrent-elles —, oui, d'immenses rochers.

« Rien ne le prouve en effet », convint Mrs Wilkins en frissonnant.

Elles étaient affreusement mal à l'aise. Il était tard. Il faisait noir. La route était déserte. Que se passerait-il si une roue se détachait, si elles rencontraient des *Fascisti*, ou quelque autre bande noire. Comme elles regrettaient maintenant de n'avoir pas couché à Gênes pour arriver de jour à San Salvatore.

« Mais nous aurions été le premier avril, dit Mrs Wilkins.

— Nous sommes déjà le premier avril », répondit Mrs Arbuthnot le souffle coupé.

Elles se turent.

Beppo se retourna sur son siège — elles avaient déjà remarqué cette habitude fort inquiétante, car le cheval devait évidemment être tenu sous haute surveillance —, et leur adressa une nouvelle harangue en beau langage, toujours ponctuée de vigoureux mouvements de bras.

Si seulement leurs mères avaient eu la bonne idée de leur enseigner l'italien quand elles étaient petites... Elles auraient pu dire à Beppo de s'asseoir correctement et de faire attention à son cheval. Elles ne savaient même pas comment on disait cheval en italien. Quelle honte d'être aussi ignorantes !

Dans leur anxiété – car la route longeait d'immenses rochers menaçants, et sur leur droite le petit muret ne suffisait pas à les rassurer –, elles se mirent elles aussi à gesticuler en tous sens. Elles ne désiraient rien d'autre que le voir se retourner et s'occuper d'avantage de son cheval, mais il pensa qu'elles voulaient accélérer l'allure. S'ensuivirent dix minutes de panique pendant lesquelles il crut, bien à tort, qu'ils s'étaient enfin compris. Tout à son désir de faire admirer la pointe de vitesse de son cheval il se dressa sur son siège, fit claquer son fouet, et le cheval bondit en avant. Les rochers parurent se précipiter vers la voiture qui tanguait dangereusement, les bagages tressautèrent, Mrs Arbuthnot et Mrs Wilkins se précipitèrent dans les bras l'une de l'autre. Et l'on continua de tanguer, de tressauter, d'osciller et de cliqueter jusqu'à ce qu'un peu avant Castagneto le cheval, qui connaissait la route par cœur, s'arrêtât brusquement au pied d'une montée un peu forte, faisant valser les bagages, avant de repartir au tout petit trot.

Beppo se retourna pour recueillir les bravos que son cheval avait bien mérités, mais les belles dames restaient muettes. Leurs yeux s'écarquillaient encore d'avantage, et dans l'obscurité leurs visages très pâles semblaient cireux.

En leur malheur il ne leur échappa quand même pas qu'on apercevait maintenant des maisons à la place des rochers et du petit muret. La mer paraissait plus lointaine – on ne l'entendait presque plus –, et la route moins désolée. Aucune lumière cependant, et personne pour les regarder passer, ce qui n'empêcha pas Beppo de faire de nouveau claquer son fouet et de relancer son cheval après avoir hurlé « *Castagneto* ! »

« Nous arriverons dans quelques minutes », se dit Mrs Arbuthnot en serrant les dents.

« Nous allons bientôt nous arrêter », se dit Mrs Wilkins en serrant les dents elle aussi.

Elles n'osaient plus parler car leurs voix auraient été couvertes par le fracas du fouet, des roues et des cris d'encouragement que Beppo continuait à prodiguer à son cheval, mais scrutaient désespérément l'obscurité à la recherche de ce qui pourrait ressembler à San Salvatore.

Elles avaient espéré qu'à la sortie du village serait apparu un portique médiéval qu'elles auraient bientôt traversé, et que les domestiques en rang d'oignons les auraient accueillies devant une grande porte brillamment éclairée.

Au lieu de cela la voiture s'arrêta brusquement.

En écarquillant les yeux elles constatèrent qu'elles se trouvaient encore dans la grand rue du village, bordée de chaque côté de maisons basses, et pourtant Beppo abandonnait les rênes – évidemment certain que le cheval ne démarrerait pas cette fois –, et descendait de son siège. Au même moment, comme surgis du néant, plusieurs jeunes garçons apparurent de chaque côté de la voiture et commencèrent à en extraire les bagages.

« Non non ! *San Salvatore, San Salvatore !* s'écria Mrs Wilkins en s'agrippant comme elle pouvait aux valises.

– *Sì, sì – San Salvatore, San Salvatore !* » reprirent-ils en chœur.

Et ils continuèrent de sortir les bagages.

« Mais ce ne peut pas être San Salvatore ! » dit Mrs Wilkins en se tournant vers Mrs Arbuthnot qui, elle, restait parfaitement sereine devant cet acte de brigandage manifeste.

Si ces gens étaient vraiment des brigands déterminés à s'emparer de ses valises, que pouvait-elle faire pour les en empêcher ?

« Non, je ne crois pas », dut-elle reconnaître, non sans s'étonner des chemins tortueux que semblait prendre la Providence.

N'avaient-elles donc tant rêvé, tant travaillé, tant péché aussi que pour se faire détrousser dès leur arrivée ? Le Dieu de Bonté pouvait-il avoir voulu cela ?

Elle eut très honte de ses mauvaises pensées et, tandis que les jeunes gens disparaissaient dans la nuit avec les bagages et que l'homme à la lanterne aidait Beppo à lui arracher la couverture, rappela en souriant à Mrs Wilkins que leur sort était entre les mains du Très-Haut. Pour la première fois de sa vie, cette idée terrifia Mrs Wilkins.

Il fallait bien descendre pourtant. Elles ne pouvaient pas rester dans la voiture à répéter « San Salvatore, San Salvatore ! » comme des oiselettes captives. Chaque fois qu'elles prononçaient les mots magiques, d'une voix chaque fois plus éteinte, Beppo et son compagnon leur faisaient bruyamment écho. Si seulement elles avaient appris l'italien quand elles étaient petites ! Si seulement elles avaient su comment dire « conduisez-nous jusqu'à la porte. » Mais elles ignoraient même comment on disait « porte » en italien. Pareille ignorance n'était pas seulement honteuse, elle se révélait grosse de dangers. Et pourtant il ne servait à rien de se lamenter et de retarder l'inévitable en s'accrochant à la voiture. Aussi descendirent-elles.

Les deux hommes déployèrent aussitôt leurs parapluies et les leur présentèrent galamment, ce qu'elles trouvèrent plutôt encourageant. Des brigands auraient-ils pris la peine de leur apporter des parapluies ? L'homme à la lanterne leur fit signe de le suivre, accompagnant ses gestes d'un flot de mots sonores et bien scandés, mais Beppo demeurait en retrait, ce dont elles ne manquèrent pas de s'aviser. Ne convenait-il pas de le payer ? Non, pensèrent-elles, puisqu'elles couraient encore le risque d'être volées, et peut-être tuées. En ces cas nul n'était tenu de payer quoi que ce fût. Et puis il ne les avait même pas conduites à San Salvatore — quel que fût l'endroit où elles se trouvaient. Il ne manifestait d'ailleurs aucun désir d'être payé, et les laissa s'enfoncer dans la nuit sans piper mot. Très mauvais signe... S'il ne demandait rien c'est qu'il savait qu'il suffisait d'attendre pour recevoir sa part du butin.

On parvint à des marches taillées dans le roc. La route s'arrêtait brusquement devant une église d'où partait un escalier. L'homme éleva sa lanterne pour éclairer les marches.

« *San Salvatore ?* » osa demander Mrs Wilkins d'une voix blanche avant de s'y engager.

Même si cela ne servait à rien elle ne pouvait se résoudre à marcher en silence à l'abattoir. On n'avait jamais vu qu'un château fût construit au bas d'un escalier.

Mais l'écho retentit encore :

« *Sì, sì ! San Salvatore !* »

Elles descendirent avec mille précautions, relevant leurs jupes comme pour se prouver à elles-mêmes qu'elles en auraient peut-être encore besoin, qu'il n'était pas impossible que la vie continuât.

Les marches conduisaient à un sentier en pente raide, pavé de grandes dalles humides. Elles glissaient sur les dalles, et l'homme à la lanterne vint galamment à leur secours.

« Peut-être les choses vont-elles s'arranger, murmura Mrs Wilkins.

— Nous sommes entre les mains du Très-Haut, répéta Mrs Arbuthnot, et encore une fois cela fit tressaillir Mrs Wilkins.

On finit par arriver au bas du sentier. À la faible lueur de la lanterne, elles découvrirent un vaste espace bordé de maisons sur trois côtés. Le quatrième était occupé par la mer qu'on entendait rouler paresseusement ses galets.

« *San Salvatore!* », dit l'homme en désignant de sa lanterne une masse noire qui s'incurvait autour de la plage comme le bras d'un dormeur autour d'un oreiller.

En écarquillant les yeux elles discernèrent à grand peine la masse noire et virent qu'une lumière brillait à son sommet.

« *San Salvatore?* s'écrièrent-elles avec la même incrédulité — où étaient leurs bagages, et pourquoi avaient-elles été forcées de quitter la voiture ?

— *Sì, sì ! San Salvatore !* »

Elles longèrent une sorte de quai au bord de l'eau. Il n'y avait même plus de muret, rien pour empêcher l'homme à la lanterne de les précipiter dans le vide. Mais il ne le fit pas. Tout finirait peut-être par s'arranger, comme le répéta Mrs Wilkins. Cette fois Mrs Arbuthnot ne crut pas nécessaire d'évoquer les mains du Très-Haut.

La lueur vacillante de la lanterne se reflétait sur le pavé mouillé du quai. Sur la gauche, au bout de la jetée, brillait une lumière rouge. Ils arrivèrent à un porche que barrait une lourde porte de fer. L'homme à la lanterne poussa la porte. Cette fois il fallut monter des marches pour parvenir à un petit sentier qui serpentait entre les fleurs. Elles ne pouvaient pas les distinguer, mais on sentait bien que l'endroit en était rempli.

Ce fut alors que Mrs Wilkins comprit que si la

voiture n'avait pas pu les déposer devant la porte c'était parce que seul le sentier y conduisait. Cela expliquait, aussi, la disparition des bagages. Peu à peu Mrs Wilkins en vint à penser qu'elles finiraient peut-être par les retrouver. San Salvatore paraissait situé au sommet d'une colline, comme tout château qui se respecte. Après un tournant elles virent soudain, brillant sur la hauteur, et beaucoup plus proche maintenant, la lumière qu'elles avaient aperçue depuis le quai. Mrs Wilkins fit part à Mrs Arbuthnot de son espoir fou, et cette dernière ne la découragea point.

Une fois encore, mais d'un nouveau ton de confiance, Mrs Wilkins demanda, en désignant du doigt la masse noire qui semblait se détacher contre le ciel : « *San Salvatore ?* » Et une fois encore on lui répondit — mais comme ces deux mots semblaient rassurants tout d'un coup — : « *Sì, sì ! San Salvatore !* »

Elles traversèrent un petit pont, apparemment jeté au-dessus d'un ravin, et se retrouvèrent au milieu de hautes herbes mouillées qui trempaient leurs bas. L'odeur des fleurs était partout. Le sentier continuait en zigzaguant entre des bouquets d'arbres. La pluie tiède exaltait tous les parfums de la nuit, et la lueur rouge sur la jetée paraissait de plus en plus lointaine.

Le sentier contournait une sorte de petite péninsule, et bientôt la jetée et sa lueur rouge disparurent tout à fait. Sur la gauche, par-delà une vaste étendue vide, on apercevait des lumières lointaines.

« *Mezzago*, dit l'homme à la lanterne en faisant un geste en direction des lumières.

— *Sì, sì*, répondirent-elles, car elles maîtrisaient maintenant parfaitement l'usage du *sì*.

L'homme à la lanterne saisit l'occasion pour les accabler de compliments galamment tournés sur leur excellent italien. Car il n'était autre que Domenico, le fidèle, le savant jardinier de San Salvatore, le meilleur serviteur du château, le talentueux, l'éloquent, le courtois, l'intelligent Domenico — mais elles l'ignoraient encore. Dans l'obscurité, et même à la lumière parfois, il avait bien l'air d'un brigand avec son teint basané, ses traits burinés, et la grâce féline de ses moindres mouvements.

Le sentier cessa un instant de monter. Sur leur droite elles distinguaient nettement une forme noire, avec de hauts murs. Puis le sentier recommença à s'élever sous des treillages en voûte d'où pendaient des feuillages parfumés et gorgés d'eau. La lanterne éclaira un instant un bouquet de lys blancs, et l'on arriva devant un perron aux marches rabotées par les siècles. Encore une porte de fer, et elles furent à l'abri. Elles continuèrent de monter un escalier en colimaçon, entre des murs qui paraissaient d'un donjon, et sous un toit voûté.

Tout en haut, une lumière électrique brillait derrière une grille de fer forgé.

« *Ecco !* », dit Domenico en gravissant allégrement les dernières marches et en ouvrant la grille.

Ainsi elles étaient vraiment arrivées. C'était bien San Salvatore. Et leurs bagages qui les attendaient... On avait même oublié de les assassiner !

Encore pâles de fatigue, les yeux éblouis par la vive lumière, elles échangèrent un regard plein d'émotion.

Ce fut un moment de pure joie. Leur château ! Enfin elles pouvaient en toucher les vieilles pierres polies par les siècles...

Mrs Wilkins prit Mrs Arbuthnot par le cou et l'embrassa avec une tendresse mêlée de solennité.

« Ma chère Lotty, dit Mrs Arbuthnot.

— Ma chère Rose », lui fit écho Mrs Wilkins, les yeux luisants de bonheur.

Domenico était enchanté. Il aimait fort à voir de belles dames s'embrasser de bon cœur, et il leur débita un enthousiaste discours de bienvenue. Les deux femmes, écrasées de fatigue, étaient toujours dans les bras l'une de l'autre et lui souriaient en battant des paupières sans rien comprendre à ses compliments fleuris.

CHAPITRE SIX.

QUAND Mrs Wilkins se réveilla, le lendemain matin, elle paressa au lit quelques minutes avant d'ouvrir les volets. Que verrait-elle de sa fenêtre ? La pluie, le soleil ? Qu'importe ! À travers cette fenêtre le monde serait beau, forcément beau.

Elle se trouvait dans une petite chambre aux murs blanchis à la chaux, au sol dallé, que ne suffisaient pas à remplir quelques vieux meubles dépareillés. Les deux lits de fonte émaillée étaient égayés par un décor de fleurettes. Elle restait couchée, retardant le moment d'ouvrir la fenêtre comme on retarde celui d'ouvrir une lettre trop longtemps attendue. Elle n'avait aucune idée de l'heure car elle n'avait plus remonté sa montre depuis la dernière fois qu'elle s'était couchée à Hampstead, il y avait des lustres de cela. N'entendant aucun bruit dans la maison, elle pensa qu'il était encore très tôt, et pourtant elle se sentait parfaitement reposée, apaisée. La tête dans les mains, elle songea qu'elle était bien heureuse, et ses lèvres se retroussaient en un sourire de satisfaction. Être au lit, et seule, la délicieuse situation ! Depuis cinq longues années elle n'avait plus dormi sans Mellersh. Quel plaisir tout neuf simplement de sentir la fraîcheur des draps, de s'y étirer tout à son aise, de tirer sans crainte les couvertures, ou d'arranger les oreillers à son idée !

Mrs Wilkins était partagée entre le désir d'ouvrir les volets et celui de continuer à paresser. Elle poussa un soupir de contentement et de nouveau parcourut la chambre des yeux, sa chambre à elle, que pendant ce mois béni elle serait libre d'arranger à sa guise, une chambre qu'elle avait payée de ses propres deniers, au prix de mille sacrifices, et dont elle pourrait tirer le verrou sans que personne eût rien à y redire. C'était une petite chambre bizarre, très différente de celles qu'elle avait connues jusqu'à présent. Elle avait quelque chose de monacal. Tout en elle, excepté les deux lits, évoquait une sorte d'austérité heureuse.

Mais s'il était délicieux de rester au lit à se répéter qu'elle était très heureuse, ce qui l'attendait au-delà des volets devait receler mille sources nouvelles d'enchantement. Elle se leva d'un bond, chaussa ses pantoufles car le carrelage n'était recouvert que d'un mince tapis, et s'en alla ouvrir les volets.

« Oh ! » s'écria Mrs Wilkins.

Toute la splendeur d'un avril italien semblait rassemblée à ses pieds. La mer bougeait à peine sous le soleil éclatant. De l'autre côté de la baie, de charmantes montagnes aux couleurs délicates paraissaient somnoler elles aussi dans l'éblouissante lumière. Sous la fenêtre, au pied de la pente herbue, fleurie, d'où s'élevait la muraille du château, on voyait un grand cyprès qui tranchait parmi le bleu, le violet et le rose tendre des montagnes et de la mer comme une immense épée noire.

Elle n'en croyait pas ses yeux. Tant de beauté pour elle seule ! Le visage baigné de lumière, elle sentait mille parfums monter vers elle tandis qu'une légère brise lui ébouriffait les cheveux. Plus loin dans la baie un petit groupe de bateaux de pêche voletait comme une troupe d'oiseaux blancs sur la paisible mer. Que de beauté, que de beauté ! Quel bonheur d'avoir assez vécu pour voir, sentir, respirer ce paysage de songe... Elle écarquillait les yeux, entrouvrait ses lèvres. Heureuse ? Oui elle était heureuse mais que ce mot paraissait soudain pauvre, ordinaire, insuffisant ! Comment décrire la salve de sensations qui l'envahissait ? Il lui semblait être devenue trop petite pour contenir une pareille joie. Quelle surprise de se trouver plongée en pleine béatitude alors qu'elle ne faisait rien que de parfaitement égoïste ! Les remords auraient dû la tenailler, or elle n'en ressentait pas le moindre. Comment cela était-il possible ? Elle qui était toujours si vertueuse en Angleterre et ne cessait de se torturer. Depuis toujours les remords, les chagrins, les découragements l'avaient accablée, elle qui ne vivait que pour autrui. Et voilà qu'elle avait abandonné sa vertu comme on se débarrasse d'un vêtement mouillé et n'en éprouvait que de la joie. Elle était nue, heureuse de l'être, jubilante, alors que pendant ce temps, dans leur Hampstead si terne et renfermé, Mellersh ne savait qu'exhaler sa mauvaise humeur.

Mrs Wilkins essaya de se représenter Mellersh, de l'imaginer qui prenait son petit déjeuner et remâchait sa rancœur. Mais l'image de Mellersh se brouillait, prenait d'inattendus tons de rose, de violet, de bleu, perdait ses contours, devenait iridescente. Au bout du compte, Mellersh finit par disparaître tout à fait.

« Eh bien ! » songea Mrs Wilkins, tentant vainement de rappeler son image.

Comment, elle qui connaissait si bien chacun de ses traits, chacune de ses expressions, était-elle soudain incapable de le voir autrement que baigné de lumière, comme se confondant avec le monde harmonieux qui l'entourait ? Des paroles d'action de grâce lui vinrent tout naturellement à l'esprit, et elle se mit à louer le Seigneur pour l'avoir créée, protégée, et couverte de bienfaits, mais surtout elle loua Son Infinie Bonté. À haute voix, tant l'émotion l'avait gagnée. Pendant ce temps, Mellersh tirait rageusement sur ses bottines avant d'aller affronter les rues trempées par la pluie battante, et il était loin de penser du bien de son épouse.

Mrs Wilkins entreprit de s'habiller, choisissant des vêtements blancs immaculés pour honorer ce beau jour d'été. Tout en défaisant ses malles elle se laissait aller au plaisir d'arranger à sa guise l'adorable petite chambre qui lui était échue. Elle virevoltait à travers la pièce à petits pas décidés, et sa silhouette élancée semblait se redresser peu à peu tandis que son petit visage, d'ordinaire contracté et comme fripé par la crainte de mal faire, se détendait à vue d'œil. Rien n'existait plus de ce qu'elle pouvait avoir fait avant ce matin, de ce qui l'avait souciée, tracassée. Comme le souvenir de Mellersh, chacun de ses soucis paraissait se dissoudre dans un excès de couleur et de lumière. Soudain elle remarquait des choses oubliées depuis bien des années. En brossant ses cheveux devant la glace, elle se surprit à penser « Dieu, qu'ils sont jolis ! » Depuis des années elle avait oublié jusqu'à l'existence de ces cheveux qu'elle tressait le soir et défaisait le matin avec autant d'indifférence qu'elle en mettait à lacer et délacer ses souliers. Elle prit une boucle entre ses doigts, la tordit devant le miroir, et ne put s'empêcher de s'enchanter de sa beauté. Jamais Mellersh n'avait remarqué ses cheveux lui non plus, car il ne lui en avait jamais parlé. Quand elle serait rentrée il ne faudrait pas manquer d'attirer son attention sur eux. Elle dirait : « Regardez mes cheveux, Mellersh. N'êtes vous pas fier de votre femme aux cheveux couleur de miel ? »

Jamais elle n'avait rien dit de ce genre à Mellersh, et l'idée la fit rire aux éclats. Pourquoi donc avait-elle tant peur de son mari, ou de quiconque d'ailleurs ? Comment surtout avoir de la crainte pour un mari qu'on voit dormir tous les soirs, et qui ronfle quand il est enrhumé.

Lorsqu'elle fut prête, elle ouvrit la porte pour aller voir si Rose, qu'une domestique à moitié endormie avait installée la veille dans la cellule en face de la sienne, avait fini par se lever elle aussi. Elle lui souhaiterait le bonjour, puis se précipiterait au jardin sous le cyprès jusqu'à ce que le petit déjeuner fût servi, et ne se concéderait plus un instant de repos avant d'avoir fini d'aider Rose à préparer dignement l'arrivée de lady Caroline et de Mrs Fisher. Il restait beaucoup de choses à faire, et il ne fallait pas laisser Rose s'occuper de tout. Déjà elle se faisait une joie des regards extasiés des nouvelles arrivantes lorsqu'elles découvriraient leurs mignonnes chambres envahies de fleurs. Elle se souvint qu'elle n'avait pas souhaité la présence de lady Caroline parce qu'elle avait craint d'être intimidée. Et c'était pour cela qu'elle voulait lui refuser l'accès de leur paradis ? Quelle drôle d'idée ! Et quel manque de charité ! N'avait-elle pas souhaité que Mrs Fisher ne vînt pas elle non plus parce qu'elle la trouvait hautaine ? Comment avait-elle pu s'arrêter à de pareilles bêtises ?

Les chambres et deux des salons de San Salvatore se trouvaient à l'étage noble et donnaient sur un spacieux vestibule pourvu d'une large baie vitrée orientée au nord-est. San Salvatore était plein de petits jardins, et celui qu'on découvrait depuis cette fenêtre avait été aménagé tout au sommet des remparts. On ne pouvait y accéder qu'en descendant à l'étage inférieur et en traversant une grande porte-fenêtre. Lorsque Mrs Wilkins sortit de sa chambre, elle vit à travers la porte-fenêtre un arbre de Judée tout en fleur sous le soleil. On n'entendait aucun bruit. Des seaux remplis de lys blancs avaient été disposés par terre, et une brassée de capucines brillait de tout son éclat au milieu de la table. Ce silence, ce sentiment d'espace, ces fleurs en abondance, l'absurde beauté de l'arbre de Judée, tout cela sembla d'un coup presque trop beau à Mrs Wilkins. Allait-elle vraiment vivre un mois entier environnée de toutes ces belles choses ? Jusqu'alors elle avait dû se contenter de miettes de beauté rencontrées au hasard – une touffe de pâquerettes remarquée au milieu d'une pelouse de Hampstead, un jour qu'il faisait beau, ou un coucher de soleil entre deux cheminées. Jamais elle ne s'était trouvée en un lieu qui fût totalement beau. Elle n'avait jamais habité de maison ancienne, et elle ne parvenait pas à imaginer qu'on pût avoir autant de fleurs chez soi. Au printemps, il lui était arrivé un jour d'acheter une demi-douzaine de tulipes chez Shoolbred, toute tremblante à l'idée que Mellersh pourrait découvrir ce qu'elles avaient coûté, mais elles s'étaient fânées bien vite et n'avaient jamais été renouvelées. Quant à l'arbre de Judée, elle n'avait pas la première idée de ce que ce pouvait être et elle le dévorait des yeux dans un transport extatique.

Ce fut dans cet état, immobile au milieu du vestibule et les yeux perdus dans le vide, que Mrs Arbuthnot la découvrit.

« Quelle vision nous réserve-t-elle aujourd'hui ? » se demanda la vierge sage.

« Nous sommes entre les mains du Très-Haut, dit Mrs Wilkins d'un air de grande conviction en se tournant vers elle.

— Oh ! s'écria Mrs Arbuthnot, et tous les sourires qu'elle s'apprêtait à distribuer autour d'elle s'effacèrent en un instant de son joli visage. Que se passe-t-il à présent ? »

Mrs Arbuthnot s'était réveillée avec un tel sentiment de sécurité et de soulagement qu'elle ne craignait rien tant que de devoir à nouveau chercher un refuge contre l'adversité. Elle n'avait même pas rêvé de Frederick. Pour la première fois depuis des années lui avait été épargné ce songe cruel où il venait la rejoindre, où leurs cœurs ne faisaient plus qu'un, avant de se dissiper avec l'aurore. Elle avait dormi comme un bébé et s'était réveillée pleine de confiance, au point que sa prière du matin s'était résumée en un grand Merci. Que venait-on maintenant lui parler des mains de Dieu ?

« Il n'est rien arrivé de grave, j'espère... »

Mrs Wilkins la considéra un instant avant d'éclater de rire.

« Comme c'est drôle ! dit-elle en l'embrassant.

— Qu'est-ce qui est drôle ? demanda Mrs Arbuthnot, rassurée par le rire de Mrs Wilkins.

— Mais nous... Cet endroit... Tout... Tout est si merveilleux, si drôle, si adorable... Je crois que lorsque nous gagnerons le paradis dont on nous a tant rebattu les oreilles nous ne le trouverons pas plus séduisant ! »

Mrs Arbuthnot avait recouvré son beau sourire serein.

« C'est divin, n'est-ce pas ?

— Avez-vous jamais été aussi heureuse de toute votre vie ? demanda Mrs Wilkins en la prenant par le bras.

— Non », répondit simplement Mrs Arbuthnot.

Et vraiment elle ne l'avait jamais été, pas même dans les débuts de son amour pour Frederick, car le sentiment de la douleur, alors, n'avait jamais cessé de la poursuivre. Doutes, remords, excès d'amour, tout semblait prétexte à tortures intérieures. À San Salvatore, au contraire, elle ne ressentait que le bonheur simple qui naît d'un parfait accord avec le monde, le bonheur qui ne demande rien, le bonheur qui est consentement, respiration, pur sentiment d'existence.

« Allons voir cet arbre, proposa Mrs Wilkins. Je n'arrive pas à croire que ce ne soit qu'un arbre. »

Elles traversèrent le vestibule bras dessus bras dessous. Jamais leurs maris n'auraient reconnu leurs épouses moroses dans ces jeunes femmes rieuses. Lorsqu'elles se furent repues du spectacle qu'offrait le merveilleux arbre rose, elle aperçurent à l'autre bout du petit jardin lady Caroline, assise sur le petit muret, les pieds jouant parmi les lys.

L'étonnement les laissa sans voix, et elles restèrent un grand moment à la regarder sans oser bouger d'un pouce.

Elle était vêtue de blanc elle aussi, et ne portait pas de chapeau. Le jour où elles l'avaient rencontrée, à Londres, un grand chapeau lui tombait sur les yeux et ses fourrures montaient jusqu'aux oreilles, ce qui les avait empêchées de se rendre compte qu'elle était de la plus grande beauté. Tout au plus l'avaient-elles trouvée différente des autres femmes du club — un sentiment que celles-ci semblaient partager, tout comme les serveuses qui l'examinaient du coin de l'œil chaque fois qu'elles passaient près de leur groupe —, mais elles ne s'étaient pas rendu compte de sa beauté. Tout en elle était porté au comble de la perfection. Sa chevelure blonde était très blonde, ses yeux gris du plus charmant des gris, sa peau blanche presque transparente, et ses lèvres avaient la couleur pourpre des cerises mûres. Elle était incroyablement mince, sans être toutefois dépourvue d'avantages que dissimulait mal sa robe légère. Elle regardait la baie, et sa silhouette se découpait avec la plus grande netteté contre le ciel bleu et vide. Le soleil donnait sur elle en plein. On voyait ses pieds se balancer nonchalamment au milieu des fleurs et des feuilles de lys, comme si elle se souciait fort peu de les abîmer.

« Elle va attraper une migraine si elle reste trop longtemps au soleil, finit par murmurer Mrs Arbuthnot.

— Elle devrait porter un chapeau, murmura en retour Mrs Wilkins.

— Elle abîme les lys.

— Ils sont à elle autant qu'à nous ...

— Pour un quart seulement. »

Lady Caroline se retourna. Au début elle eut du mal à reconnaître les dames d'œuvre qu'elle avait rencontrées au club. Celles-ci auraient même pu passer pour séduisantes, si seulement on pouvait séduire quand on était aussi mal fagoté. Pour les jauger de la tête aux pieds il lui avait suffi de la demi seconde pendant laquelle elle avait hésité avant de leur sourire, de lancer un grand geste de la main et de leur crier « bonjour ! » Dès le premier coup d'œil elle avait jugé qu'il ne valait pas la peine de s'attarder sur leurs vêtements. C'était de sa part une réaction purement inconsciente car elle était dans une phase de réaction violente contre les vêtements trop beaux et l'insupportable esclavage auquel ils vous soumettent. Toute son expérience lui avait appris que dès l'instant où l'on avait le malheur de les endosser ils ne vous laissaient plus en paix qu'on ne les ait promenés partout et fait admirer au monde entier. On ne mettait pas un vêtement pour aller à une réception, c'est lui qui vous y emmenait. Quelle erreur de croire qu'une femme vraiment élégante faisait parade de ses beaux habits, c'étaient eux qui la promenaient et l'exhibaient à toute heure du jour et de la nuit ! Comment s'étonner que les hommes restassent jeunes bien plus longtemps que les pauvres femmes ? Un nouveau pantalon ne les émouvait guère. En tout cas elle n'imaginait pas qu'il pût leur faire prendre le mors aux dents (ses images étaient un peu confuses mais elle ne s'était jamais souciée de les discipliner). Tandis qu'elle s'approchait de la fenêtre, elle se dit qu'il allait être bien reposant de passer un mois entier en compagnie de deux dames dont les robes rappelaient vaguement celles qu'on portait cinq ans plus tôt.

« Je suis arrivée hier matin », dit-elle en souriant de toutes ses dents.

Décidément elle avait tout de l'enchanteresse — même les fossettes.

« Quel dommage, répondit Mrs Arbuthnot rendant sourire pour sourire. Nous allions justement choisir pour vous la plus jolie chambre du château.

— Mais c'est déjà fait, dit lady Caroline. Du moins je l'espère. Elle a une double exposition — j'adore les chambres qui ont une double exposition, pas vous ? À l'ouest, vers la mer, et au nord, du côté de cet arbre de Judée.

— C'est que nous aurions aimé y mettre des fleurs, dit Mrs Wilkins.

— Oh, mais Domenico s'en est déjà occupé. Je le lui ai demandé dès que je suis arrivée. C'est le jardinier. Il est merveilleux !

— Bien sûr, dit Mrs Arbuthnot en trébuchant

un peu sur les mots. C'est une belle chose d'être indépendante et de savoir précisément ce que l'on veut.

– Oui, cela évite bien des complications, dit lady Caroline.

– Votre esprit d'indépendance vous permettra quand même de nous laisser vous exprimer toute notre sympathie », ajouta Mrs Wilkins.

Lady Caroline se tourna vers cette dernière, qu'elle avait jusqu'ici complètement ignorée. Le jour où elles s'étaient rencontrées dans ce club étonnant, Mrs Arbuthnot avait monopolisé la parole, et elle avait eu l'impression que Mrs Wilkins était quelqu'un de timide et d'un peu bizarre à qui mieux valait ne pas prêter attention – elle n'avait même pas été capable de dire au revoir sans rougir jusqu'aux oreilles. Aussi la considéra-t-elle avec quelque surprise. Son étonnement fut à son comble lorsque Mrs Wilkins déclara bien posément, d'un ton de conviction profonde qui n'admettait nulle réplique, qu'elle ne s'était pas rendu compte, alors, à quel point lady Caroline était jolie.

Lady Caroline n'avait pas l'habitude de compliments aussi directs. Si habituée qu'elle fût aux commentaires flatteurs – et comment ne pas l'être à vingt-huit ans révolus ? –, elle n'avait encore jamais été apostrophée de la sorte, et par une femme qui plus est.

« C'est très gentil à vous de me le dire.

– Mais vous êtes vraiment très jolie, dit Mrs Wilkins.

— J'espère que vous savez profiter au mieux de ces avantages naturels ! » dit Mrs Arbuthnot d'un ton qu'elle voulait enjoué.

Lady Caroline se retourna vers Mrs Arbuthnot.

« Oh bien sûr, dit-elle. Je n'ai fait que cela toute ma vie, aussi loin que je me souvienne.

— Car vous n'ignorez pas... dit Mrs Arbuthnot en brandissant un doigt menaçant,... qu'ils ne sont pas éternels ! »

Mon Dieu, songea lady Caroline. Des originales ! Quel ennui. Rien ne la rasait comme les originaux qui tenaient absolument à la prendre pour témoin de leurs excentricités. Et cette admiratrice qui ne la lâcherait pas d'une semelle pour mieux l'admirer... Elle ne demandait à ces vacances rien d'autre qu'un peu de tranquillité, l'éloignement le plus grand possible de son univers habituel. Or, être admirée, poursuivie était son lot quotidien. Quant à sa tranquillité, la meilleure manière de la défendre n'était sans doute pas de se faire enfermer avec deux folles dans un château bâti sur un promontoire rocheux pour empêcher, semblait-il, les allées et venues trop faciles. Peut-être conviendrait-il qu'elle montrât quelque froideur. Elles avaient eu l'air tellement timides ce jour-là au club, même la brune — elle n'arrivait pas à se souvenir de leurs noms —, qu'elle n'avait pas vu le danger qu'il pouvait y avoir à se montrer amicale. Et voilà qu'elles sortaient de leurs coquilles, sans plus montrer aucune trace de timidité. Si elle les laissait faire elles allaient bientôt se montrer envahissantes et c'en serait fait de son beau rêve de silence et de repos, de journées tout entières passées à paresser au soleil sans adresser la parole à âme qui vive, à lisser paisiblement ses plumes loin des importuns et des sots, et en général à se débarrasser de cette lassitude, de cette mélancolie, de cette fatigue profonde dont elle se sentait accablée.

Et puis il y avait Mrs Fisher. Elle aussi, il faudrait la tenir en lisière. Lady Caroline était partie plus tôt que prévu pour deux raisons : parce qu'elle voulait choisir la première une chambre qui lui convînt, et parce qu'elle craignait de devoir voyager avec Mrs Fisher. Elle ne voulait pas voyager avec elle. Elle ne voulait pas arriver avec elle. Elle ne voyait pas pourquoi elle devrait partager un seul instant de sa vie avec Mrs Fisher.

Malheureusement, Mrs Fisher elle aussi avait eu l'idée de partir plus tôt que prévu afin de choisir sa chambre, et elles avaient fini par voyager de concert. Dès Calais elles avaient cru se reconnaître. Leurs soupçons s'étaient trouvés confirmés à Paris, puis à Modane, et à Mezzago elles avaient dû déployer des ruses de Sioux pour prendre des voitures séparées qui avaient quitté Castagneto roue dans roue. Pourtant, lorsqu'il avait fallu quitter la route pour descendre l'escalier devant l'église, les deux dédaigneuses avaient été contraintes de joindre leurs forces.

L'impotence de Mrs Fisher avait obligé lady Caroline à s'occuper de tout. Mrs Fisher aurait beaucoup aimé prendre les choses en main, ainsi qu'elle l'avait expliqué depuis le confort de sa voiture, mais son infirmité l'en empêchait malheureusement tout à fait. Les deux cochers ayant déclaré qu'ils avaient besoin d'aide pour porter les bagages au château, c'était lady Caroline qui était allée en quérir tandis que Mrs Fisher attendait tranquillement dans sa voiture. Mrs Fisher pouvait fort bien parler l'italien, mais seulement l'italien dantesque que Matthew Arnold lui avait appris quand elle était petite fille, et elle craignait que cette noble langue ne fût pas comprise par les naturels du pays. Comme lady Caroline parlait fort bien l'italien de tous les jours, c'était évidemment à elle qu'il revenait d'assurer les contacts avec le monde.

« Je remets mon sort entre vos mains, avait dit Mrs Fisher. Vous savez, je ne suis qu'une vieille femme affligée de rhumatismes. »

Et lady Caroline avait dû marcher à petits pas, comme elle l'aurait fait avec sa propre grand-mère, pour ne pas distancer Mrs Fisher le long du quai et du sentier zigzagant.

« Mes rhumatismes... », faisait remarquer Mrs Fisher à intervalles réguliers et non sans quelque délectation visible.

Lorsqu'elles s'étaient reposées sur un banc heureusement disposé à un tournant du sentier zigzagant, et que lady Caroline, qui mourait d'envie de courir jusqu'au château, avait été forcée par simple humanité de tenir compagnie à Mrs Fisher, celle-ci avait entrepris de raconter qu'elle s'était trouvée un jour sur un sentier exactement semblable à celui-ci en compagnie de Tennyson.

« Le joueur de cricket ? avait demandé lady Caroline d'un air absent.

— Il n'y a qu'un Tennyson ! avait répondu Mrs Fisher en l'examinant un instant par dessus ses lunettes.

— Bien entendu.

— Je veux parler d'Alfred !

— Oh ! ...

— Et le sentier, avait sévèrement repris Mrs Fisher, était tout semblable à celui-ci. Il n'y avait pas d'eucalyptus, bien sûr, mais cela mis à part c'était l'exacte réplique de celui-ci. Donc, Tennyson se retourne et me dit... — je le vois encore se retourner et me dire sans plus de façon... »

Oui, il fallait absolument tenir Mrs Fisher à distance. Et ces deux là-bas à leur fenêtre aussi. Autant commencer tout de suite d'ailleurs. Dommage qu'elle soit allée à leur rencontre. Elle aurait dû se contenter d'un signe de la main et attendre qu'elles descendissent au jardin.

Lady Caroline fit donc mine de ne pas avoir entendu la dernière remarque de Mrs Arbuthnot, ni vu son index levé, et dit avec une froideur marquée — en tout cas d'un ton qu'elle s'efforça de rendre le plus froid possible —, qu'elle avait déjà pris son petit déjeuner et ne pourrait se joindre à elles ce matin-là. Mais si désagréable que lady Caroline s'efforçât d'être, elle paraissait toujours attentionnée et pleine de sympathie pour ses interlocuteurs à cause de sa belle voix chaude, produit d'une malheureuse disposition de ses organes phoniques qui la contrariait grandement dans ses efforts pour se montrer acariâtre. En conséquence de quoi jamais elle n'avait réussi à rabrouer qui que ce fût. C'était extrêmement ennuyeux, d'autant plus que ses regards les plus sévères perdaient toute force de conviction, venant d'yeux si beaux et ombrés de si longs cils. Ceux qu'elle entendait foudroyer du regard se sentaient simplement flattés d'avoir attiré l'attention d'une si belle personne, et lorsqu'elle était en colère ou fatiguée – ce qui peut arriver à tout le monde –, elle avait l'air si malheureux que tout le monde se précipitait à son secours et se croyait obligé de l'embrasser à qui mieux mieux. À ce point ce n'était plus seulement ennuyeux, c'était affolant. Par quel caprice de la nature fallait-il toujours qu'elle eût l'air d'un ange descendu sur terre pour le bonheur des humains ? Chaque fois qu'elle tentait de se montrer désagréable, voire grossière, les pires malentendus s'ensuivaient inévitablement.

« J'ai pris mon petit déjeuner dans ma chambre, dit-elle en s'efforçant à la brièveté. Nous nous verrons plus tard. »

Ayant salué les deux dames, elle tourna les talons et revint s'asseoir sur le muret, dans la fraîcheur des lys.

CHAPITRE SEPT.

PLEINES d'admiration, les deux femmes la suivirent du regard, sans avoir le moins du monde compris que lady Caroline entendait les remettre à leur place. Bien sûr, elles étaient déçues que celle-ci les eût devancées, les privant de la joie de tout préparer pour son arrivée et de la voir s'extasier devant tant de beauté et de prévenance. Mais il restait Mrs Fisher. Elles allaient concentrer tous leurs efforts sur Mrs Fisher. Même si, comme tout le monde, elles auraient préféré voir s'extasier lady Caroline.

Peut-être, puisque lady Caroline avait mentionné le petit déjeuner, devraient-elles d'ailleurs se hâter de manger quelque chose car il n'était plus temps de musarder. Il y avait tant à faire : interroger les domestiques, inspecter la maison de la cave au grenier, enfin préparer avec amour la chambre de Mrs Fisher.

Elles firent un grand signe de la main à lady Caroline qui paraissait très absorbée dans la contemplation du paysage. Quand elles se retournèrent, elles virent juste derrière elles la domestique dont elles avaient fait la connaissance la veille qui s'était approchée sans faire de bruit dans ses espadrilles de corde.

C'était Francesca, la vieille bonne qui était au service du propriétaire depuis des années, avait dit celui-ci, ce qui rendait tout inventaire superflu. Après leur avoir souhaité le bonjour et s'être réjouie qu'elles eussent passé une bonne nuit, elle annonça que le petit déjeuner était servi dans la salle à manger du rez-de-chaussée et qu'elle les y conduirait si elles voulaient bien la suivre.

Elles ne comprirent pas un traître mot du discours infini dont Francesca avait cru nécessaire d'affubler cette information bien simple, mais elles la suivirent sans barguigner — que pouvaient-elles faire d'autre ? Elles descendirent l'escalier, traversèrent un vestibule exactement semblable à celui du premier étage sinon que la baie vitrée était remplacée par une porte-fenêtre, et on les fit pénétrer dans la salle à manger. Au haut bout de la table, Mrs Fisher finissait son petit déjeuner.

Cette fois la stupéfaction des deux femmes ne les réduisit pas au silence. Même Mrs Arbuthnot ne put retenir un cri de surprise — il est vrai que cela n'alla pas au-delà d'un modeste « Oh ! »

Mrs Wilkins, elle, eut la surprise plus loquace :

« Mon Dieu, mais c'est comme si on nous retirait le pain de la bouche !

— Comment allez-vous ? demanda Mrs Fisher. Vous me pardonnerez de ne pas me lever. Mes rhumatismes... »

Et elle leur tendit à travers la table une main qu'elles s'empressèrent de serrer.

« Nous étions loin de penser que nous vous trouverions ici, dit Mrs Arbuthnot.

— Eh oui, dit Mrs Fisher en reprenant de la confiture. Comme vous le voyez, je suis là. »

Et elle décalota son œuf à la coque.

« Quelle déception pour nous ! dit Mrs Wilkins. Nous nous faisions une telle joie de vous accueillir... »

Mrs Fisher reconnut la folle furieuse qui prétendait avoir vu Keats à Prince of Wales Terrace. Avec celle-là, il allait falloir d'emblée jouer serré.

Elle ignora donc ostensiblement Mrs Wilkins et, penchée au-dessus de son œuf, déclara du ton le plus placide qu'effectivement elle était arrivée la veille en compagnie de lady Caroline.

« C'est horrible, dit Mrs Wilkins qui n'avait nullement compris qu'elle avait été mise hors de la conversation. Nous n'avons plus personne à accueillir maintenant. Je me sens fort contrariée. Comme si quelqu'un me retirait le pain de la bouche.

— Désirez-vous vous asseoir ? demanda Mrs Fisher à Mrs Arbuthnot, et à elle seule — l'image de la bouchée de pain ne lui avait vraiment pas plu.

— Oh, merci... » dit Mrs Arbuthnot en s'asseyant un peu brusquement à son côté.

Il n'y avait que deux chaises disposées autour de la table, à gauche et à droite de Mrs Fisher. Elle se laissa donc tomber sur l'une d'elles, et Mrs Wilkins en face, sur le siège restant.

Mrs Fisher, occupant le haut bout de la table, paraissait commander toute l'armée du petit déjeuner : cafetière, théière, pots de confiture et petites assiettes. Bien sûr, se dit Mrs Arbuthnot sans vrai ressentiment mais avec un peu de tristesse, San Salvatore leur appartenait à toutes les quatre, mais c'étaient Lotty et elle qui l'avaient découvert, l'avaient loué, et avaient décidé d'admettre Mrs Fisher à partager leurs vacances. Mrs Arbuthnot ne pouvait s'empêcher de penser que sans elles jamais Mrs Fisher ne se serait trouvée dans cette salle à manger. Moralement, Mrs Fisher devait se considérer comme leur invitée, et si aucune d'entre elles n'avait été chargée du rôle de maîtresse de maison, il était évident que ce n'était pas à lady Caroline ou à Mrs Fisher qu'il aurait dû revenir, mais à elle ou à Lotty. Voilà ce qui passait par la tête de Mrs Arbuthnot tandis que Mrs Fisher, la main que Ruskin avait tant de fois pressée maintenant haut levée au dessus des récipients posés devant elle, demandait sévèrement : « thé ou café ? » Mrs Arbuthnot sentit une recrudescence de mauvaises pensées lorsque Mrs Fisher frappa un petit gong placé à son côté comme si elle n'avait fait que cela toute sa vie et, à l'arrivée de Francesca, commanda en beau langage dantesque d'apporter davantage de lait. Il y avait chez Mrs Fisher un ton, une allure de commandement qui auraient profondément déplu à Mrs Arbuthnot si elle n'avait pas été aussi euphorique.

Mrs Wilkins l'avait remarqué elle aussi, mais cela l'avait surtout amenée à songer aux mauvaises habitudes des coucous, ces oiseaux malpolis qui n'hésitent pas à élire domicile dans le nid de leurs congénères. Sans aucun doute elle n'aurait pas manqué de discourir d'abondance sur ces volatiles discourtois si elle s'était trouvée dans la même condition de nerfs et le même état de timidité panique que lors de sa dernière rencontre avec Mrs Fisher, et cela bien sûr à sa façon incohérente, irrépressible et gênante pour tout le monde. Heureusement, le bonheur de San Salvatore l'avait débarrassée de sa timidité, et elle était parfaitement sereine. Maîtresse d'elle-même et de son discours, elle ne craignait plus de s'entendre raconter des horreurs. Elle était tout à fait à son aise, étonnante de naturel. La déception qu'elle avait d'abord éprouvée en apprenant qu'elle n'aurait rien à préparer pour l'arrivée de Mrs Fisher n'avait guère duré plus de quelques instants — comment pouvait-on se montrer déçue dans le jardin d'Eden ? Aussi Mrs Arbuthnot et elle avaient-elles pris place avec plus de bonne grâce qu'on aurait pu le penser de chaque côté de Mrs Fisher. Le soleil n'inondait-il pas la pièce par les deux fenêtres qui, à l'est, donnaient sur la baie ? Une porte ouverte ne conduisait-elle pas au jardin ? Et le jardin lui-même n'était-il pas rempli de plantes plus splendides les unes que les autres, comme ces freesias qu'elle chérissait tout spécialement ?

Leur parfum délicat et entêtant faisait frémir les narines comme envoûtées de Mrs Wilkins. À Londres, les freesias étaient hors de ses moyens, si bien qu'il lui arrivait de rentrer chez un fleuriste et d'en demander le prix pour le seul plaisir d'en respirer un bouquet tout en sachant que ce prix serait exorbitant — un shilling pour trois fleurs, ou pis encore. Ici, ils étaient partout : dans tous les coins du jardin et au milieu des parterres de roses. Pouvait-on imaginer cela ? Des freesias qu'on pouvait cueillir par brassées sous le soleil le plus éclatant qui se puisse imaginer, et en vêtements d'été alors qu'on n'était encore que le premier avril.

« Vous rendez-vous bien compte que nous sommes au paradis ? » demanda-t-elle à Mrs Fisher avec la simplicité d'un ange parlant à un camarade de cour céleste.

« Beaucoup plus jeunes que je ne pensais, plus malignes aussi, ces petites dames », songea Mrs Fisher. Sans relever les débordements de Mrs Wilkins, elle repensa un instant à leur refus immédiat et obstiné de fournir des références lors de leur rencontre à Prince of Wales Terrace.

Non pas que rien de ce que pouvaient faire les autres lui importât le moins du monde. Non. Sa respectabilité avait des racines trop profondes. Les trois augustes personnages dont elle avait pu lancer les noms à la figure des insolentes étaient loin d'être les seuls auxquels elle pouvait demander aide et conseil. Même si ces jeunes femmes — elle n'avait aucune raison de croire que celle qui se trouvait au jardin était effectivement lady Caroline Dester —, même si ces jeunes femmes, donc, se révélaient appartenir à cette catégorie de créatures que Browning appelaient si drôlement les aventurières nocturnes — quel constant enchantement que sa conversation ! —, que lui chalait ? Qu'elles courussent donc l'aventure autant qu'elles le souhaitaient ! Elle n'avait pas soixante-cinq ans pour rien. En tout cas cela ne durerait pas plus de quatre semaines, après quoi elle n'entendrait plus parler d'elles. Entretemps il ne manquait pas d'endroits charmants et écartés où elle pourrait s'installer pour évoquer tranquillement ses merveilleux souvenirs. Et puis elle avait son propre salon, une pièce délicieuse avec ses meubles de bois blond, ses gravures, ses fenêtres sur la baie de Gênes et sa porte qui donnait directement sur les remparts. Il n'y avait que deux salons dans toute la maison mais elle avait expliqué à cette jolie personne qui se faisait appeler lady Caroline — quelle que fût sa véritable identité on ne pouvait que s'extasier sur sa beauté; Tennyson aurait tant aimé l'emmener se promener dans les collines... —, qu'en dépit de l'évident désir qu'elle manifestait de s'approprier le petit salon aux meubles couleur de miel c'était à elle, Mrs Fisher, qu'il revenait de droit en raison de ses infirmités.

« Personne n'a envie de voir une vieille dame se traîner par toute la maison, avait-elle dit. Je serai parfaitement heureuse de passer la plupart de mon temps dans ce salon, ou bien sur ces accueillants remparts. »

Sa chambre également était des plus jolies avec sa double exposition du côté de la baie – ce qui lui permettait d'avoir le soleil du matin –, comme du côté du jardin. Lady Caroline et elle avaient vite découvert qu'il n'existait que deux chambres de ce type dans tout le *castello*, et qu'elles étaient de loin les plus aérées. Il y avait deux lits dans chacune d'elles, et elles s'étaient empressées de faire transporter dans les autres chambres ces lits supplémentaires pour mieux assurer leurs aises et leur confort. Lady Caroline avait même réussi à faire de sa chambre un véritable boudoir en y installant un divan venu du grand salon, un joli secrétaire, et la meilleure chaise de la maison, alors que son salon était déjà parfaitement équipé. Au début, lady Caroline avait pensé se réserver l'usage du grand salon – la délicieuse salle à manger du rez-de-chaussée, avec ses jolies chaises, pouvant fort bien être occupée entre les repas par les deux autres vacancières –, mais elle n'en avait pas aimé la forme ronde – car il était situé dans la tour –, ni les étroites fenêtres percées dans les formidables murs, ni le plafond à nervures qui avait un peu l'allure d'un parapluie ouvert. Il était aussi un peu sombre. Sans aucun doute lady Caroline avait alors songé à jeter son dévolu sur le petit salon, et si Mrs Fisher avait montré moins de fermeté, elle n'aurait pas manqué de s'y installer. Ce qui aurait été absurde, pensait Mrs Fisher.

« J'espère que vous avez trouvé une chambre confortable, dit Mrs Arbuthnot en souriant de toutes ses dents pour tenter de faire discrètement comprendre à Mrs Fisher que si elle n'était pas vraiment une invitée elle n'avait pas non plus à jouer les maîtresses de maison.

— Tout à fait, dit Mrs Fisher. Un peu plus de café ?

— Non merci. Et vous ?

— Non merci. Il y avait deux lits dans ma chambre, ce qui l'encombrait inutilement. J'en ai fait déplacer un. C'est plus commode.

— Oh, c'est pour cela qu'il y a deux lits dans ma chambre ! » s'exclama Mrs Wilkins.

Le deuxième lit de sa petite cellule lui avait paru, dès qu'elle l'avait vu, un ornement parfaitement superflu.

« Je n'ai donné aucune instruction en ce sens, répondit Mrs Fisher. J'ai simplement demandé à Francesca de m'en débarrasser.

— Moi aussi j'ai deux lits dans ma chambre, dit Mrs Arbuthnot

— Le deuxième doit venir de chez lady Caroline. Elle a fait enlever celui qui se trouvait en surnombre dans sa chambre, dit Mrs Fisher. Pourquoi avoir plus de lits que d'occupants dans une chambre ?

— Mais... puisque nos maris ne sont pas là, dit Mrs Wilkins, nous n'avons pas besoin de ces lits supplémentaires. Ne peut-on les faire enlever de nos chambres ?

— On ne peut pas sans arrêt déménager ces lits d'une pièce à l'autre, dit Mrs Fisher d'un ton glacial. Il faut quand même qu'ils restent quelque part. »

Les observations de Mrs Wilkins avaient été très mal reçues par Mrs Fisher. Chaque fois que cette femme ouvrait la bouche c'était pour dire quelque chose qu'il eût bien mieux valu garder sous silence. Dans le cercle que fréquentait Mrs Fisher on n'évoquait pas son mari à tout propos. Autour de 1880, sa grande époque, les maris étaient pris très au sérieux — il n'existait pas d'autre remède contre le péché. Des lits non plus on ne parlait, quand vraiment on ne pouvait l'éviter, qu'avec un luxe de précautions oratoires. En tout cas jamais on ne se serait permis de faire apparaître dans une même phrase un lit et un mari.

Mrs Fisher continua donc de s'adresser exclusivement à Mrs Arbuthnot.

« Puis-je vous servir un peu plus de café ? J'insiste.

— Non merci. Puis-je vous en servir une autre tasse ?

— Non merci. Sans façons. Jamais je ne prends plus de deux tasses au petit déjeuner. Une orange ?

— Non merci. Et vous ?

— Jamais je ne mange de fruit au petit

déjeuner. C'est une coutume américaine à laquelle je suis trop âgée pour me conformer. Avez-vous eu tout ce qu'il vous fallait ?

— Tout à fait. Et vous ? »

Mrs Fisher ne répondit pas tout de suite. Que signifiait cette manière exaspérante de répondre aux questions les plus simples par d'autres questions ? Était-ce une habitude, un jeu, une manie ? Quoi qu'il en fût il convenait d'y mettre le holà sans tarder. Il n'était pas question de passer quatre semaines entières en compagnie d'une maniaque.

Un simple regard à la raie bien droite et au front si pur de Mrs Arbuthnot suffit à la rassurer. Non, ces déplaisants échos ne pouvaient pas être les symptômes d'une dangereuse folie. Penser que Mrs Arbuthnot pouvait être une maniaque était aussi absurde que d'imaginer une colombe en proie à la manie. Quelle excellente épouse elle aurait fait pour ce pauvre Carlyle ! Bien meilleure que cette affreuse Jane qui voulait toujours lui en remontrer. Elle aurait su le comprendre, l'apaiser.

« Eh bien, il est temps de sortir de table je pense, finit-elle par suggérer.

— Permettez-moi de vous aider, dit Mrs Arbuthnot, pleine de sollicitude, en se levant d'un bond.

— Merci. Je peux encore me débrouiller toute seule. Heureusement mes rhumatismes ne me tourmentent pas en permanence. »

Mrs Fisher se leva sans difficulté aucune, laissant Mrs Arbuthnot les bras ballants.

« Vous avez grand tort de dédaigner ces splendides oranges, dit Mrs Wilkins sans bouger de sa chaise en piochant dans un compotier noir. Rose, comment pouvez-vous résister à cela ? Regardez ! Allons, prenez celle-ci. Elle est si belle... »

Et elle lui tendit une énorme orange gorgée de jus.

« Non merci, je dois vaquer à mes occupations, dit Mrs Arbuthnot en se dirigeant vers la porte.

— Vous ne m'en voudrez pas de vous abandonner ? ajouta-t-elle poliment à l'adresse de Mrs Fisher. »

Celle-ci s'était également dirigée vers la porte, sans difficulté apparente. Elle n'avait aucunement l'intention de rester en tête à tête avec Mrs Wilkins.

« Quand désirez-vous déjeuner ? lui demanda Mrs Arbuthnot dans un dernier effort pour imposer l'idée qu'elle était, sinon la maîtresse de maison, du moins autre chose qu'une invitée.

— Le déjeuner est à midi et demi, dit Mrs Fisher.

— Très bien, je vais prévenir la cuisinière. Ce ne sera pas facile, dit en souriant Mrs Arbuthnot, mais j'ai apporté un petit dictionnaire et ...

— La cuisinière est prévenue.

— Oh ?

— Lady Caroline lui a déjà donné nos instructions.

— Oh ? répéta Mrs Arbuthnot.

— Oui, lady Caroline sait parler l'italien des cuisinières. Il m'est impossible de me rendre à la cuisine à cause de mes douleurs, et même si je le pouvais je craindrais de ne pas réussir à me faire comprendre.

— Mais c'est merveilleux ! l'interrompit Mrs Wilkins, ravie de voir leur existence à ce point simplifiée. Nous n'avons plus rien à faire qu'à profiter de nos vacances.

— Jamais vous n'imagineriez à quel point nous avons été vertueuses pendant toutes ces années, dit-elle en se tournant vers Mrs Fisher avec des écorces d'orange plein la main. Il était grand temps que nous nous reposions ! »

CHAPITRE HUIT.

Lorsque Mrs Wilkins et Mrs Arbuthnot, maintenant débarrassées de tout souci domestique, descendirent les degrés de pierre usés par le temps pour se rendre sous la pergola du jardin, Mrs Wilkins dit à Mrs Arbuthnot, qui paraissait pensive :

« Ne comprenez-vous pas que si quelqu'un d'autre se charge de donner les ordres cela nous libère d'autant ? »

Mrs Arbuthnot dit qu'elle comprenait fort bien cela mais qu'il était par trop absurde de se voir enlever toute responsabilité dans l'organisation de la vie à San Salvatore.

« Quant à moi je suis ravie de ne pas avoir à assumer de responsabilité, dit Mrs Wilkins.

— Mais nous avons découvert San Salvatore ! Il est absurde de voir Mrs Fisher se comporter comme si l'endroit lui appartenait.

— Ce qui est vraiment absurde, dit Mrs Wilkins avec la plus grande sérénité, c'est de se tracasser pour cela. Je ne vois aucune raison de se battre pour le pouvoir si c'est au prix de notre liberté. »

Mrs Arbuthnot ne répondit rien tant elle était impressionnée par les façons soudain calmes et placides de cette folle de Lotty, et surtout par la beauté poignante du paysage.

De chaque côté de l'escalier de pierre on voyait des pervenches en abondance, et elle comprenait maintenant d'où provenaient ces feuillages humides et parfumés qui lui avaient effleuré le visage le soir précédent. C'était la glycine. Soleil et glycine... la petite annonce n'avait pas menti. On trouvait l'un et l'autre à profusion. La glycine était si foisonnante qu'elle retombait plusieurs fois sur elle-même, et au bout de la pergola le soleil donnait à plein sur de véritables buissons de géraniums pourpres, de capucines, de soucis tellement fauves qu'ils en flamboyaient, et de mufliers rouges et roses, tous plus éclatants les uns que les autres. Derrière ces splendeurs, des terrasses descendaient en pente douce vers la mer, chacune d'elle abritant un petit verger où, au milieu des oliviers, poussaient des vignes sur treillis, des figuiers, des pêchers et des cerisiers. Les cerisiers et les pêchers étaient en pleine floraison, colorant de larges taches blanches et roses la frémissante délicatesse des oliviers. Les feuilles des figuiers étaient tout juste assez grandes pour qu'on sentît l'odeur des figues, et les sarments commençaient à peine à fleurir. Par delà les arbres on apercevait des iris bleus et violets, des bouquets de lavande, des cactus gris, et au milieu du gazon des masses de pissenlits et de pâquerettes. En bas, c'était la mer. Les couleurs semblaient avoir été jetées au hasard par tout le paysage comme par un peintre saisi d'enthousiasme — toutes sortes de couleurs étagées ou se déversant en cascades (les pervenches paraissaient vraiment ruisseler de chaque côté de l'escalier) —, et ces fleurs hautaines qui, en Angleterre, ne se rencontrent que dans des parterres bien protégés, à l'abri du vulgaire, comme les grands iris bleus et la lavande, se voyaient bousculées par des fleurettes aussi vives et communes que les pissenlits, les pâquerettes ou les oignons sauvages, ce qui leur donnait une allure plus jeune et plus gaie.

Elles restèrent un instant à contempler en silence ce beau désordre. Que leur importaient les desiderata de Mrs Fisher ? Mrs Arbuthnot offrait tous les signes d'un grand trouble intérieur. Si seulement Frederick pouvait se trouver à ses côtés et voir ce paysage où se manifestait avec évidence la beauté de la création, comme il l'aurait fait au temps où ils s'aimaient, lorsqu'il ne voyait rien que par ses yeux à elle...

Elle poussa un soupir...

« On n'a pas le droit de soupirer quand on est au paradis, dit Mrs Wilkins.

— Mais on regrette que ceux qu'on aime ne puissent en partager les joies.

— Au paradis, on n'a pas de regrets. Rien qu'un état de satisfaction permanent. Et nous sommes au paradis, n'est-ce pas, Rose ? Voyez comme tout s'y accorde en une heureuse, une supérieure harmonie — les pissenlits et les iris, le bas et le haut du pavé, Mrs Fisher et moi... Tout le monde est content. Tout le monde s'amuse...

— Pas Mrs Fisher, ou alors elle le dissimule bien, dit Mrs Arbuthnot en souriant.

— Elle s'y mettra, vous verrez. »

Mrs Arbuthnot répondit qu'elle ne croyait pas que, passé un certain âge, les gens puissent « se mettre » à quoi que ce fût.

Mrs Wilkins, elle, était persuadée que personne, si vieux et si réticent fût-il, ne pouvait se soustraire aux effets dévastateurs d'un excès de beauté. D'ici quelques jours, quelques heures peut-être, elles verraient Mrs Fisher se laisser aller à toutes les extravagances.

« J'ai l'intime conviction que nous avons retrouvé le jardin d'Eden, disait Mrs Wilkins. Lorsque Mrs Fisher le comprendra elle ne pourra manquer de changer d'attitude. Vous verrez. Sa nuque raide va s'assouplir et nous deviendrons... vraiment je ne serais pas surprise que nous devenions amies. »

L'idée que Mrs Fisher, qui paraissait la créature la plus boutonnée du monde, pût se laisser aller, fit partir Mrs Arbuthnot dans un grand éclat de rire. Elle pardonna même à Lotty la façon cavalière dont elle évoquait le paradis. Un matin pareil, on ne pouvait que pardonner. L'esprit de charité semblait flotter dans l'air. Et puis quelle excellente excuse !

En entendant ce rire, lady Caroline, qui se trouvait toujours sur son muret, se félicita qu'elles aient eu le bon goût de garder leurs plaisanteries pour elles. Elle avait les plaisanteries en horreur, quelle que fût l'heure du jour, mais spécialement le matin, et plus encore quand on se croyait obligé de vous les corner aux oreilles. De tout son cœur elle souhaitait que les originales partissent se promener le plus loin possible. Elles riaient de plus en plus fort. Mais pourquoi ? Grands dieux pourquoi ?

Lady Caroline leur jeta un regard dépourvu de toute aménité. L'idée de devoir passer un mois entier à entendre ces rires glapissants la glaçait. Comme si elles avaient senti ce froid sur leurs épaules, les deux rieuses se retournèrent.

La bonne humeur, l'horrible bonne humeur de ces femmes...

En se hâtant pour laisser le plus loin possible ces sourires et gesticulations imbéciles, lady Caroline s'étala de tout son long parmi les lys. Sans un sourire, sans même se retourner, elle se releva et entreprit de contempler fixement les montagnes jusqu'à ce que les autres, fatiguées de gesticuler, fussent parties le long du sentier.

Cette fois, Mrs Wilkins et Mrs Arbuthnot ne purent se dissimuler qu'on leur avait montré une certaine froideur.

« Si nous n'étions pas au paradis, dit Mrs Wilkins, je dirais qu'on nous fait le coup du mépris. Mais cela ne se peut pas.

— Elle est peut-être malheureuse, dit Mrs Arbuthnot.

— Elle s'en sortira ! dit Mrs Wilkins avec conviction.

— Il faudrait essayer de l'aider.

— Au paradis, personne n'aide personne. Ce n'est pas comme cela qu'on fait. Nul besoin d'essayer de faire ci ou ça. Il suffit d'être qui l'on est, et voilà tout. »

Eh bien non, Mrs Arbuthnot n'était pas d'accord. Elle ne marchait pas. Pas encore en tout cas. Le pasteur n'aurait jamais laissé Lotty parler aussi légèrement du paradis. C'était mal. Comme il paraissait vieux pourtant — rien qu'un très, très vieux pasteur.

Quittant le sentier, elles se laissèrent glisser parmi les oliviers, de terrasse en terrasse, jusqu'aux rochers que la mer battait de vagues paresseuses et tièdes. Un grand pin poussait au bord de l'eau. Elle s'assirent à son ombre et virent à quelques mètres de là un bateau de pêche immobile, à la coque d'un vert resplendissant. La mer clapotait doucement à leurs pieds. Elles écarquillèrent les yeux pour tenter de voir plus loin que l'ombre de leur arbre, dans la lumière éblouissante du matin. Le parfum entêtant des aiguilles de pin, du thym sauvage qui occupait tous les interstices entre les rochers, l'odeur de miel des iris sous le soleil, toutes ces senteurs mêlées leur chatouillaient les narines. Bientôt Mrs Wilkins enleva ses chaussures et ses bas et trempa ses pieds dans l'eau. Quelques minutes plus tard, Mrs Arbuthnot en fit autant. Elles étaient au comble de la félicité. Jamais leurs maris ne les auraient reconnues. Elles ne parlaient plus, n'évoquaient plus en vain le nom du paradis, et se contentaient de boire à petites gorgées le vin nouveau de leur bonheur d'Italie.

Pendant ce temps, lady Caroline réfléchissait en stratège à sa position sur le champ de bataille. Le jardin d'en haut était délicieux mais trop exposé. N'importe qui pouvait y faire irruption à tout moment puisque le vestibule et la salle à manger donnaient directement sur lui. Peut-être pourrait-elle le faire réserver à son usage... Mrs Fisher avait déjà les remparts, les délicieux remparts couverts de fleurs, et la tour de guet rien que pour elle — sans compter qu'elle s'était attribué la plus jolie chambre de la maison. Il ne manquait pas d'autres endroits, et de charmants, où les originales pourraient aller se promener. Elle avait déjà remarqué deux autres petits jardins, et d'ailleurs la colline sur laquelle se dressait le château avait elle-même été aménagée en jardin et nantie de promenades et de bancs à foison. Pourquoi donc ce délicieux endroit ne lui serait-il pas réservé ? Il lui plaisait infiniment avec son arbre de Judée et son pin parasol, ses freesias et ses lys, son tamaris qui commençait à rosir, son muret sur lequel il était si commode de s'asseoir et les paysages splendides qui s'offraient à la vue — à l'est, la baie et les montagnes, au nord le village par delà le petit port aux eaux claires et les collines piquetées de maisonnettes blanches et de bouquets d'orangers, à l'ouest l'étroite bande de terre qui reliait San Salvatore à la terre ferme et puis la mer ouverte et la côte qui menait jusqu'à la France, perdue quelque part dans le bleu adorable. Non, elle n'aurait pas peur de revendiquer tout cela. Au fond, cela arrangerait tout le monde d'avoir un jardin à soi, et elle avait impérativement besoin de pouvoir s'isoler, sans se sentir obligée d'adresser la parole à qui que ce fût. Pourquoi devraient-elles rester les unes sur les autres du matin au soir ? Comme si la vie en Angleterre ne suffisait pas, avec ces innombrables amis et connaissances qui s'accrochaient continuellement à vos basques... Elle n'avait pas fui tout cela pour recommencer la même vie, et avec des gens qui ne lui étaient rien.

Elle alluma une cigarette. Elle se sentait plus à son aise depuis que les deux femmes étaient parties se promener. Mrs Fisher ne donnait toujours pas signe de vie. Comme tout cela était agréable !

Au moment même où elle poussait un long soupir de soulagement, quelqu'un arriva par la porte-fenêtre. Ce ne pouvait pas être Mrs Fisher puisqu'elle s'était attribué le rempart. Qu'elle y reste ! Elle ne pouvait pas à la fois accaparer un salon, un jardin, et envahir celui des autres.

Mais ce n'était pas Mrs Fisher. C'était la cuisinière.

Lady Caroline fronça le sourcil. Pourquoi était-ce à elle qu'on venait demander des ordres ? À coup sûr les deux agitées devaient être pleines d'idées quant à l'ordonnancement des repas.

La cuisinière, qui avait attendu une bonne partie de la matinée au fond de sa cuisine des ordres qui ne venaient toujours pas, était fort agitée. L'heure du déjeuner approchant, elle était allée trouver Mrs Fisher qui l'avait immédiatement renvoyée. Après avoir erré un grand moment dans la maison à la recherche d'une autorité capable de décider ce qu'il lui faudrait préparer, elle avait fini par demander conseil à Francesca, qui savait toujours tout sur tout, et celle-ci l'avait envoyée trouver lady Caroline.

La cuisinière s'appelait Costanza. C'était la sœur d'un cousin de Domenico qui tenait un restaurant sur la place du village. Elle aidait son frère à la cuisine quand elle n'avait rien d'autre à faire et connaissait toute sorte de mystérieux plats italiens, tous plus dégoulinants de graisse les uns que les autres, que les manœuvres de Castagneto, les meilleurs clients du restaurant, appréciaient autant que les habitants de Mezzago qui venaient souvent le dimanche. C'était une vieille fille sèche d'une cinquantaine d'années, aux cheveux gris, aux façons vives et à la langue bien pendue, qui trouvait que lady Caroline était la plus belle créature qu'il lui eût été donné de voir. Domenico était bien du même avis, tout comme le jeune Giuseppe, son neveu, qui lui donnait un coup de main de temps à autre, tout comme Angela, sa nièce, qui aidait Francesca, et comme Francesca elle-même. Domenico et Francesca étaient les seuls à avoir vu les nouvelles arrivantes qu'ils avaient trouvées fort jolies, mais qui étaient à la jeune femme blonde comme les chandelles à la lumière électrique — on venait de l'installer à San Salvatore —, ou les baignoires en fer blanc des chambres à la magnifique salle de bains que le maître de maison avait fait aménager lors de sa dernière visite.

Lady Caroline regarda la cuisinière d'un air sévère, ou plutôt qu'elle crut sévère mais qui parut seulement grave et beau, comme d'habitude. Costanza leva les bras au ciel et prit tous les saints du paradis à témoin de ce que la jeune dame anglaise semblait la réincarnation de la Madone.

La Madone lui demanda abruptement ce qu'elle voulait. Costanza, la tête penchée dans l'extase, se délectait du son de sa voix, une vraie musique. Après avoir attendu un instant dans l'espoir que la musique reprendrait, elle expliqua qu'elle était venue chercher des ordres car la mère de la *signorina* ne lui en avait pas donné.

Ce n'est pas ma mère ! rétorqua lady Caroline très en colère, mais sa colère sonna comme la plainte mélodieuse d'une très musicienne orpheline.

Costanza se répandit en condoléances. Elle aussi avait perdu sa mère ...

Lady Caroline l'interrompit aussitôt pour indiquer que sa mère était bien vivante et habitait Londres.

Costanza loua Dieu et tous les saints pour les remercier d'avoir épargné à la jeune dame la douleur de perdre sa chère maman. L'existence ne réservait déjà que trop de calamités... Mais la jeune dame était sans doute déjà mariée.

« Non », dit lady Caroline.

Plus encore que les plaisanteries matinales, elle détestait jusqu'à l'idée d'un mari. Tout le monde voulait lui en procurer – ses amis, ses relations, les journaux du soir –, au point qu'il lui faudrait au moins en épouser une douzaine pour contenter tout le monde.

Son « non » pathétique et doux fit fondre Costanza.

« Pauvre petite chose, dit la cuisinière en la prenant tendrement par les épaules. Il ne faut pas vous désespérer. Vous avez encore le temps.

– À déjeuner..., commença lady Caroline qui n'arrivait pas à croire qu'on ait osé lui taper sur l'épaule, après tous les soins qu'elle avait pris pour s'en aller le plus loin possible, en un lieu où au moins elle était certaine que personne ne la connaîtrait assez pour venir lui taper sur l'épaule, nous prendrons... »

Costanza s'empressa de reprendre son ton le plus professionnel pour avancer une série de propositions toutes plus alléchantes et plus coûteuses les unes que les autres.

Lady Caroline, qui ne connaissait pas le prix des choses, acquiesçait à tout. Cela avait l'air si bon. Il fallait des quantités de petits légumes, des fruits, beaucoup de beurre et des myriades d'œufs. À la fin, Costanza ne put s'empêcher de déclarer que jamais elle n'avait travaillé pour de meilleures maîtresses que les dames anglaises. C'étaient ses préférées — que disait-elle —, ses adorées. Elles savaient ce qu'elles voulaient, au moins, elles ne lésinaient pas à la dépense, et puis elles ne faisaient pas les fières avec le pauvre monde.

De ce beau discours, lady Caroline retint qu'elle s'était laissée aller à des extravagances, et elle se hâta d'annuler la commande de crème.

La figure de Costanza s'allongea car un de ses cousins possédait la vache qui devait pourvoir à la crème.

« D'ailleurs mieux vaudrait sans doute se passer de poulet », ajouta lady Caroline.

La figure de Costanza s'allongea encore car son frère, le restaurateur, élevait des poulets dans son arrière-cour et nombre de ces bestioles étaient prêtes à tuer.

« Ne commandez pas non plus les fraises avant que j'aie parlé avec les autres dames, dit lady Caroline, se souvenant qu'on était seulement le premier avril et que des habitantes de Hampstead risquaient d'être désargentées — sinon, pourquoi vivre à Hampstead ? Je ne suis pas la maîtresse de maison ici.

— C'est la vieille dame ? demanda Costanza au comble de l'inquiétude.

— Non, dit lady Caroline.
— Alors c'est l'une des deux autres.
— Non plus », dit lady Caroline.

Le sourire revint sur les lèvres de Costanza. La jeune dame aimait plaisanter, elle voulait rire. Elle eut le malheur de le lui dire.

« Jamais je ne plaisante, dit lady Caroline d'un ton sec. Vous feriez mieux de vous mettre à l'ouvrage, sinon le déjeuner ne sera jamais prêt pour midi et demie. »

Et sa phrase sonna comme musique d'anges aux oreilles de Costanza qui en oublia son dépit — adieu veaux, vaches, cochons, crème, poulets —, et s'en alla tout sourire et gratitude.

« Cela ne peut pas continuer, songea lady Caroline. Je ne suis pas venue ici pour jouer à la maîtresse de maison. »

Elle rappela Costanza qui se hâta de revenir sur ses pas. Rien que d'entendre lady Caroline prononcer son nom l'enchantait.

« Aujourd'hui j'ai commandé le déjeuner, dit lady Caroline avec cet air de sérieux séraphique qui lui était propre lorsqu'elle était contrariée, et le dîner aussi, mais dorénavant vous prendrez vos ordres des autres dames. »

L'idée qu'elle devrait continuer à donner des instructions aux domestiques était par trop absurde. Jamais elle ne donnait d'ordres chez elle. Personne n'aurait songé à lui en demander. Il était ridicule qu'elle dût se charger de cette corvée simplement parce qu'elle connaissait l'italien. Les originales n'avaient qu'à s'en occuper si Mrs Fisher s'y refusait. Et pourtant c'est à cette dernière que revenait tout naturellement la direction des opérations. Mrs Fisher était la maîtresse de maison incarnée. Ses vêtements, sa coiffure même, sentaient furieusement la maîtresse de maison.

Ayant prononcé non sans peine cet ultimatum, qu'elle avait accompagné d'un geste plein de grâce — une sorte de bénédiction —, pour congédier la cuisinière, lady Caroline ne comprenait pas pourquoi Costanza, la tête légèrement penchée, continuait à la contempler d'un air extatique.

« Allez-vous-en », finit-elle par dire en anglais.

Elle était vraiment exaspérée. Le matin même une mouche l'avait tourmentée de la même façon. Une seule mouche, mais aussi redoutable qu'un essaim entier. Dès que l'aube s'était levée elle avait résolu de s'établir sur le joli visage de lady Caroline qui n'entendait pas se laisser faire. L'insistance de la mouche était troublante. Elle s'obstinait à l'empêcher de se rendormir, évitant avec adresse ses tapes aussi furieuses que maladroites. Lady Caroline ne réussissait qu'à se gifler elle-même et l'instant d'après la mouche se reposait en vrombissant sur sa joue. Nouvelle gifle, nouvel envol. Lady Caroline s'était énervée. Assise sur son lit elle avait guetté, guetté en vain, frappé à coups redoublés comme si la mouche avait été quelque redoutable ennemi, et celle-ci avait élégamment esquivé tous ses coups pour revenir se poser, sans rancune, sur sa joue inhospitalière. Voilà pourquoi lady Caroline s'était levée si tôt. Déjà Francesca avait reçu l'ordre de disposer une moustiquaire au-dessus de son lit — elle n'avait pas l'intention de reprendre un combat aussi désespérant. Les gens étaient comme les mouches, pire que les mouches, incapables semblait-il de se rendre compte qu'elle voulait s'en débarrasser. Si seulement elle pouvait s'en protéger avec une moustiquaire. Ils ne comprenaient rien à ses sourcils froncés, à ses rebuffades trop aimables. Au moins la mouche disparaissait-elle quelques instants. Les humains semblaient inamovibles. Le seul moyen de s'en débarrasser était de disparaître soi-même. C'était ce qu'elle avait choisi de faire en ce mois d'avril, mais il semblait qu'à San Salvatore même on ne la laisserait pas en paix.

Vu de Londres, le château avait eu toute la séduction d'une coquille vide. Vingt-quatre heures après son arrivée, elle se rendait compte que cette coquille était loin d'être vide et qu'il allait lui falloir déployer les mêmes trésors d'ingéniosité qu'en Angleterre pour être un peu tranquille. Déjà, la veille, Mrs Fisher ne l'avait pas quittée d'une semelle, et ce matin elle n'avait pas eu dix minutes de paix.

Bien sûr, Costanza avait fini par retourner à sa cuisine, mais à peine avait-elle disparu que Domenico avait fait son apparition. Il venait arroser et disposer des tuteurs — chose bien naturelle puisqu'il était le jardinier de San Salvatore. Mais il n'arrosait que les plantes qui se trouvaient près d'elle, et beaucoup trop, mettant avec obstination des tuteurs à des fleurs qui se tenaient raides comme barres. Heureusement, c'était un homme, un moindre mal en somme, et son sourire lui fut rendu. Aussitôt Domenico oublia sa famille, sa mère, ses grands enfants, tous ses devoirs enfin, et ne désira plus que baiser les pieds de la jeune dame.

Impossible bien sûr, et bien malheureusement, mais rien ne l'empêchait de causer tout en travaillant, et il ne s'en priva pas. Son éloquence était si torrentielle, et il la ponctuait de tant de gesticulations, qu'il dut poser son arrosoir, retardant d'autant la fin de l'arrosage.

Pendant quelques minutes lady Caroline supporta sans broncher ce ramage, mais bientôt c'en fut trop. Ne pouvant pas lui dire de s'en aller, puisqu'il ne faisait que son travail, c'est elle qui dut partir.

Quittant son muret, elle gagna l'autre bout du jardin, où de confortables chaises de rotin étaient disposées sous un auvent de bois. Elle ne souhaitait que retourner l'une de ces chaises pour faire face à la mer. Aspiration des plus modestes, penserez-vous, à laquelle nulle force au monde n'aurait songé à s'opposer. C'était compter sans Domenico. À l'affût de ses moindres gestes, il n'avait pas plus tôt soupçonné qu'elle allait se diriger vers l'auvent qu'il s'était emparé d'une chaise et lui avait demandé où il devait l'installer.

Quand donc cesserait-on de vouloir à tout prix lui être agréable, de la supplier de faire connaître ses quatre volontés ? Quand n'aurait-elle plus besoin de dire merci à tout propos ? Elle répondit à Domenico avec une brusquerie que celui-ci interpréta aussitôt comme un effet de la migraine que le soleil n'avait pu manquer de lui donner. Il se précipita dans la maison, réussit en un tournemain à dénicher un parasol, un coussin, un tabouret – efficace, prévenant, délicat, tel fut Domenico, parfait homme du monde.

Lady Caroline ferma les yeux. Inutile de combattre les moulins à vent... Et de quel droit s'en serait-elle pris au pauvre Domenico ? Si elle avait été avec les autres, elle serait tout simplement retournée dans sa chambre. Mais Domenico était intelligent, compétent. Dès le premier instant elle avait compris que c'était lui qui faisait marcher toute la maison. En outre ses manières étaient excellentes et, à l'évidence, l'homme était plein de charme. Et pourtant elle ne désirait rien tant que d'être seule. Si seulement on lui donnait la chance d'être seule pendant un mois, rien qu'un mois, peut-être réussirait-elle à faire quelque chose de sa vie après tout.

Elle gardait les yeux fermés : si Domenico la croyait endormie il finirait bien par s'en aller.

Mais le jardinier était un incurable romantique. Son âme d'Italien fondait littéralement de bonheur et d'admiration à la vue de cette femme si belle qui semblait s'abandonner dans le sommeil. Au comble de l'exaltation, il la contemplait sans oser bouger le petit doigt. Pour un empire il n'aurait pas abandonné sa place. Son silence trompa lady Caroline qui le crut parti et rouvrit les yeux.

Quelle déception ! Ainsi Domenico avait rejoint la troupe de ses admirateurs... Lui aussi allait se sentir obligé de la regarder avec des yeux écarquillés. Pourquoi, mais pourquoi fallait-il qu'elle soit toujours en butte à l'admiration universelle ?

« J'ai mal à la tête, dit-elle en refermant les yeux.

— C'est à cause du soleil, dit Domenico. Vous n'auriez pas dû sortir sans chapeau.

— Je voudrais dormir.

— *Sì signorina* », répondit-il de sa voix la plus caressante.

Et il finit par s'en aller.

Elle rouvrit les yeux en poussant un soupir de soulagement. Le bruit de la porte-fenêtre que Domenico refermait lui redonna espoir. Peut-être la laisserait-on tranquille jusqu'à l'heure du déjeuner.

À son grand étonnement, elle avait été prise d'un soudain désir de réflexion. Jamais cela ne lui était arrivé auparavant, et le monde aurait été stupéfait de la voir s'adonner à pareille activité. Jusqu'alors elle s'était contentée de faire tout ce dont elle avait eu envie, pourvu que ce ne fût pas trop difficile. Elle avait eu des désirs, des élans, mais jamais ceux-ci ne l'avaient portée à réfléchir. En venant à San Salvatore, elle avait seulement eu l'intention de sombrer dans une sorte de coma de quatre semaines, loin de ses parents et de ses amis, de tout oublier et de ne manifester son existence qu'aux heures des repas. Et voilà qu'à peine arrivée un étrange désir nouveau s'emparait d'elle.

Il y avait eu de merveilleuses étoiles dans le ciel, le soir précédent, et elle était allée se promener au jardin après dîner, abandonnant Mrs Fisher devant ses cerneaux de noix et son verre de vin. Assise sur le muret, à l'endroit où les lys se pressaient comme autant de fantômes, elle avait longuement contemplé le golfe endormi. Il lui avait soudain semblé que sa vie n'avait été qu'agitation et vacarme inutiles. Beaucoup de bruit pour rien.

Cela l'avait fort surprise. Elle savait que la contemplation des étoiles risquait de provoquer toute sorte d'émotions incontrôlables — elle en avait souvent été le témoin —, mais jamais pareille mésaventure ne lui était arrivée. Agitation et vacarme... Comment ces mots lui étaient-ils venus à l'esprit ? Depuis longtemps elle trouvait qu'il se faisait beaucoup de bruit autour de sa vie, mais il lui avait toujours semblé qu'il y avait à cela bien des raisons. Bien trop. C'était pour cela qu'elle s'était enfuie si loin. Et si tout ce bruit avait été pour rien...

À cette pensée, elle s'était sentie esseulée. Elle désirait passionnément être seule, mais redoutait l'esseulement plus que tout. À aucun prix elle ne voulait plus sentir en elle cette douleur, cette brûlure de la solitude qui l'avait toujours poussée à courir les réceptions, les soirées. Et depuis quelques temps, même les soirées les plus mondaines semblaient ne plus offrir qu'une mince protection contre le mal qui la rongeait. Était-il possible que la solitude ne fût pas le fruit des circonstances, mais d'une disposition intérieure ? Effrayée de tout ce qui lui passait par la tête, elle était allée se coucher en mettant toutes ces songeries sur le compte de la fatigue du voyage.

Mais dès le lendemain matin, après avoir échappé à la mouche et pris son petit déjeuner, elle n'était pas plus tôt descendue au jardin que les mêmes folies l'avaient tourmentée à nouveau, et en plein jour cette fois. Elle continuait à avoir ce déplaisant sentiment d'avoir passé sa vie dans un brouhaha sans justification ni sens. S'il en était ainsi, si vraiment elle avait passé les vingt-huit premières années de sa vie — ses plus belles années — simplement à s'étourdir du bruit du monde, il était grand temps de réfléchir. De faire le point, comme on disait dans les romans moraux. Elle n'avait plus beaucoup de périodes de vingt-huit années à sa disposition. Encore une, et elle serait tout le portrait de Mrs Fisher. Une de plus, et alors... Elle détourna le regard.

Si sa mère se doutait de ce qui lui passait par la tête elle serait folle d'inquiétude. Sa mère devenait gâteuse quand il s'agissait de sa fille. Son père aussi d'ailleurs. Et tout le monde après eux. Lorsqu'avec une douce obstination elle avait insisté pour aller s'enterrer en Italie pendant un mois entier en compagnie d'inconnues qu'elle avait rencontrées par petites annonces, refusant même d'emmener sa bonne, ses amis avaient tous déclarés d'un air de compassion que la pauvre Breloque — ainsi qu'on la surnommait depuis l'enfance — avait les nerfs malades.

Sa mère avait été très peinée de son départ. C'était quelque chose de tellement étrange, d'incompréhensible à vrai dire, le signe d'un tel découragement devant l'existence ! Aussi répandait-elle partout cette idée que sa pauvre fille était à deux doigts d'une dépression nerveuse. Si seulement elle avait pu voir sa petite Breloque adorée, l'objet le plus délicat qui fût jamais offert à l'amour d'aucune mère, son orgueil, sa joie et son espérance, assise en plein midi au bord de la Méditerranée à se demander ce qu'elle ferait des deux fois vingt-huit ans qui lui restaient à vivre, elle aurait été bien malheureuse. Car la réflexion était plus à craindre encore que la fuite. Rien de bon ne pouvait sortir des ratiocinations d'une jeune femme trop jolie. Des complications à l'infini, sans doute, mais rien de bon. Les pensées des belles créatures portaient naturellement celles-ci à l'hésitation, aux réticences, enfin au malheur sous toutes ses formes. Et voilà que sa Breloque s'était justement mis en tête de réfléchir très fort, de faire le point, de donner un sens à sa vie, que sais-je, en tout cas de s'occuper de choses auxquelles rien ne sert de penser avant quarante ans révolus.

CHAPITRE NEUF.

Le salon sur lequel Mrs Fisher avait jeté son dévolu était une pièce pleine de charme et de caractère. L'examen approfondi qu'elle en fit sitôt après le petit déjeuner la satisfit en tout point. Elle avait eu la main heureuse. Les murs étaient couleur de miel, le sol carrelé, les meubles d'une belle marquetterie ambrée, et les livres couverts dans les tons pastels, souvent même de couleurs ivoire ou jaune pâle. Il y avait une grande fenêtre donnant sur la mer, du côté de Gênes, et une porte vitrée qui lui permettait d'accéder directement à la promenade aménagée sur les remparts et, après avoir contourné la pittoresque et séduisante tour de guet — dont l'intérieur avait été garni de chaises et d'une table —, d'arriver jusqu'à un banc de marbre, au bout des remparts, d'où on pouvait apercevoir toute la partie ouest de la baie, et le début du golfe de La Spezia. Au sud, entre ces deux échappées sur la mer, elle avait une vue sur un promontoire plus élevé que San Salvatore, le dernier de la petite péninsule, que surmontaient les aimables tourelles d'un minuscule château inhabité — les dernières lueurs du couchant l'éclairaient encore lorsque tout le reste du paysage était plongé dans l'obscurité. Oui, elle était vraiment très bien installée. En outre, tout le long des remparts, on avait rempli de fleurs des récipients de pierre sur la nature desquels Mrs Fisher n'avait pas encore émis de jugement définitif, mais qui avaient l'air de petites auges, de sarcophages peut-être.

Dès qu'elle avait vu les remparts, Mrs Fisher avait songé qu'ils offriraient une délicieuse promenade pendant les rares moments où ses rhumatismes cessaient de la tourmenter, et qu'il devait être bien agréable de contempler le paysage marin depuis le banc de marbre — il faudrait penser à y apporter un bon coussin. Malheureusement, une deuxième porte-fenêtre donnait également sur les pacifiques remparts, ce qui lui rappelait que le château ne lui appartenait pas tout à fait. Cette autre porte appartenait au deuxième salon, dont lady Caroline et elle n'avaient pas voulu, le trouvant trop sombre. Les dames d'Hampstead ne manqueraient pas d'y venir souvent, et Mrs Fisher craignait qu'elles n'osassent passer la porte-fenêtre pour envahir ses chers remparts. Ce serait une catastrophe. Elle ne pouvait se résoudre à imaginer sa promenade envahie. L'idée même que deux paires d'yeux pourraient la regarder depuis le salon lui était insupportable. On ne pouvait pas se sentir à l'aise quand le moindre de ses mouvements pouvait être épié, commenté. Tout ce qu'elle désirait, et à quoi elle avait un droit imprescriptible, c'était un peu d'intimité. Elle ne désirait nullement troubler celle des autres. De quel droit envahiraient-elles la sienne ? D'ailleurs, si par la suite elle apprenait à mieux connaître ses compagnes, et si, ce dont elle doutait fort, celles-ci se montraient dignes d'être admises à une certaine familiarité, elle pourrait toujours assouplir les conditions d'accès à la promenade.

Aux yeux de Mrs Fisher, il n'était rien au monde qui pût se comparer aux merveilles de l'univers dans lequel elle avait vécu autrefois. Autrefois, ce seul mot était à la fois magique et rassurant. Ses amis de Londres, tous gens de son âge et de sa condition, avaient connu cet univers enchanté, pouvaient le comparer aux légèretés du temps présent, et savaient trouver dans le souvenir des grands hommes une consolation à la médiocrité vulgaire des jeunes gens qui, en dépit de la guerre qui en avait tué beaucoup, occupaient indûment la plus grande partie du monde. Elle ne s'était pas séparée de ces amis très chers, de ces amis sages et graves, pour passer ses journées à bavarder avec trois donzelles qui ne connaissaient encore rien à la vie. Non, la seule raison de sa présence à San Salvatore était le désir d'échapper au climat délétère d'un avril londonien. Elle avait été tout à fait explicite quand elle avait déclaré à ses visiteuses de Prince of Wales Terrace qu'elle souhaitait seulement rester assise au soleil et se perdre dans ses souvenirs. Les dames de Hampstead avaient été prévenues. Sans faux fuyants ni tergiversations. C'était donc la moindre des politesses de leur part que de rester à leur place dans le petit salon, sans passer la porte-fenêtre.

Mais sauraient-elles se tenir à leur place ? Le doute l'en poursuivit toute la matinée. Heureusement, elle découvrit au problème une solution élégante et pratique peu avant le déjeuner. Elle sonna Francesca, et dans son italien aux cadences solennelles lui intima l'ordre de bien vouloir fermer les volets de la porte-fenêtre du petit salon. Puis, s'étant transportée sur les lieux avec la femme de chambre qui crut bon de faire quelques observations déplacées, elle expliqua à cette ignorante que l'obscurité préserverait la fraîcheur de la pièce, qu'il y avait de toute façon des meurtrières sur les côtés et que ce n'était tout de même pas sa faute si elles ne laissaient pas entrer la lumière. Sur ces fortes paroles, elle fit, de l'intérieur, placer un cabinet de curiosités contre la porte.

Cela devrait décourager les sorties intempestives.

Mais cela ne suffisait encore pas. Elle appela Domenico et lui demanda de caler, à l'extérieur, un des sarcophages de pierre contre la porte.

Cela devrait décourager les entrées intempestives.

« Mais..., commença Domenico, ... personne ne pourra plus se servir de cette porte.

— Personne ne veut s'en servir », répondit Mrs Fisher d'un ton sans appel.

Et elle se retira dans son salon, s'installa confortablement, et entreprit de contempler ses remparts maintenant bien défendus contre les indésirables.

Son séjour, songea-t-elle placidement, lui revenait beaucoup moins cher que la location d'une chambre d'hôtel. Et pourvu qu'elle sache tenir la dragée haute à ses compagnes, le château serait infiniment plus agréable qu'un hôtel. Pour les pièces qui lui revenaient — des pièces délicieuses depuis qu'elle les avait arrangées à son goût —, elle payait trois livres par semaine, soit environ huit shillings par jour, sans aucun supplément pour la jouissance de la promenade des remparts, de la tour de guet, etc. Où donc aurait-elle trouvé un lieu de villégiature aussi beau pour seulement huit shillings par jour, bains compris ? Evidemment elle n'avait encore aucune idée de ce que coûterait la nourriture, mais elle avait bien l'intention d'exiger la plus grande prudence dans ce domaine, sans négliger la qualité bien entendu. Rien n'était plus facile que de répondre à ces deux préoccupations, pourvu que la maîtresse de maison fît un effort. Les gages des domestiques, elle s'en était assurée, étaient quasiment négligeables grâce à un taux de change très favorable. Seule la question de la nourriture pouvait encore l'inquiéter. Au moindre signe de dérapage, elle proposerait de remettre chaque semaine une somme fixe à lady Caroline pour payer toutes les factures qui se présenteraient. Tout ce qui resterait serait redistribué. S'il y avait dépassement ce serait à lady Caroline d'y pourvoir.

Mrs Fisher était fort riche, et désirait autant qu'une autre disposer des commodités auxquelles son âge lui donnait droit, mais elle avait la dépense en horreur. Elle, qui aurait pu habiter le plus beau quartier de Londres et rouler en Rolls-Royce du matin au soir, n'avait pas le moindre désir de se lancer dans ces somptuosités. Il aurait fallu pour cela déployer des efforts qu'elle estimait incompatibles avec son idée du confort. Les propriétaires de grandes maisons, et de Rolls-Royce, allaient au devant de toutes sortes d'ennuis, et d'abord de factures absurdement élevées. Dans l'honorable obscurité de Prince of Wales Terrace elle pouvait au contraire jouir aux moindres frais d'une maison très confortable sans craindre les importunités des majordomes ou des quêteurs. Il y avait même une station de taxis au bout de la rue. Ses dépenses annuelles étaient insignifiantes, et elle avait hérité d'une maison que la mort s'était chargée de meubler pour elle. Dans la salle à manger elle foulait aux pieds le tapis turc de ses pères; elle réglait l'emploi du temps de ses journées sur l'excellente pendule de marbre noir que, depuis son enfance, elle avait vu trôner sur le manteau de la cheminée; ses murs étaient entièrement recouverts par les photographies de ses illustres amis trop tôt disparus, avec de grandes dédicaces, à son père ou à elle, dont les jambages dissimulaient la partie inférieure des portraits; quant aux fenêtres, drapées de leurs éternels rideaux marron, elles étaient ornées de chaque côté de ces mêmes aquariums qui, il y a bien longtemps, l'avaient initiée aux mystères de la mer, et où nageaient toujours les poissons rouges de son enfance.

Peu lui importait qu'il s'agît vraiment des mêmes poissons rouges. Vivaient-ils cent ans, comme les carpes ? Ou bien les générations de poissons rouges se renouvelaient-elles de mystérieuse façon sous la végétation marine dont elle avait toujours pris soin de garnir le fond des aquariums ? Elle n'aurait su le dire. Parfois elle se demandait s'ils étaient déjà là le jour où Carlyle — que son nom soit béni entre tous —, s'était précipité vers un aquarium pendant une discussion particulièrement animée qu'il avait avec son père, et s'était mis à taper du poing sur la paroi de verre, au grand émoi des petits poissons qu'il avait apostrophé avec sa véhémence coutumière. « Diables charmants, rendez grâce au Seigneur de la surdité qui vous préserve d'entendre les raisonnements absurdes, les raisonnements téméraires, les raisonnements hasardés, les raisonnements de bonne femme de votre pauvre maître ! »

Quelle belle violence ! Toujours élégante cependant. La marque d'une âme vraiment grande... Non sans rudesse, bien sûr, et quelque peu déplacée dans un salon, mais magnifique. Carlyle était incomparable. Ou plutôt, il était l'Incomparable. Le père de Mrs Fisher, qui s'y entendait en hommes, l'avait tout de suite jugé : « Thomas est immortel ». Cela réglait la question. Et voilà que ses contemporains, du haut de leur médiocrité, se permettaient de douter de la grandeur de Carlyle, voire de l'ignorer tout à fait. On lui avait même rapporté — mais elle se refusait à le croire —, qu'on ne le lisait plus. Qu'elle eût elle aussi cessé de le lire ne changeait rien à l'affaire. Car elle l'avait lu. Elle l'avait sûrement lu. Il y avait une histoire de tailleur nommé Teufelsdröck — elle s'en souvenait parfaitement. Il n'y avait que Thomas pour aller chercher des noms pareils ... Les détails lui échappaient, évidemment, mais au moins l'avait-elle lu.

Le gong de la salle à manger l'arracha à sa rêverie. Elle se hâta de regagner sa chambre pour se laver les mains et se recoiffer. Surtout ne pas paraître en retard au déjeuner... cela aurait donné le mauvais exemple et aurait risqué de lui faire perdre sa place au haut bout de la table. On ne pouvait pas compter sur la délicatesse de la jeune génération pour la lui conserver. Pas sur celle de Mrs Wilkins, en tout cas.

Mais elle arriva bonne première. Seule dans la salle à manger Francesca, qui avait revêtu un tablier d'un blanc immaculé, tenait à bout de bras un énorme plat de macaronis tout fumants et ruisselants de sauce.

Le sourcil froncé, Mrs Fisher s'assit. Quel relâchement ! Et dès le premier jour...

« Je vous prie de me servir », ordonna-t-elle à Francesca qui paraissait vouloir attendre les autres.

Francesca s'exécuta. De toutes ces dames c'était Mrs Fisher qu'elle aimait le moins. Et même, elle ne l'aimait pas du tout. C'était la seule à n'avoir pas souri encore une seule fois. Sans doute était-elle vieille, sans beauté, et n'avait-elle guère de raison de sourire, mais les gentilles dames souriaient quoi qu'il arrive. Par simple gentillesse. Mais Mrs Fisher n'était pas gentille. Aussi Francesca, incapable de dissimuler ses sentiments, servit-elle les macaronis d'un air morose.

Elle les avait préparés à la perfection. Malheureusement Mrs Fisher n'avait jamais aimé les pâtes, surtout pas ces longs macaronis en forme de vers de terre qui étaient beaucoup trop difficiles à manger. Toujours fuyants, ils avaient une tendance irrépressible à échapper à sa fourchette et à lui faire perdre la face lorsque, ayant enfin réussi à en faire pénétrer une étouffante pelote dans son auguste bouche, elle constatait qu'il en restait de petits morceaux pendant ici et là. Pire encore, les macaronis lui rappelaient son défunt mari. Durant toute leur vie de couple celui-ci s'était conduit comme un vrai macaroni. Toujours fuyant, toujours échappant, il lui avait bien souvent fait perdre la face, et lorsqu'enfin il s'était décidé à se tenir définitivement tranquille, elle avait dû constater qu'il en restait de petits souvenirs pendant ici et là.

À côté du buffet, Francesca observait Mrs Fisher sans aménité. Son indignation fut portée à son comble lorsque la dame-qui-ne-souriait-jamais s'empara de son couteau et réduisit les macaronis en charpie.

Mrs Fisher ne savait vraiment pas quoi faire d'autre. Sans doute n'était-elle pas censée se servir de son couteau, mais enfin sa patience avait des limites. Jamais elle ne servait de macaronis à sa table. Ils étaient trop compliqués à manger, et d'ailleurs elle ne les aimait même pas — il faudrait dire à lady Caroline de ne plus en commander. Seules des années de pratique, des années de résidence en Italie pourraient jamais lui faire acquérir le tour de main nécessaire. Comme Browning. Il était d'une habileté confondante avec les macaronis. Mrs Fisher se souvenait d'un jour où il était venu déjeuner avec son père et où l'on avait servi ce plat diabolique en manière d'allusion délicate aux liens du poète avec l'Italie. Des années plus tard, elle était encore confondue d'admiration. Browning ne pourchassait pas les macaronis par toute l'assiette, lui, ni ne les laissait lui fausser compagnie. En un tournemain il piquait sa fourchette dans la masse macaronesque, confectionnait une pelote bien serrée, et l'avalait d'un coup — *allegria* ! Le poète ne mourrait pas de faim !

« Dois-je aller chercher la jeune dame ? » demanda Francesca qui ne pouvait plus supporter de voir ses bons macaronis soumis à l'épreuve du couteau.

Mrs Fisher eut beaucoup de difficulté à s'arracher à ses souvenirs.

« Elle sait fort bien que nous déjeunons à midi et demi, dit-elle. Elles le savent toutes.

— Elle est peut-être endormie. Les autres dames sont parties assez loin, mais lady Caroline est tout à côté.

— Alors sonnez le gong ! »

Quelles mœurs ! Quelles mœurs, vraiment... Elles n'étaient pas à l'hôtel. Un minimum de savoir-vivre aurait été de mise... Elle était surprise de l'absence de Mrs Arbuthnot, qui semblait pourtant la ponctualité incarnée. Quant à lady Caroline, elle lui avait paru aimable, polie, quelle que fût sa véritable identité. De l'autre, il n'y avait évidemment rien à espérer.

Francesca prit le gong et s'en alla le faire retentir par tout le jardin. Lady Caroline, toujours allongée sur sa chaise longue, attendit qu'elle eût fini avant de l'accabler d'invectives qui parurent à Francesca la plus douce des musiques.

Comment la cuisinière aurait-elle senti la moindre nuance de reproche dans cette mélodie céleste ? Tout sourire — comment ne pas sourire en voyant la jeune femme —, elle expliqua que les macaronis refroidissaient.

« Une fois pour toutes apprenez que si je ne parais pas à déjeuner, c'est que je n'ai pas l'intention de déjeuner, répondit lady Caroline, fort irritée. Je vous serais reconnaissante, à l'avenir, de ne plus me déranger pour rien.

— Madame est malade ? » demanda Francesca d'un ton de commisération mais sans cesser de sourire.

Jamais, au grand jamais, elle n'avait vu d'aussi beaux cheveux. Blonds comme le lin, comme les cheveux des bébés du Nord. Sur une si jolie tête ne pouvaient que s'accumuler les bénédictions. Une si jolie tête était faite pour recevoir une auréole.

Lady Caroline ferma les yeux sans répondre. Mal lui en prit car Francesca en conclut aussitôt qu'elle était effectivement indisposée et se hâta de prévenir Mrs Fisher. Celle-ci ne pouvant, expliqua-t-elle, se porter au secours de lady Caroline à cause de ses rhumatismes, dépêcha auprès d'elle les deux autres dames qui venaient d'arriver, rouges, essouflées et des excuses plein la bouche. Pendant ce temps, elle entreprenait de se faire servir le plat suivant, une omelette de la meilleure venue, qui s'ouvrait à chaque extrémité sur de jeunes petits pois prometteurs.

« Servez-moi », ordonna-t-elle à Francesca qui faisait une nouvelle fois mine d'attendre les autres.

« Mais pourquoi ne me laissent-elles pas tranquille ? Pourquoi mon Dieu ? » se demanda lady Caroline en entendant crisser le gravier.

Cette fois elle garda les yeux bien fermés. Pourquoi devrait-elle déjeuner si elle n'en avait pas envie ? Elle n'était pas une invitée, et n'avait aucun devoir à rendre à une quelconque maîtresse de maison. San Salvatore n'était au fond qu'un hôtel d'un type particulier, et tout comme dans un hôtel elle devrait être libre de paraître aux repas quand bon lui semblait.

Mais pour son malheur, lady Caroline ne pouvait qu'inspirer un irrépressible désir de caresses chez tous ceux qui la regardaient. Même la cuisinière l'avait prise par les épaules. Et voici qu'à présent une main secourable — comme elle connaissait bien, et comme elle redoutait les mains secourables ! — venait lui caresser le front.

« J'ai peur que vous ne soyiez souffrante, dit une voix qui n'était pas celle de Mrs Fisher.

— J'ai la migraine », murmura Breloque.

Il lui semblait que c'était encore la façon la plus simple de se débarrasser des originales.

« Je suis vraiment désolée », dit doucement Mrs Arbuthnot, à qui appartenait la main secourable.

« Et moi qui était venue ici pour échapper à la sollicitude des mères... » songea lady Caroline.

« Ne croyez-vous pas qu'une tasse de thé vous ferait du bien ? » demanda Mrs Arbuthnot avec de la tendresse dans la voix.

Du thé ? La seule idée faisait horreur à lady Caroline. Boire du thé par cette chaleur, en plein midi...

« Nnnon..., murmura-t-elle.

— Je crois qu'elle a surtout envie qu'on la laisse tranquille », fit une autre voix.

Enfin une personne de bon sens, pensa lady Caroline en entrouvrant les yeux juste assez pour voir qui parlait.

C'était l'originale aux taches de rousseur. La main caressante était donc celle de la brune. La rousse remonta en flèche dans son estime.

« Mais je ne peux pas vous laisser toute seule avec votre migraine, dit Mrs Arbuthnot. Une tasse de café bien noir, peut-être ? »

Lady Caroline ne répondit rien. Sans bouger d'un pouce elle attendit que Mrs Arbuthnot voulût bien retirer sa main. Après tout, elle ne pourrait pas rester toute la journée à lui caresser le front, et lorsqu'elle s'en irait elle emporterait sans doute sa main avec elle.

« Je crois vraiment qu'elle veut juste être seule. »

La rousse tira-t-elle la brune par la manche ? Ce qui est certain c'est que la main se retira comme par enchantement et qu'après une minute de silence pendant laquelle lady Caroline se sentit observée avec une admirative attention – elle n'en avait que trop l'habitude –, des pas crissèrent de nouveau sur le gravier, mais pour s'éloigner cette fois.

« Lady Caroline a la migraine, annonça Mrs Arbuthnot en revenant dans la salle à manger et en reprenant sa place auprès de Mrs Fisher. Je n'arrive pas à lui faire accepter un peu de thé ou de café noir. Savez-vous comment on dit aspirine en italien ?

– Il n'est qu'un remède efficace contre la migraine, dit Mrs Fisher, c'est l'huile de castor.

– Mais je vous assure qu'elle n'a nullement la migraine, dit Mrs Wilkins.

— Carlyle a souffert de migraines atroces pendant longtemps, reprit Mrs Fisher qui avait fini son omelette et avait tout le temps de discourir en attendant le plat suivant, et il s'est toujours soigné à l'huile de castor. J'oserais même dire qu'il en buvait avec excès. Il l'appelait l'huile du chagrin. C'était un poète ! Mon père prétendait que l'huile de castor avait eu une influence déterminante sur la philosophie de Carlyle. En tout cas il en prenait vraiment trop. Pour Miss Caroline il suffirait d'une dose.

— Savez-vous comment on l'appelle en italien ? demanda Mrs Arbuthnot.

— J'ai bien peur que non. Mais lady Caroline doit le savoir. Vous n'avez qu'à le lui demander.

— Mais enfin je vous répète qu'elle n'a pas la migraine ! dit Mrs Wilkins qui se débattait avec ses macaronis. Elle veut seulement qu'on la laisse tranquille. »

Mrs Fisher ne put s'empêcher de penser que la façon qu'avait Mrs Wilkins de traiter les macaronis était fort éloignée de celle du grand, du délicat Browning, et rappelait plutôt les manières de table des éléphants du zoo.

« Pourquoi nous a-t-elle dit qu'elle avait la migraine, alors ? demanda Mrs Arbuthnot.

— Par politesse. Mais vous verrez que bientôt elle ne se donnera plus cette peine. Lorsqu'elle se sera pénétrée de l'esprit du lieu, elle n'aura plus besoin d'avoir recours à des subterfuges.

— Vous comprenez, Lotty a toute une théorie

sur l'esprit de San Salvatore... », expliqua avec un sourire Mrs Arbuthnot à Mrs Fisher qui attendait patiemment la suite d'un repas que Mrs Wilkins retardait très malheureusement en s'obstinant à ingurgiter des macaronis froids.

Mais Mrs Fisher n'était pas intéressée par les théories de Mrs Wilkins.

« Je ne comprends pas, Madame, ce qui vous permet d'affirmer que lady Caroline ne nous dit pas toute la vérité, prononça-t-elle sévèrement.

— Je ne prétends rien, Madame, je sais, dit Mrs Wilkins.

— Et comment cela, je vous prie ? demanda Mrs Fisher d'un ton d'autant plus froid que Mrs Wilkins n'avait pas hésité à se faire servir une nouvelle portion de macaronis que Francesca avait eu l'idée folle de lui proposer.

— Parce que je peux *voir* dans son âme aussi clairement que dans l'eau limpide de ce golfe, Madame. »

Que répondre à cela ? Mrs Fisher n'allait pas discuter avec une hystérique. Au lieu de cela elle frappa le petit gong, bien que Francesca se trouvât juste derrière elle, et, incapable d'attendre plus longtemps le plat suivant, exigea d'être servie.

Mais Francesca — elle le faisait sûrement exprès, l'impertinente —, eut l'audace de lui repasser les macaronis.

CHAPITRE DIX.

On ne pouvait sortir du jardin d'en haut que par les deux portes-fenêtres contigues qui menaient l'une à la salle à manger, l'autre au vestibule. Impossible, donc, de le quitter discrètement. C'était un petit jardin oblong où il était hors de question de s'isoler. Ses trois arbres – un arbre de Judée, un tamaris et un pin parasol –, étaient tout serrés contre le parapet, et les massifs de roses n'offraient qu'une protection bien illusoire. Un pas à gauche ou à droite suffisait à révéler votre présence. Seule, dans le coin nord-ouest, une sorte d'échauguette faisant saillie sur la muraille permettait de se dissimuler derrière un bouquet de daphnés – elle devait servir de poste d'observation en des temps moins pacifiques que ceux d'aujourd'hui.

C'est là que lady Caroline alla installer sa chaise longue après s'être assurée que personne ne l'épiait, marchant à pas de loups comme font les voleurs. Il existait bien une autre échauguette au nord-est, mais si la vue y était encore plus belle, car elle permettait de contempler la baie entière, et les montagnes derrière Mezzago, on y était exposé à tous les regards. Aussi établit-elle décidément ses quartiers dans l'échauguette nord-ouest. La tête bien enfoncée dans les profondeurs d'un moelleux coussin, les pieds sur le parapet — depuis la petite place en contrebas, les villageois pouvaient les prendre pour deux blanches colombes —, elle croyait avoir enfin atteint son havre de grâce.

Une cigarette imprudemment allumée suffit à la trahir. Mrs Fisher, qui ne fumait pas, était extrêmement sensible aux odeurs de cigarette, et ses narines furent irritées par l'âcre parfum du tabac lorsqu'elle vint prendre le café au jardin. Elle avait demandé à Francesca d'installer une table à l'ombre, juste à côté de la porte-fenêtre, et quand avec un incroyable manque d'à propos, et de tact, Mrs Wilkins avait cru bon de rappeler que lady Caroline désirait être seule, elle avait vertement répliqué que le jardin était à tout le monde.

À peine était-elle entrée dans le jardin qu'elle avait su que lady Caroline était en train de fumer. Marmonnant des paroles peu amènes sur les jeunes femmes d'aujourd'hui, elle était aussitôt partie à sa recherche. Ses rhumatismes s'étaient comme dissipés depuis qu'elle avait son déjeuner « bien chevillé au corps », comme disait toujours le cher Browning – ah, il s'y entendait à la faire rire...

Personne ne la faisait plus rire aujourd'hui, songea Mrs Fisher en se dirigeant droit vers le bouquet de daphnés. Le monde était devenu affreusement ennuyeux et avait perdu tout sens de l'humour. Sans doute devait-on encore pratiquer la plaisanterie puisque *Punch* existait toujours, mais quelle pauvreté d'imagination ! Un Thackeray n'aurait fait qu'une bouchée de cette génération de poules mouillées, incapable même de reconnaître les vertus toniques de son incomparable plume. À ce qu'on lui avait dit, Thackeray n'était même plus tenu pour un écrivain intéressant. Eh bien, puisqu'elle ne pouvait pas pourvoir ses contemporains des yeux, des oreilles, ni de l'entendement qui leur faisaient cruellement défaut, elle devrait se contenter d'administrer à lady Caroline, en tant que représentante de toute cette génération perdue, une bonne dose de médecine roborative.

« On me dit que vous ne vous sentez pas bien », commença-t-elle, debout à l'entrée de l'échauguette, tout son visage exprimant une détermination farouche de faire, quoi qu'il dût en coûter, le bien de la malheureuse créature qui gisait à ses pieds.

Mrs Fisher avait une voix de basse profonde, une véritable voix d'homme, car elle avait été atteinte par ce virus de masculinité qui affecte parfois les femmes à la fin de leur vie.

Lady Caroline essaya de faire semblant de

dormir, mais fut trahie par la cigarette qu'elle continuait de tenir entre ses doigts.

Cela ne pouvait échapper à la perspicacité de Mrs Fisher qui, sans craindre la fraîcheur de la pierre pour ses rhumatismes, prit place sur un petit banc taillé dans l'épaisseur du mur.

Elle ne pouvait s'empêcher d'admirer la belle créature qui feignait le sommeil. Quel succès elle aurait eu à Farringford ! Les grands hommes – c'est bizarre –, se laissaient si facilement tourner la tête... Elle avait vu de ses propres yeux le grand Tennyson tourner le dos à tout un groupe d'admirateurs éminents pour se retirer dans l'embrasure d'une fenêtre avec une jeune personne dont personne n'avait entendu parler auparavant, qui se trouvait là par le plus grand des hasards, et n'avait pour tout mérite – si on pouvait parler de mérite –, qu'une extrême beauté. La beauté ! Mais cela ne durait jamais que quelques minutes, au fond, même si ces courts moments suffisaient à faire perdre la tête aux hommes et si le mariage n'offrait, contre ces coups de folie, qu'une protection bien illusoire. Il y avait eu de certains épisodes dans la vie de Mr Fisher ...

« Le voyage a dû vous fatiguer, dit-elle de sa voix chaliapinesque. Ce qu'il vous faut, c'est une bonne dose d'huile de castor. Je vais demander à Domenico d'aller voir s'il peut en trouver au village. »

Lady Caroline ouvrit les yeux et regarda Mrs Fisher bien en face.

« Ah ah, triompha Mrs Fisher, je savais bien que vous n'étiez pas endormie ! Si vous l'aviez été, votre cigarette serait tombée par terre… »

Lady Caroline jeta rapidement sa cigarette par dessus le parapet.

« Quel gâchis ! dit Mrs Fisher. Je n'approuve pas les femmes qui fument, mais je déteste encore plus le gâchis. »

« Allez-vous en Mrs Fisher, au nom du ciel allez vous en… », pria silencieusement lady Caroline en braquant sur Mrs Fisher des yeux qu'elle croyait furibonds mais qui n'exprimaient que la plus charmante soumission.

« Écoutez-moi bien maintenant, reprit Mrs Fisher que le beau regard avait attendri, et n'allez pas tomber malade. Nous sommes en Italie, ne l'oubliez pas, et il faut faire très attention. D'abord, vous allez garder la chambre.

— Mais jamais je ne garde la chambre ! »

Mrs Fisher se souvint de la réplique pathétique de la pauvre Jo dans une adaptation théâtrale de *Bleak House* à laquelle elle avait assisté bien des années auparavant. « Mais monsieur l'agent, de ma vie entière je n'ai jamais fait que… passer mon chemin » répondait la malheureuse à l'agent de police qui lui demandait de « dégager ». En entendant cela, la petite fille qui devait devenir la redoutable Mrs Fisher avait fondu en larmes, la tête appuyée contre le velours rouge du rebord de la loge.

Lady Caroline avait la plus merveilleuse des

voix. Depuis dix ans qu'elle avait atteint son plein développement, cette voix lui avait valu les triomphes qui sont d'ordinaire réservés aux femmes d'esprit, car tout ce qu'elle disait devenait mémorable. Avec une gorge pareille chacun pensait qu'elle aurait dû être chanteuse, mais lady Caroline ne connaissait d'autre musique que celle de la conversation, où elle était souveraine. La beauté de son visage et la fraîcheur de son teint suffisaient à allumer dans l'œil de tous les hommes qui la rencontraient une petite flamme qui ne cessait plus de brûler — et avec quelle ardeur ! — dès lors qu'elle avait fait entendre sa voix. Aucun homme ne pouvait échapper à ce pouvoir, qu'il fût vieux, jeune, ignorant, cultivé, attirant ou repoussant lui-même, qu'il appartînt à la classe la plus aristocratique ou à celle des conducteurs d'autobus. Généraux et hommes de troupe — la guerre avait été pour elle une période extrêmement embarrassante —, évêques et bedeaux — elle se souvenait encore des étranges événements qui avaient entouré sa confirmation —, gros pleins de soupe et crève-la-faim, brillants causeurs et débiles légers, célibataires endurcis et maris fidèles, tous sentaient briller soudain dans leurs yeux une petite flamme qui ne s'éteindrait plus.

Lady Caroline n'en pouvait plus de ces regards extasiés. Longtemps ils l'avaient enchantée. Ne jamais avoir le souci de ce qu'elle devrait dire, être certaine que chacune de ses paroles serait accueillie, quoi qu'il arrivât, avec bonheur, joie, admiration, partout où elle allait dans le monde, et retrouver en rentrant chez elle toute la tendresse et la fierté dont est capable une famille aimante — mon Dieu, comment ne pas trouver tout cela délicieux ! Et puis c'était si facile. Ses triomphes ne lui coûtaient aucune peine. Il lui suffisait d'ouvrir la bouche pour provoquer l'admiration universelle.

Peu à peu elle s'était cependant aperçue avec une rage et un étonnement croissants qu'il lui fallait combattre pied à pied, jour après jour et soirée après soirée. Non pour séduire mais pour se défendre. Car cette lueur dans le regard des hommes annonçait immanquablement des tentatives plus ou moins habiles, plus ou moins audacieuses, pour se cramponner à elle. Certains étaient entreprenants, d'autres plus timides, surtout les jeunes, mais tous se cramponnaient. Et lady Caroline, qui était entrée dans le monde avec tant d'allant, et une confiance totale en toute personne aux cheveux grisonnants, avait été gagnée par la méfiance, le doute, le dégoût, puis l'indignation. Il lui semblait parfois qu'elle avait perdu toute existence personnelle, qu'elle était devenue une sorte de beauté à tout faire... Oh, les hommes... Et puis elle s'était trouvée impliquée à son corps défendant dans des histoires sans queue ni tête, des querelles auxquelles elle ne comprenait rien. Les femmes l'avaient détestée, vilipendée... La guerre dans laquelle elle s'était jetée à corps perdu, comme tout le monde, avait achevé de la dégoûter. Oh, ces généraux...

La guerre avait tué le seul homme auprès duquel elle se sentait en sécurité, le seul qu'elle aurait été prête à épouser, et elle ne voulait surtout plus entendre parler d'amour, se débattant maintenant dans la vie comme une guêpe tombée dans un pot de miel et qui tente désespérément de déployer ses ailes. C'était sans aucun plaisir qu'elle constatait que sa beauté faisait pâlir de jalousie les autres femmes. Elle ne voulait pas de leurs hommes. Elle n'en voulait pas ! Ils l'ennuyaient à mourir avec leurs phrases à n'en plus finir, leurs grands sentiments, leur amour qui, leur amour que... Comme si on ne lui proposait, pour tout potage, que sucre et miel à satiété. L'amour, l'amour... rien que ce mot lui donnait des envies de meurtre. « Pourquoi voulez-vous donc que je vous aime ? Donnez-moi une seule bonne raison de vous aimer, oui vous, vous en particulier, monsieur ! » demandait-elle parfois, avec une stupéfaction non feinte, au soupirant du moment. Jamais elle n'en avait reçu une réponse intelligible. Rien que de nouveaux discours. Vagues, intenses, et insinuants.

À force de désillusions, la malheureuse avait développé un cynisme à toute épreuve qui la rongeait de l'intérieur tandis que sa beauté continuait à rendre le monde plus aimable — et pour certains délicieux. Que lui réservait l'avenir ? Elle n'était bonne à rien d'autre qu'à être belle. Qu'arriverait-il quand elle ne le serait plus ? Elle était incapable même de l'imaginer. Aussi lasse fût-elle de l'empressement qu'on lui marquait, elle s'était habituée à être partout la plus belle, et il lui serait douloureux de sentir son étoile pâlir peu à peu jusqu'au moment où personne ne la remarquerait plus. Et combien d'années obscures, alors, il lui resterait à vivre ! Ce serait, songea-t-elle, comme de brûler la vie par le mauvais bout. Penser qu'elle pourrait être vieille deux ou trois fois plus longtemps qu'elle n'avait été jeune... C'était absurde. Tout était absurde, d'ailleurs. Elle n'avait envie de rien, et le dégoût de tout. Elle n'aspirait qu'au silence, à l'invisibilité — à l'inconscience si possible —, et voilà qu'on ne la laissait pas une minute en paix, que cette femme insensée, par pur désir d'exercer un petit pouvoir, voulait à toute force l'envoyer au lit et lui faire avaler de l'huile de castor — oui, de l'huile de castor ! —, sous prétexte qu'elle serait malade.

« Je suis sûre que vous saurez vous montrer raisonnable, dit Mrs Fisher qui commençait à sentir le froid de la pierre et comprenait qu'elle ne pourrait pas rester assise très longtemps. Votre mère ne manquerait pas de vous dire... Avez-vous encore votre mère ? »

Lady Caroline n'en croyait pas ses oreilles. Si jamais être au monde était pourvu d'une mère, c'était bien elle ! Jamais elle n'avait imaginé que quelqu'un pût ignorer jusqu'à l'existence de sa mère, une des marquises les plus distinguées de la cour, où elle avait occupé de hautes fonctions. Son père aussi avait eu son heure de gloire, même si son prestige avait pâti de certaines fautes de commandement commises durant la guerre. Mais enfin, malgré son âge et ses infirmités, c'était une des personnalités les plus connues de Londres. Comme il était reposant de rencontrer enfin quelqu'un qui ne connaissait pas sa famille, ou en tout cas qui ignorait qu'elle en faisait partie.

Mrs Fisher commençait à lui plaire. Au fond, peut-être les originales ne savaient-elles pas non plus qui elle était. Lorsqu'elle avait répondu à leur annonce en signant de cet illustre nom de Dester qui courait à travers l'histoire d'Angleterre comme un fil couleur de sang — car ses ancêtres avaient été de grands massacreurs —, elle n'avait pas douté un instant qu'elles sussent à qui elles avaient à faire. Elles n'avaient pas non plus demandé de références lors de leur rencontre dans ce club de Shaftesbury Avenue, ce qui l'avait renforcée dans sa conviction.

Lady Caroline se prit à rêver. Si vraiment personne n'avait entendu parler d'elle, si pendant un mois elle pouvait faire le vide en elle et oublier le brouhaha du monde, peut-être arriverait-elle à faire quelque chose de sa vie. Il lui fallait seulement un peu de calme pour réfléchir, tenter d'y voir clair, et prendre un parti quelconque.

« Un parti, voilà ce qui me manque, murmura-t-elle donc en se penchant sur sa chaise, les mains autour des genoux, toute à la joie de savoir que Mrs Fisher ne la connaissait pas. Je n'en demande pas plus. »

En levant les yeux vers Mrs Fisher, dont le siège

était au-dessus du sien, elle se dit même qu'elle se satisferait de n'importe quel parti pourvu qu'il mît fin à l'insoutenable confusion mentale dans laquelle elle se débattait.

« J'imagine qu'une jeune femme comme vous désire en effet se marier et avoir des enfants, dit Mrs Fisher qui ne la quittait pas de ses petits yeux perçants.

— Bien sûr, je songe au mariage, répondit aimablement lady Caroline, mais ce n'est pas le seul parti auquel je faisais allusion.

— En attendant, si j'étais vous, je ne me mettrais pas l'esprit à la torture, dit Mrs Fisher en se levant car le siège de pierre devenait vraiment trop froid. Les cervelles des femmes ne sont pas faites pour penser. Croyez-moi. J'irais me coucher et me soigner.

— Mais je vais très bien.

— Dans ce cas pourquoi avoir fait dire que vous vous sentiez mal ?

— Jamais je n'ai rien dit de pareil.

— Dois-je comprendre alors que c'est en pure perte que j'ai pris la peine de venir prendre de vos nouvelles ?

— Mais ne préférez-vous pas que ces nouvelles soient bonnes ? demanda lady Caroline dans un sourire auquel Mrs Fisher ne put résister.

— Vous êtes une bien jolie personne, dit-elle en manière de pardon. Dommage que vous ne soyiez pas née il y a cinquante ans. Mes amis auraient été heureux de vous contempler.

— Et moi je n'aurais pas été heureuse d'être regardée. Cela m'est... désagréable.

— Quelle absurdité ! dit Mrs Fisher en se renfrognant. Les jeunes femmes sont faites pour être regardées. Sinon pourquoi les avoir inventées ? Et je peux vous assurer que mes amis étaient tous des hommes supérieurs.

— Je n'ai pas de considération particulière pour les grands hommes — lady Caroline se souvenait d'un incident récent, et fort désagréable, avec un grand homme fort pressant.

— Et moi guère de considération pour les jeunes femmes d'aujourd'hui, dit Mrs Fisher, maintenant aussi froide que la pierre sur laquelle elle était assise. Leur folie ne m'inspire que pitié et commisération. Je vous laisse ! »

Sur quoi elle tourna les talons et s'en alla, sa canne crissant fort sur le gravier.

« Excellente idée » songea lady Caroline en reprenant sa position initiale, la tête bien enfoncée dans l'oreiller et les pieds sur le parapet. Si seulement tout le monde voulait bien suivre l'exemple de Mrs Fisher et la laisser tranquille...

Avant même la fuite à San Salvatore, sa mère s'était inquiétée auprès de son père des idées bizarres qui passaient depuis quelque temps par la tête de leur petite Breloque. Elle disparaissait dès qu'on avait besoin d'elle et ne fréquentait plus personne sinon de très jeunes gens, presque des enfants.

« Bizarre ? Et alors ! Laisse-la donc à ses bizarreries. Belle comme elle est elle peut bien faire ce qu'elle veut.

— Mais je la laisse faire tout ce qu'elle veut, avait humblement répondu sa mère — que pouvait-elle faire d'autre ? »

Mrs Fisher regrettait amèrement de s'être soucié du sort de lady Caroline. Elle traversa l'entrée pour gagner son salon privé, et la vigueur avec laquelle elle frappait le dallage de sa canne attestait du peu d'aménité des sentiments qu'elle portait maintenant à la jeune aristocrate. Mrs Fisher n'avait pas la moindre indulgence pour ses jeunes contemporaines. Quelles poseuses ! Toutes, autant qu'elles étaient ! Le dénigrement de tout ce qui était respectable, utile et vraiment grand leur tenait lieu d'esprit, et elles se seraient crues déshonorées si elles n'avaient pas loué hautement tout ce qui était blâmable. Quel manège ! On aurait dit des animaux savants. Des guenons, tiens. Guenons, guenons ! Et voici qu'au beau milieu de son salon trônaient justement deux guenons : Mrs Arbuthnot buvait nonchalamment une tasse de café, tandis que Mrs Wilkins, assise devant le petit secrétaire que Mrs Fisher considérait déjà comme sacro-saint, écrivait une lettre avec le stylo non moins sacré qu'elle avait apporté de Prince of Wales Terrace pour son seul usage. À son secrétaire. Dans son salon. Avec son stylo !

« Quel endroit charmant ! dit Mrs Arbuthnot avec la plus grande cordialité. Nous venons seulement de le découvrir.

— J'écris à Mellersh, déclara Mrs Wilkins tout sourire, comme si Mrs Fisher ne se souciait pas comme d'une guigne de l'identité de ses correspondants.

— Il doit avoir envie de savoir si je suis bien arrivée, ajouta-t-elle, tant l'atmosphère enchantée de San Salvatore la portait à un optimisme qui ne lui était pas naturel.

CHAPITRE ONZE.

La suavité des parfums qui flottaient dans l'air de San Salvatore, chacun provenant d'une partie différente du château mais se fondant à la perfection dans une harmonie supérieure, aurait dû susciter, à son imitation, l'accord de toutes les âmes. Du moins Mrs Wilkins l'avait-elle pensé lorsque, en compagnie de Mrs Arbuthnot, elle était rentrée d'une promenade sur les remparts et qu'il lui avait semblé sentir les fleurs, celles du jardin comme celles du salon, se saluer d'un baiser quasi religieux. Qui donc aurait osé commettre le péché de colère au milieu de cet univers tout de bienveillance ? Qui aurait bien pu se montrer dur ou égoïste, suivant les rudes mœurs de Londres, en présence de tant de beauté ?

Et pourtant Mrs Fisher enrageait évidemment de dureté satisfaite et d'égoïsme sans remords.

À San Salvatore la beauté était si luxuriante que

chacune des occupantes pouvait bien en avoir plus que sa part sans gêner en rien les autres. Pourquoi s'en réserver l'usage exclusif, ainsi que venait apparemment de le faire Mrs Fisher ?

Eh bien, passe pour cette fois... Mrs Wilkins était sûre et certaine qu'après un jour ou deux Mrs Fisher finirait par succomber à l'irénisme profond qui se dégageait de ce lieu enchanté.

Mais pour le moment elle paraissait d'humeur fort combative. La colère la plus pure lui empourprait le visage. Colère. Caprice. Tout cela n'était pas grave. Juste un reste d'anciennes façons de sentir propres à la folle vie londonienne, qui n'avaient plus lieu d'être en cet endroit que Mrs Wilkins voyait — littéralement voyait —, rempli de baisers et de personnages s'embrassant à qui mieux mieux, Mrs Fisher comme les autres.

« Notre présence vous serait-elle désagréable ? » demanda Mrs Wilkins en se levant d'un bond.

À sa manière franche et directe, elle préférait affronter la vérité en face.

« Je comptais, mesdames, sur votre délicatesse pour comprendre que je m'étais réservé l'usage cette pièce.

— Oh, à cause des photographies ? »

Mrs Arbuthnot, rouge de confusion, s'était levée à son tour.

« De mon papier à lettres aussi. Il porte assez clairement mon adresse à Londres ! Et de ce stylo... »

Elle désigna d'un doigt vengeur l'objet du délit, qui se trouvait encore dans la main de Mrs Wilkins.

« Il est à vous ? Je suis vraiment désolée », dit Mrs Wilkins en le reposant sur la table.

Et elle crut devoir ajouter qu'elle ne l'avait employé qu'à écrire mille amabilités sur ses compagnes de villégiature.

« Mais enfin au nom de quoi occupez-vous ce salon ? demanda Mrs Arbuthnot qui ne se résolvait pas à en passer sans combattre par les quatre volontés de Mrs Fisher. Pourquoi nous en interdire l'usage ?

— Parce qu'il y en a un autre, rétorqua Mrs Fisher. Votre amie et vous n'avez nul besoin d'occuper deux salons à la fois. Je n'ai pas l'intention — je vous l'assure —, de vous déranger dans le vôtre, aussi souhaiterais-je qu'à l'avenir vous me laissiez tranquille dans le mien.

— Mais au nom de quoi..., reprit Mrs Arbuthnot.

— Nous comprenons fort bien votre façon de sentir », l'interrompit aussitôt Mrs Wilkins, car Rose avait l'air très remontée.

Se tournant vers Mrs Fisher, elle ajouta que rien n'était plus doux que de partager ce qu'on aimait, mais qu'il fallait faire preuve d'indulgence envers quelqu'un qui, d'évidence, avait du mal à se défaire de la vision du monde qui était la sienne à Prince of Wales Terrace. Très bientôt, Mrs Wilkins était prête à en mettre la main au feu, elle se débarrasserait à son tour de cette chape de plomb et se sentirait régénérée.

« Vous verrez, dans très peu de temps c'est vous qui nous inviterez ici ! Peut-être même me prieriez-vous de me servir de votre stylo si vous saviez que j'ai oublié d'emporter le mien... »

Mrs Fisher fut choquée au plus haut point par ce petit discours. Qu'une péronnelle de Hampstead ait le toupet de l'assurer de sa sympathie et de sa compréhension la bouleversait autant que l'avait fait la découverte, déjà lointaine, de la vraie nature des mœurs de Mr Fisher. Il fallait absolument mettre Mrs Wilkins au pas. Mais comment ? L'effrontée semblait — circonstance aggravante —, être d'une inconscience à toute épreuve. En cet instant ne souriait-elle pas aux anges sans paraître se douter le moins du monde qu'elle venait de se montrer de la dernière impertinence. Se rendrait-elle seulement compte qu'on essayait de la mettre au pas ? Il ne restait plus qu'à l'éviter avec le plus grand soin, notamment en se retranchant le plus possible dans son salon privé.

« Je suis une vieille femme, dit Mrs Fisher, et j'ai besoin d'une pièce pour moi seule. Mes rhumatismes m'empêchant de me déplacer comme je le voudrais, il faut bien que je reste assise quelque part. Pourquoi voulez-vous m'empêcher de m'installer dans un endroit tranquille ? Lorsque nous nous étions rencontrées je vous avais pourtant expliqué que je ne demandais rien de plus. S'il doit y avoir toute la journée des allées et venues, des portes qui claquent ou qu'on laisse ouvertes, je considérerai que vous n'avez pas tenu vos engagements.

– Mais nous n'avons pas la moindre intention de... commença Mrs Arbuthnot, aussitôt interrompue par Mrs Wilkins.

– Rien ne peut nous faire plus plaisir que de vous voir heureuse. Si l'usage de cette pièce vous est nécessaire, eh bien elle est à vous ! Nous n'étions pas au courant, voilà tout. Jamais nous ne nous serions permis de nous y installer sans cela. À moins que vous ne nous invitiez, bien sûr. Et je suis persuadée que cela ne saurait beaucoup tarder. »

Sur ces fortes paroles elle ramassa sa lettre, prit Mrs Arbuthnot par la main et tenta de l'entraîner vers la porte.

Mais Mrs Arbuthnot ne voulait à aucun prix s'en aller. Elle, la plus douce des créatures pourtant, se sentait pleine d'une bien peu chrétienne envie d'en découdre. Ou plus simplement de raisonner Mrs Fisher. Il fallait absolument qu'elle dise quelque chose, ne serait-ce que pour ne pas avoir à ses propres yeux l'air d'une collégienne prise en faute.

La fermeté de Mrs Wilkins réussit malgré tout à lui faire passer la porte, et une fois de plus Rose s'émerveilla de la transformation qui s'était opérée en Lotty. Comment reconnaître la demi-hystérique qu'elle avait rencontrée à Londres dans cette femme aux façons aimables ? Depuis qu'elles se trouvaient en Italie c'était Lotty qui paraissait l'aînée. Elle semblait extrêmement heureuse. En fait, elle semblait même au septième ciel. Était-ce donc le bonheur qui la rendait si sage, si inaccessible à l'agacement, aux contrariétés ? Rose était très heureuse elle aussi, mais n'était évidemment pas parvenue au degré de félicité qui lui aurait fait passer l'envie d'en découdre avec Mrs Fisher. Et puis elle avait besoin, pour être vraiment heureuse, de quelque chose que le plus beau château du monde ne pouvait lui offrir. Ou plutôt, elle avait besoin de quelqu'un. De Frederick. Jamais, de sa vie entière, elle n'avait été entourée de tant de beauté, et elle ne souhaitait rien tant que d'en partager l'enchantement avec Frederick. Frederick, ah, Frederick ...

« Pauvre vieille chose, dit Mrs Wilkins en refermant doucement la porte sur le triomphe de Mrs Fisher. Faire un caprice un jour comme aujourd'hui !

— Cette pauvre vieille est bien mal embouchée...

— Cela lui passera. Je regrette seulement que nous ayions choisi de nous installer dans son salon.

— Mais c'est la plus jolie pièce de la maison, dit Mrs Arbuthnot. Et elle ne lui appartient pas.

— Il y a bien d'autres pièces dans cette grande bâtisse, et elle est bien vieille. Que nous importe qu'elle veuille avoir une pièce à elle ? »

Et Mrs Wilkins annonça qu'elle allait descendre au village pour poster sa lettre. Rose voudrait-elle l'accompagner ?

«Je pense beaucoup à Mellersh», dit Mrs Wilkins tandis qu'elles descendaient en file indienne l'étroit sentier qu'elles avaient gravi sous la pluie le soir précédent.

Tout naturellement elle était passée devant, et Mrs Arbuthnot avait suivi. En Angleterre c'était toujours l'inverse. La timide Lotty se tenait dans l'ombre de Rose, plus calme, plus raisonnable, et ne sortait d'un silence buté que pour se livrer à des extravagances verbales incontrôlées.

«Je pense beaucoup à Mellersh, répéta Mrs Wilkins car Mrs Arbuthnot paraissait ne pas avoir entendu.

— Vraiment?» dit Rose avec dans la voix un peu de répugnance, car ses rencontres avec Mellersh ne lui avaient guère donné l'envie de cultiver son souvenir.

D'avoir trompé Mellersh l'empêchait rédibitoirement de l'aimer. Bien sûr, elle ne s'était pas rendu compte tout de suite que telle était la vraie raison de son peu d'amitié pour le mari de Lotty. Elle préférait penser que la grâce du Seigneur lui avait manqué et maudissait l'esprit d'orgueil qui lui faisait avoir de pareilles pensées. Mellersh était sûrement bien plus proche du Seigneur qu'elle ne le serait jamais, mais enfin elle ne l'aimait pas.

«Je lui ai vraiment joué un tour de cochon, dit Mrs Wilkins.

— Un quoi? demanda Mrs Arbuthnot, incrédule.

— Un tour de cochon. Comment ai-je pu

l'abandonner dans ce pays affreux pendant que je barbotte en plein bonheur. Il voulait m'emmener en Italie pour Pâques, vous savez.

— Je l'ignorais », dit Mrs Arbuthnot.

À vrai dire, elle avait tout fait pour qu'on évoquât le moins possible leurs maris respectifs. Chaque fois que Lotty avait fait mine de s'épancher elle s'était arrangée pour changer le cours de la conversation. Un mari risquait toujours d'en entraîner un autre, dans les conversations comme dans la vie, et elle ne voulait à aucun prix parler de Frederick, dont Mrs Wilkins connaissait tout juste l'existence. À cause de la mauvaise volonté de Mellersh il avait bien fallu le rencontrer, mais Rose avait toujours réussi à limiter son rôle au strict minimum.

« Eh bien si. Jamais il ne m'avait proposé quoi que ce soit de ce genre et j'ai été horrifiée. Rendez-vous compte, c'était juste après que nous ayions décidé de partir. »

Elle s'arrêta et se retourna vers Rose.

« Ah oui, dit Rose, incapable de trouver un autre sujet de conversation.

— Vous comprenez maintenant quel sale tour je lui ai joué. Il avait décidé de m'emmener en Italie pendant que je me préparais à venir ici sans lui. Maintenant il a toutes les raisons du monde de m'en vouloir atrocement. »

Mrs Arbuthnot était stupéfaite. De minute en minute il lui semblait voir Lotty se transformer en une sorte de sainte. Comment pouvait-elle parler avec tant d'affection de ce Mellersh dont, le matin même, elle lui avait confié que le souvenir paraissait se dissoudre dans les iridescences qui couvraient la mer de Ligurie. Mais c'était le matin. Depuis, Mellersh avait repris assez de réalité pour qu'elle lui écrivît longuement, tendrement même. Et voilà qu'elle en était à comprendre qu'il pût lui en vouloir, et à s'accuser de lui avoir joué — étrange expression du repentir —, un « tour de cochon » !

Si elle continuait sur ce pied, une auréole ne manquerait pas de la couronner sous peu. Il semblait d'ailleurs qu'elle la portât déjà — les ignorants la prenaient pour un rayon de soleil passant à travers les troncs d'arbre et jouant dans ses cheveux roux.

Un irrépressible désir d'amour et d'amitié universels semblait posséder Lotty tout entière — un pur désir de bonté. Or toute l'expérience de Rose lui avait appris qu'on n'atteignait à la bonté véritable qu'au prix de mille souffrances et difficultés. Il fallait beaucoup de temps pour y parvenir, et en réalité on n'y parvenait jamais tout à fait, sinon par moments fugitifs, presque impalpables. La route de la bonté était longue et semée d'embûches, de doutes et de repentirs. Lotty, elle, paraissait voler au-dessus de cette route. Sans nullement abandonner sa fougue naturelle, elle lui avait donné une direction nouvelle et était en train de devenir une sainte tout feu tout flamme. La bonté pouvait-elle s'accomoder d'une pareille impétuosité ? Ne risquait-on pas une réaction également violente ?

« Je n'irais pas aussi vite en besogne, dit Rose avec précaution en regardant Lotty au fond des yeux — le sentier était si escarpé qu'elle se trouvait très au-dessus de son amie.

— Mais j'en suis convaincue ! D'ailleurs, c'est ce que je lui ai écrit.

— Mais pas plus tard que ce matin vous me disiez ...

— Tout est là, l'interrompit Lotty en tapotant l'enveloppe avec une satisfaction marquée.

— Vous voulez vraiment dire... tout ?

— Oh, pas l'histoire de la petite annonce et de mes économies. Non, cela je le lui dirai quand il sera là.

— Quand il sera où ?

— Ici. Je l'ai invité à nous rejoindre. »

Rose écarquilla les yeux encore un peu plus.

« C'est bien le moins que je pouvais faire. D'ailleurs... regardez autour de vous. »

Elle fit un grand geste de la main.

« Ce serait un crime de ne pas partager tout cela. Et moi je serais impardonnable si, après l'avoir lâchement abandonné, je ne tentais pas l'impossible pour le persuader de venir habiter quelque temps notre paradis. La moindre des politesses m'oblige à lui offrir une part du fruit de mes économies. Après tout, il m'a nourrie et logée gratuitement pendant des années. Ne soyons pas trop rustres, tout de même !

— Mais... croyez-vous qu'il viendra ?

— Je l'espère de tout mon cœur, dit Lotty avec la voix de la plus pure sincérité, ajoutant même à mi-voix : « pauvre agneau! »

En entendant cela, Rose se sentit mal et dut s'asseoir. Mellersh, un pauvre agneau ? Ce Mellersh qui quelques heures auparavant n'était plus que mirage ? Il y avait un banc au tournant du chemin, et Rose s'y laissa choir. Il fallait à tout prix gagner du temps. Alors peut-être parviendrait-elle à rattraper la bondissante Lotty et à l'arrêter avant qu'elle ne commît l'irréparable. Mellersh à San Salvatore ? Mellersh aux griffes duquel Lotty avait eu tant de mal à s'arracher ?

« Je le *vois* ici », dit Lotty comme lisant dans ses pensées.

Rose était maintenant très inquiète. Chaque fois que Lotty avait eu une vision, celle-ci s'était matérialisée sans tarder. La présence de Mr Wilkins était-elle donc absolument inévitable ?

« Je voudrais bien vous comprendre, Lotty.

— N'essayez pas, dit celle-ci en souriant.

— Mais je dois essayer de vous comprendre puisque nous sommes amies.

— Ma chère, chère Rose, répondit Lotty en se penchant pour la couvrir de baisers.

— Tout va si vite avec vous. Je n'arrive pas à vous suivre. Je perds pied. Exactement comme avec Fred... »

Elle s'interrompit dans son élan, comme une enfant prise en faute.

« Nous sommes venues ici pour mettre le plus de distance possible entre nous et nos soucis quotidiens, reprit-elle quand elle fut à peu près sûre que Lotty n'avait pas pu entendre le nom redouté. Et dès le lendemain de notre arrivée vous vous précipitez pour écrire au principal responsable de vos soucis. »

Elle s'arrêta, effrayée de tant d'audace.

« Vous avez parfaitement raison, la rassura Lotty. Cela paraît absurde. Mais je suis si heureuse, si soulagée, si bien dans ma peau. Cet endroit me paraît littéralement inondé d'amour ! »

Et elle regarda Rose avec une expression de radieuse surprise.

Rose demeura un instant silencieuse avant de demander d'une voix blanche :

« Croyez-vous que Mr Wilkins verra les choses de cette façon ? »

Lotty éclata de rire.

« Je n'en sais rien. Mais même si ce n'était pas le cas, il y a ici assez d'amour pour en inonder jusqu'à cinquante Mr Wilkins ! Je ne crois pas, en tout cas ici je ne crois pas, qu'il importe beaucoup de savoir qui aime du moment qu'il y a de l'amour. À Londres j'économisais mes sentiments comme la dernière des roulures. Je rognais sur tout. J'étais obsédée par l'idée qu'on ne me rendait pas justice. Comme si la justice ne se confondait pas avec la simple vengeance... Rien n'est si beau que l'amour ! Chez moi, je me refusais à aimer Mellersh un iota de plus qu'il ne m'aimait lui-même. Et comme il ne m'aimait pas, je ne l'aimais pas non plus. Notre maison était devenue insupportable... »

Rose était trop abasourdie pour dire un mot. Parmi les effets secondaires que San Salvatore avait eu sur Lotty, il fallait désormais compter l'emploi d'un langage peu châtié. Roulures, tour de cochon... ce n'était pas le ton de Hampstead.

Et cependant, comme elle aurait voulu pouvoir elle aussi écrire à son mari ces simples mots : « Viens vite ! » Le ménage Wilkins, si ridicule que fût la raideur affectée du malheureux Mellersh, n'en était pas moins un vrai ménage. Lotty pouvait écrire à Mellersh en espérant une réponse, alors qu'elle ne savait que trop bien comment Frederick traiterait une lettre d'elle. Il ne répondrait rien, ou pire encore griffonnerait à la hâte quelques mots de remerciement pour la bonne pensée qu'elle avait eue de lui écrire. Et ce serait un crève-cœur de reconnaître son écriture sur l'enveloppe, car inévitablement elle lui rappellerait les lettres qu'il lui écrivait lorsqu'il ne pouvait endurer l'idée de passer une journée sans elle. Non, elle ne pourrait supporter d'ouvrir une enveloppe si chargée de souvenirs pour y découvrir un message comme :

> Chère Rose, merci pour ta lettre. Amuse-toi. Ne te presse pas de rentrer. As-tu besoin d'argent ? Ici tout va pour le mieux. Bien à toi. Frederick.

« Je crois que je ne vais pas vous accompagner au village, dit-elle le regard soudain voilé de tristesse. J'ai besoin de réfléchir.

– Très bien, répondit Lotty en reprenant le sentier. Mais ne réfléchissez pas trop longtemps. Invitez-le vite !

– Qui cela ?

– Votre mari bien sûr ! »

CHAPITRE DOUZE.

Lors du dîner, les quatre femmes se trouvèrent toutes rassemblées pour la première fois. Même lady Caroline était là — parfaitement à l'heure, et vêtue d'une robe d'après-midi à couper le souffle. Mrs Wilkins, fascinée, ne pouvait détacher ses yeux de sa voisine, tant le rose saumoné de la robe épousait amoureusement la silhouette de l'adorable Caroline.

« Quelle robe magnifique ! s'écria Mrs Wilkins.

— Quoi... ce vieux chiffon ? dit lady Caroline qui avait totalement oublié ce qu'elle portait. Mais il a au moins cent ans ! »

Et elle parut ne plus penser qu'à son assiette de soupe.

« Si vieille soit-elle, elle ne doit pas vous tenir bien chaud », dit Mrs Fisher, les lèvres pincées.

La robe, il est vrai, ne dissimulait guère les appâts de lady Caroline dont les bras étaient complètement découverts –, et l'étoffe en était si mince qu'elle paraissait presque transparente.

« Non... en effet », répondit lady Caroline après un instant d'hésitation.

Puis elle revint à sa soupe.

« Faites attention de ne pas attraper de mal, dit Mrs Arbuthnot, sensible à la nécessité de protéger au mieux cette jolie plante fragile. La température chute brutalement dès que le soleil disparaît.

– Merci mais je n'ai pas froid, répondit lady Caroline.

– On a l'impression que vous ne portez rien en dessous, dit Mrs Fisher.

– C'est vrai. Pas grand chose en tout cas, répondit lady Caroline en finissant sa soupe.

– L'imprudente ! dit Mrs Fisher. Mais aussi... quelle inconvenance ! »

Lady Caroline la regarda avec surprise et curiosité mêlées.

Lorsqu'elle était arrivée dans la salle à manger, Mrs Fisher était très favorablement disposée envers lady Caroline qui, au moins, n'avait pas envahi son salon ni écrit sur son secrétaire avec son propre stylo. Elle paraissait savoir se tenir. Las ! Comment pouvait-elle ne pas se rendre compte qu'il était de la dernière inconvenance de paraître à dîner ainsi vêtue – ou plutôt dévêtue ? Pareille conduite n'était pas seulement inconvenante mais dangereuse, car l'indélicate risquait en outre d'attraper un rhume et de contaminer ses compagnes. Mrs Fisher n'avait pas la moindre indulgence pour les rhumes des autres. Fruits amers de l'imprudence et de la folie, ils ne manquaient jamais de l'accabler, elle si prudente et si sage.

« Cervelle d'oiseau ! » songea Mrs Fisher en fusillant lady Caroline du regard. « Elle n'a rien dans la tête que sa vanité de petite fille gâtée. »

« Commment pouvez-vous parler d'inconvenance puisqu'il n'y a pas d'hommes ici ? dit Mrs Wilkins.

— Avez-vous remarqué, poursuivit-elle à l'intention de Mrs Fisher qui faisait semblant de ne pas entendre, combien il est difficile d'être inconvenante quand les hommes ne sont pas là ? »

Mrs Fisher ne lui accorda ni réponse ni regard. Lady Caroline, elle, la contempla avec ce qui chez toute autre aurait été considéré comme un léger rictus. À Mrs Wilkins, qui la voyait de l'autre côté d'un bouquet de capucines, il sembla que c'était le plus charmant des sourires à fossettes.

Au moins voilà quelqu'un qui n'a pas l'air d'un morceau de bois, se dit lady Caroline qui se mit à regarder Mrs Wilkins avec un intérêt nouveau. La brune et elle s'étaient changées pour le dîner, remarqua lady Caroline, mais seulement pour revêtir d'étonnants pull-overs roses. Cela ne leur aurait pas pris une minute de plus de s'habiller avec un peu de soin, pensa la jeune aristocrate. Évidemment, elles ne payaient pas de mine dans leurs pull-overs. Les vêtements de Mrs Fisher n'importaient guère: à part des plumes et une hermine, elle ne pouvait rien porter d'autre que ce qu'elle portait ce soir-là. Mais les originales étaient jeunes encore, et plutôt jolies. Elles avaient de jolis minois en tout cas. Leur vie pourrait changer du tout au tout si seulement elles essayaient de s'arranger un peu au lieu de se fagoter comme elles faisaient. Mais à quoi bon ? Lady Caroline retomba dans la morosité et se remit à grignoter une tartine. Si elles s'arrangeaient, les hommes pousseraient tout autour d'elles comme champignons à l'automne...

« J'ai passé une journée merveilleuse », commença Mrs Wilkins, les yeux brillants.

Lady Caroline baissa les siens. « Mon Dieu ! songea-t-elle, que va-t-elle nous annoncer maintenant ? »

« Comme si on pouvait s'intéresser à ce que cette malheureuse a fait de sa journée ! » songea Mrs Fisher en baissant les yeux à son tour.

D'ailleurs, Mrs Fisher baissait délibérément les yeux dès que Mrs Wilkins ouvrait la bouche. C'était sa façon à elle de marquer sa désapprobation. Et puis on ne savait jamais ce que cette folle allait dire et il était plus sûr de ne pas avoir à la regarder en face. Que voulait-elle signifier avec ces absurdes propos sur les hommes, par exemple ? On se perdait en conjectures, et mieux valait sans doute s'y perdre. Les yeux baissés, elle vit quand même lady Caroline se saisir de la bouteille de chianti et remplir son verre à ras bord pour la deuxième fois.

La deuxième fois ! Alors que le poisson venait à peine d'être desservi ! Mrs Fisher constata avec satisfaction que la seule autre créature raisonnable et respectable de cette compagnie, Mrs Arbuthnot, l'avait elle aussi remarqué. Elle fondait maintenant de grands espoirs sur Mrs Arbuthnot. Sans doute avait-elle indûment occupé son salon, mais c'était à n'en pas douter sous l'influence désastreuse de Mrs Wilkins. Au fond, Mrs Fisher n'avait pas grand chose à reprocher à Mrs Arbuthnot, et il ne lui avait pas échappé qu'elle ne buvait que de l'eau. La rousse aussi – il fallait lui rendre cette justice. À leur âge, c'était parfaitement convenable. Elle-même buvait un peu de vin, mais avec quelle modération ! Un seul verre par repas, alors qu'à soixante-cinq ans elle aurait pu sans aucune inconvenance en boire au moins deux.

« Le vin ne vous vaut rien ! » lança-t-elle à lady Caroline sans prêter la moindre attention à ce que Mrs Wilkins pouvait avoir à raconter sur l'emploi de sa journée.

Lady Caroline ne l'avait pas entendue – c'était évident –, car elle continuait à vider son verre comme si de rien n'était, le coude sur la table, et écoutait Mrs Wilkins dire des choses stupéfiantes.

Elle avait invité quelqu'un d'autre à venir les rejoindre. Un homme. Ce ne pouvait être qu'un homme puisqu'elle ne désignait cette créature mystérieuse que comme « il ».

Pour la première fois, la gravité de la situation la contraignit à s'adresser directement à Mrs Wilkins. À soixante-cinq ans elle se souciait fort peu de savoir avec quel genre de femmes elle passait ses vacances, mais si ces femmes devaient inviter des hommes, la situation changeait du tout au tout. On ne lui ferait pas tirer les marrons du feu pour des créatures « légères », comme on disait de son temps. Jamais il n'avait été question d'un homme quelconque lors de leur rencontre de Londres. Si tel avait été le cas, elle aurait bien sûr décliné l'invitation.

« Comment s'appelle-t-il ? » demanda brusquement Mrs Fisher.

Mrs Wilkins se retourna vers elle avec un peu de surprise.

« Wilkins, dit-elle.

— Wilkins ?

— Oui.

— Comme vous ?

— Oui.

— Vous êtes apparentés ?

— Pas par le sang.

— Par alliance alors ?

— Eh oui ! C'est un mari ! »

Mrs Fisher dut à nouveau baisser les yeux. Il était impossible de parler à Mrs Wilkins. Elle disait de ces choses... « Un mari ». Comme s'il y en avait d'autres. Toujours cette façon pervertie de s'exprimer. Pourquoi ne pouvait-elle dire « mon mari » ? En outre, sans qu'elle sût très bien pourquoi, Mrs Fisher s'était persuadée que les jeunes femmes de Hampstead étaient des veuves de guerre. Comment, sans cela, s'expliquer qu'elles n'aient pas même mentionné l'existence de leurs maris lorsqu'elles avaient rencontré Mrs Fisher pour la première fois ? Et puis cette façon de répondre que son mari ne lui était pas apparenté... « Pas par le sang ». Un mari était bien un parent, pourtant. Le premier de tous ! Elle se souvenait fort bien de ce que disait le grand Ruskin – non, pas Ruskin, la Bible : l'homme quittera son père et sa mère et s'attachera seulement à sa femme. Cela ne signifiait-il pas, on ne peut plus clairement, que le mariage était la plus haute des relations de parenté ? Et si les père et mère d'un mari comptaient pour si peu, qu'étaient donc ceux d'une femme en comparaison de ceux de son mari ? Sans doute n'avait-elle pas pu quitter père et mère pour suivre Mr Fisher car ils n'étaient plus de ce monde quand elle s'était mariée, mais elle ne doutait pas un instant qu'elle l'aurait fait sans trembler. « Pas par le sang »... Sottises, billevesées...

Le dîner était excellent. Mets choisis, nourritures exquises, Lucullus dînait chez Lucullus, Costanza ayant décidé d'utiliser largement les œufs et la crème au cours de cette semaine en attendant de voir ce qui se passerait au moment de la présentation des premières factures. L'expérience lui avait appris que les Anglais ne craignaient pas les factures qu'ils payaient sans sourciller, rubis sur l'ongle. D'ailleurs, auprès de qui devait-elle prendre ses instructions ? Qui était la maîtresse de maison ? Nul ne semblait le savoir. Aussi Costanza avait-elle pris les choses en main et n'en avait-elle fait qu'à sa tête, ce qui expliquait pourquoi le dîner était si bon.

Hélas, les quatre dames étaient si absorbées par leur conversation qu'elles remarquaient à peine ce qui remplissait leurs assiettes. Mrs Fisher elle-même, qui d'ordinaire avait pour la bonne chère des attentions de vrai gourmet, se montrait parfaitement indifférente à la savante cuisine de Costanza.

Elle était au comble de l'exaspération. Oh, cette Mrs Wilkins ! Et lady Caroline qui, sous l'influence du chianti, l'encourageait en sous-main...

Mrs Fisher était ravie qu'il n'y eût point d'hommes à San Salvatore, car ils n'auraient pas manqué de faire une cour appuyée à lady Caroline. Elle était vraiment irrésistible, surtout, dut reconnaître Mrs Fisher, en cet instant où le chianti colorait légèrement son teint de rose. Or Mrs Fisher ne détestait rien tant que de voir des hommes intelligents, engagés dans de graves discussions d'intérêt général, se mettre soudain à faire des grâces, à minauder — oui, minauder, elle n'avait eu que trop souvent l'occasion d'assister à ce désolant spectacle —, dès qu'une beauté à cervelle d'oiseau faisait son entrée dans un salon où il ne lui restait plus, à elle Mrs Fisher, qu'à faire tapisserie. Même ce grand Gladstone, l'admirable homme d'État dont la main s'était, un jour inoubliable, posée sur sa tête de petite fille, aurait perdu la tête en voyant lady Caroline et se serait lancé dans Dieu sait quel badinage embarrassant pour tout le monde.

« Vous voyez..., dit Mrs Wilkins — elle commençait presque toutes ses phrases de cette exaspérante façon, et chaque fois Mrs Fisher était tentée de lui répondre que non, elle ne voyait pas, mais en revanche entendait fort bien.

— Vous voyez, reprit Mrs Wilkins en se tournant vers lady Caroline, nous avions conclu un accord à Londres. Chacune d'entre nous avait le droit d'avoir un invité. Je ne fais qu'utiliser ce droit.

— Je ne m'en souviens pas, dit Mrs Fisher sans lever les yeux de son assiette.

— Mais si. N'est-ce pas, Rose ?

— Oui oui, je m'en souviens parfaitement, dit lady Caroline. Mais l'idée même nous paraissait absurde. Après tout, nous sommes venues ici pour échapper à nos amis...

— ... à nos maris... »

Encore ce pluriel malsonnant ! Tout cela était d'ailleurs d'une rare inconvenance, songeait Mrs Fisher. Pourquoi voudrait-on échapper à son mari ? Mrs Arbuthnot semblait elle aussi fort gênée. Elle était devenue toute rouge.

« ... et à l'affection de nos familles », renchérit lady Caroline.

Mais ce devait être le chianti qui parlait en elle.

« Ou au manque d'affection de nos familles », dit Mrs Wilkins.

Quelle lumière cela jetait sur sa vie de famille et son véritable caractère !

« Moi, je n'ai rien contre le manque d'affection, dit lady Caroline. Cela me convient on ne peut mieux. On est tellement plus tranquille !

— Mais... mais non. C'est affreux de manquer d'affection. On se sent toute nue.

— Cela ne me gêne pas le moins du monde, dit lady Caroline.

— Vraiment..., dit Mrs Fisher.

— Quel plaisir de se débarrasser des choses qui nous gênent ! dit lady Caroline sans se troubler.

— Mais vivre avec quelqu'un qui ne vous aime pas, c'est comme se trouver toute nue dans le vent d'hiver et mourir de froid petit à petit. »

On en était aux confidences, maintenant. Et quelles confidences ! Mrs Wilkins n'avait même pas l'excuse de l'ébriété. Mrs Arbuthnot, toujours plus rouge, partageait évidemment la désapprobation de Mrs Fisher.

« Votre mari ne vous aimait donc pas ? demanda lady Caroline sans honte ni pudeur.

— Mellersh ? Il ne l'a jamais montré en tout cas.

— Merveilleux..., murmura lady Caroline.

— Allons ! gronda Mrs Fisher.

— Je ne trouvais pas cela merveilleux, je vous l'assure. J'étais très malheureuse. Or depuis que je suis ici je me sens très loin de ce malheur, de tout ce malheur.

— Vous ne vouliez plus être malheureuse ?

— Vraiment..., dit Mrs Fisher.

— Non, ce n'est pas cela. Tout d'un coup je me suis sentie beaucoup mieux. »

Lady Caroline, tout en faisant tourner entre ses doigts le pied de son verre, dévisageait avec beaucoup d'intérêt sa voisine exaltée.

« Et maintenant que je vais mieux je ne veux pas rester seule. Je ne pourrais pas être vraiment heureuse en le sachant si loin de moi. Il faut que je partage ce bonheur nouveau. Jamais je n'avais compris aussi clairement ce que ressentait la Sublime Damoiselle.

— Qui était cette demoiselle ? demanda lady Caroline.

— Vraiment... reprit Mrs Fisher, et cette fois elle mit dans son « vraiment » tant d'emphase que lady Caroline ne put éviter de se retourner.

— Oui, je sais... je devrais savoir de qui il s'agit, mais je suis si ignorante en histoire naturelle. C'est un oiseau ?

— C'est un poème, et fort célèbre, dit Mrs Fisher du ton le plus lugubre.

— Oh, dit lady Caroline.

— Je vous le prêterai, dit Mrs Wilkins qui avait du mal à ne pas éclater de rire.

— Et en dépit de ses mœurs déplorables, précisa Mrs Fisher, son auteur paraissait souvent à la table de mon père.

— Comme vous avez dû vous ennuyer ! dit lady Caroline. Les mères croient toujours qu'il faut à tout prix inviter des auteurs. J'ai horreur des auteurs. Je crois que je les aimerais mieux s'ils n'écrivaient pas de livres. Mais finissez ce que vous nous disiez à propos de Mellersh.

— Vraiment... dit Mrs Fisher.

— Eh bien il y a tant de lits inoccupés.

— De quels lits parlez-vous ?

— De ceux de cette maison. Ne croyez-vous pas qu'ils devraient être pleins de gens heureux ? Il y en a huit, et nous ne sommes que quatre. C'est honteux, vraiment honteux de garder toute cette beauté pour soi seul. Rose, il faut que vous fassiez venir votre mari ! Et vous, lady Caroline et Mrs Fisher, demandez à vos amis de vous rejoindre ! »

Rose se mordit la lèvre. Elle rougit, pâlit, rougit à nouveau. Si seulement Lotty pouvait se taire de temps en temps. C'était magnifique d'être devenue une sainte et de vouloir aimer le monde entier, mais pourquoi ce manque de tact ? Rose avait l'impression que Lotty prenait un malin plaisir à débrider les plaies. Si seulement elle pouvait se taire, juste se taire...

Et Mrs Fisher, plus chaîne de puits que jamais, déclara qu'il n'y avait dans toute la maison qu'une seule chambre libre.

« Une seule ? »

Mrs Wilkins n'en croyait pas ses oreilles.

« Mais qui occupe les autres ?

— Nous, dit Mrs Fisher.

— Mais nous n'occupons pas toutes les chambres. Il doit y en avoir au moins six. Il en reste donc deux et le propriétaire nous a bien dit qu'il y avait huit lits. N'est-ce pas, Rose ?

— Il y a six chambres à coucher... », commença Mrs Fisher.

Elle connaissait parfaitement la situation car lady Caroline et elle avaient inspecté la maison de la cave au grenier à la recherche des chambres les plus confortables. Il y avait effectivement six chambres, dont deux minuscules, et Francesca occupait l'une de celles-ci, que suffisaient à remplir une chaise et une petite commode. L'autre était vide.

Mrs Wilkins et Mrs Arbuthnot, elles, avaient à peine eu le temps de jeter un coup d'œil à la maison, tout occupées qu'elle étaient à admirer le paysage, et lors des premières négociations autour de San Salvatore elles avaient cru que le propriétaire parlait de huit chambres, et non de huit lits. Huit lits il y avait, mais quatre se trouvaient dans les chambres de Mrs Wilkins et de Mrs Arbuthnot.

« Il y a six chambres, reprit Mrs Fisher. Nous en occupons quatre, Francesca a la cinquième. Vous voyez bien qu'il n'en reste qu'une.

— Si bien que nous ne pouvons pas nous montrer aussi hospitalières que nous le voudrions. Comme c'est dommage !

— Mais alors, il n'y a de place que pour une personne supplémentaire.

— Eh oui, et comme c'est vous qui l'avez invitée la première... »

Mrs Wilkins ne s'attendait pas le moins du

monde à devoir affronter la redoutable question de la répartition des lits. Lorsqu'elle avait invité Mellersh, elle avait pensé l'installer dans l'une des quatre chambres qu'elle croyait libres. Pourquoi, dans une demeure aussi vaste, et pourvue d'une domesticité aussi nombreuse, auraient-ils dû partager la même chambre comme ils le faisaient dans leur petite maison de Londres, avec ses deux domestiques ? Mieux valait ne pas mettre l'amour à trop rude épreuve — même cet amour pour toutes les créatures vivantes dont elle se sentait remplie depuis son arrivée. Un sommeil conjugal réussi lui paraissait exiger des qualités de patience et d'abnégation extrêmes. Il y fallait aussi une parfaite placidité, et la foi du charbonnier. Elle était persuadée qu'elle aurait plus facilement de la tendresse pour Mellersh, et que sa présence à elle serait plus supportable à son mari, s'ils ne s'enfermaient pas chaque nuit dans la même pièce et si le matin ils pouvaient se retrouver comme des amis qui n'auraient pas eu à se quereller à propos d'une fenêtre mal fermée, de l'occupation de la salle de bains, ou de ces mille occasions de ressentiment qu'offre le partage d'une même chambre. Son bonheur, son désir irrépressible d'amitié avec le monde, lui paraissaient une conséquence de la liberté et de la paix dont elle jouissait enfin à San Salvatore. Connaîtrait-elle encore cette liberté et cette paix après une nuit entière passée avec Mellersh ? Serait-elle capable de le regarder au matin avec l'amour qu'elle éprouvait en cet instant ?

Après tout, il n'y avait pas bien longtemps qu'elle se trouvait au paradis, et l'esprit de douceur ne l'avait peut-être pas pénétrée toute entière. Ce matin encore, quelle joie cela avait été simplement de se réveiller seule et de froisser les draps tout à sa guise !

Elle était si absorbée par ces pensées que Francesca dut lui toucher légèrement le coude pour lui rappeler que le dessert était servi.

« Si je partage ma chambre avec Mellersh, je risque de perdre tout sentiment pour lui », songea Mrs Wilkins en se servant distraitement. « Mais en l'installant dans la seule chambre libre, j'empêche Mrs Fisher et lady Caroline d'inviter quelqu'un. Bien sûr elles n'en ont pas exprimé le désir, mais il pourrait à tout moment leur venir l'envie d'offrir à quelqu'un une chance de bonheur, ce qui serait impossible si Mellersh était là. »

« C'est un vrai casse-tête, dit-elle à haute voix, les sourcils froncés.

— Quoi donc ? demanda lady Caroline.

— Je ne sais pas où installer Mellersh !

— Pourquoi ? Une chambre ne lui suffit-elle pas ?

— Si, bien sûr. Mais c'est la dernière chambre disponible, et s'il l'occupe vous ne pourrez inviter personne.

— Je n'en ai certes pas l'intention, dit lady Caroline.

— Et vous ? demanda Mrs Wilkins en se tournant vers Mrs Fisher. Je ne pose même pas la question à Rose. Il suffit de la regarder pour être sûre qu'elle serait follement heureuse de partager sa chambre avec son mari.

— Vraiment..., dit Mrs Fisher.

— Vraiment quoi ? » demanda Mrs Wilkins, espérant de tout son cœur que ce « vraiment » là n'était cette fois que le préliminaire d'une suggestion utile.

Mais non. Le « vraiment » de Mrs Fisher resta splendidement isolé, n'étant destiné qu'à jeter le plus grand froid possible dans la conversation.

Après quelques instants, Mrs Fisher voulut cependant relever le défi.

« Dois-je comprendre, lança-t-elle, que vous avez l'intention de réserver pour votre famille la seule chambre disponible de la maison ?

— Ce n'est pas ma famille, c'est mon mari, dit Mrs Wilkins. Vous voyez...

— Mrs Wilkins, je ne vois rien du tout... »

Cette fois Mrs Fisher ne put s'empêcher de l'interrompre — de tout son être elle refusait ces visions à répétition.

« Je ne fais qu'entendre. Et ce que j'entends ne me plaît guère. »

Mais Mrs Wilkins, aussi insensible à la correction fraternelle que l'avait craint Mrs Fisher, n'hésita pas un instant à se lancer dans une interminable et fort inconvenante dissertation à propos de l'endroit où il convenait de faire dormir un personnage nommé Mellersh.

Mellersh ! Mrs Fisher évoqua aussitôt le souvenir des Thomas, des John, des Alfred et des Robert qui fleurissaient à son époque où tous se couvrirent de gloire. Comment pouvait-on manquer de tact au point de s'appeler Mellersh ? En tout cas, puisqu'il semblait s'agir du mari de Mrs Wilkins, sa place était toute désignée. Pourquoi tous ces discours ? N'avait-elle pas veillé personnellement à faire placer un second lit dans la chambre de Mrs Wilkins ? Il était de certaines choses dont mieux valait ne pas parler, et les maris en faisaient évidemment partie. Seules leurs épouses étaient censées savoir où ils dormaient. Bien sûr, elles ne le savaient pas toujours, et les mariages connaissaient alors des moments délicats. Mais de ces moments on ne parlait pas non plus. La décence ne l'aurait pas permis. En son temps du moins. Devoir connaître des raisons qui poussaient Mrs Wilkins à coucher, ou ne pas coucher, avec son mari, lui semblait de la dernière inconvenance et d'ailleurs ne l'intéressait pas le moins du monde.

Elle s'apprêtait donc à détourner la conversation pour la rendre plus conforme aux usages de son monde, et y serait sans doute parvenue si lady Caroline ne s'était pas jetée dans la discussion avec un manque de retenue qui n'avait d'égal que celui de Mrs Wilkins. Sans doute le chianti y était-il pour quelque chose, mais enfin le fait était là. Lady Caroline avait l'audace de soutenir que Mr Wilkins devait occuper la dernière chambre libre, tout autre arrangement étant, selon ses propres termes,

« barbare ». N'avait-elle jamais lu la Bible — « et ils ne seront qu'une chair » ? Ce qui voulait bien dire aussi « une chambre. » Mais Mrs Fisher préféra ne pas évoquer ces versets du Livre saint devant une jeune fille.

Il ne lui restait plus qu'à inviter elle-même une amie. C'était la seule manière de sauver la situation et de remettre Mrs Wilkins à sa place. Elle en avait parfaitement le droit, puisqu'elles en avaient déjà parlé à Londres. Et puis, en dehors de la question de décence, il était proprement monstrueux de laisser Mrs Wilkins monopoliser la seule chambre disponible quand la sienne contenait déjà tout ce qu'un mari pouvait désirer. Pourquoi ne pas inviter quelqu'un, ou plutôt lui « suggérer de la rejoindre » ? Kate Lumley, par exemple. Kate pouvait sans difficulté faire les frais du voyage et payer sa part de la location. Elle était de son époque et avait connu, ou connaissait encore, tous ceux qu'elle-même connaissait ou avait connus. Évidemment, ce n'était pas une amie proche. On ne l'invitait jamais aux dîners intimes, seulement aux grandes réceptions, et même alors elle était toujours un peu laissée sur la touche. Étrange comme certaines personnes restaient à jamais sur la touche et cependant continuaient à vous marquer de la reconnaissance parce que vous aviez eu un jour la bonté de les inviter.

Oui, c'était une bonne idée d'inviter Kate. La pauvre chère ne s'était jamais mariée, mais enfin tout le monde ne pouvait pas espérer se marier, et elle disposait d'une honnête aisance, assez en tout cas pour payer son voyage tout en lui gardant toute sa reconnaissance. L'arrivée de Kate permettrait à la fois de mettre au pas les Wilkins et d'empêcher Mrs Wilkins d'aller au delà de son quota de chambres. C'était la solution. En outre, sa présence romprait la solitude spirituelle où se morfondait Mrs Fisher. Si elle souhaitait de tout son cœur être physiquement isolée de ses compagnes pendant l'intervalle des repas, elle supportait mal la solitude de l'esprit à laquelle la réduisait la folie de ces jeunes femmes, même de Mrs Arbuthnot, folle elle aussi en raison de son amitié avec Mrs Wilkins. Kate serait son rempart, son appui au cours des repas et se garderait bien d'envahir son salon.

D'abord, Mrs Fisher ne dit rien. Lorsqu'elles furent réunies dans le grand salon autour d'un bon feu — Mrs Fisher venait de découvrir qu'il n'y avait pas de cheminée dans son salon et que, tant que les soirées resteraient fraîches, il lui faudrait les passer en compagnie des autres dans le grand salon —, Francesca servit du café. Lady Caroline empestait l'atmosphère avec sa cigarette. Mrs Wilkins, qui ne se doutait de rien, la malheureuse, crut pouvoir déclarer dans un soupir de soulagement :

« Eh bien, puisque personne ne veut de cette chambre, je serai heureuse d'y loger Mellersh.

— Cela va de soi », dit lady Caroline.

C'est alors que Mrs Fisher prononça les paroles fatales :

« J'ai une amie... », commença-t-elle de sa voix de basse profonde.

Aussitôt, un profond silence s'établit.

« ... qui s'appelle Kate Lumley. »

Nul ne pipait mot.

« Peut-être la connaissez-vous ? » demanda-t-elle en se tournant vers lady Caroline.

Mais non, lady Caroline ne connaissait pas Kate Lumley. Sans interroger les autres, tant elle était sûre qu'elles ne connaissaient personne, Mrs Fisher poursuivit :

« Je souhaite l'inviter à me rejoindre ici. »

Le silence se fit plus pesant encore.

Lady Caroline fut la première à le rompre :

« Voilà qui règle le problème de Mellersh !

— Voilà qui règle le problème de Mrs Wilkins, reprit Mrs Fisher, si tant est qu'il y ait jamais eu un problème !

— Je crois que vous allez devoir vous dévouer, dit lady Caroline à Mrs Wilkins. À moins qu'il ne puisse pas venir en fin de compte.

À cela Mrs Wilkins, le front légèrement plissé — car elle se prenait à douter de la pérennité de son Paradis — ne sut que répondre du bout des lèvres :

« Je le *vois* ici ! »

CHAPITRE TREIZE.

Sous le soleil brûlant les jours succédaient aux jours dans une monotonie qui ne laissait pas de surprendre les domestiques. Les quatre dames anglaises leur paraissaient frappées d'anémie, et San Salvatore étrangement endormi.

Personne ne venait jamais prendre le thé. Les dames n'étaient invitées nulle part. Rien à voir avec les locataires du printemps précédent. Ceux-là ne pouvaient pas rester en place. Tous les jours il fallait sortir le bateau, organiser des excursions, préparer la voiture de Beppo, recevoir des gens venus de Mezzago pour la journée. La maison retentissait de cris joyeux. Il était même arrivé qu'on bût du champagne. Cela donnait à la vie du piquant, de la variété. Alors que maintenant... On ne prenait même pas la peine de réprimander les domestiques qui, abandonnés à leur propre sort, bâillaient du matin au soir.

Non moins étrange était l'absence totale de messieurs. Comment pouvaient-ils continuer à éviter avec autant d'aveuglement ce foyer de beauté rayonnante ? Car enfin, si l'on exceptait la vieille dame, les trois autres, les jeunes, paraissaient offrir en surabondance ces grâces qui attirent les messieurs aussi sûrement que le miel fait venir les mouches.

En outre, l'évident désir qu'avaient les dames de rester seules, chacune vaquant à ses occupations, stupéfiait les domestiques. En dehors des heures des repas rien ne paraissait bouger dans la vieille demeure, aussi déserte qu'elle l'avait été pendant tout l'hiver. La vieille dame ne quittait guère sa chambre; la dame aux yeux noirs allait musarder sur les rochers, à ce que racontait Domenico qui la rencontrait parfois dans ses courses solitaires; la très belle dame blonde restait des heures dans sa chaise longue, en haut du jardin; l'autre dame blonde, moins jolie mais jolie tout de même, se promenait interminablement sur les collines. Chaque jour le soleil faisait paresseusement le tour de la maison avant de s'abîmer en mer, et rien ne se passait.

Les domestiques continuaient de bâiller à qui mieux mieux.

Et pourtant les quatre visiteuses déployaient une grande activité spirituelle, que leur apparence charnelle fût celle d'une dame assise dans sa chambre – Mrs Fisher –, d'une beauté alanguie sur sa chaise longue – lady Caroline –, ou de promeneuses solitaires — Mrs Wilkins et Mrs Arbuthnot. Même la nuit leurs esprits agités ne connaissaient pas de repos, et leurs rêves avaient acquis une légèreté et une limpidité diaphanes bien éloignées de la pesanteur des songes d'Angleterre. San Salvatore avait une singulière capacité de stimulation de l'intellect sauf, exception notable, chez les naturels du lieu. Ceux-ci, en dépit de la beauté stupéfiante du château et de la splendeur des saisons, se montraient incapables de pensées sublimes et élevées. Toute leur vie ils avaient assisté, année après année, au retour du printemps dans les jardins, et se montraient aussi indifférents à cette éclosion de beauté que le chien de Domenico qui dormait tout le jour au soleil.

Pareille indifférence ne pouvait être le fait de visiteuses qui avaient passé à Londres un mois de mars des plus maussades. Le contraste était trop fort entre la grisaille londonienne et cet endroit enchanté où l'immobilité de l'air était si parfaite qu'il paraissait retenir son souffle, où la lumière dorée transfigurait jusqu'aux objets les plus humbles — cette chaleur délicate, ces parfums caressants, le décor du vieux château gris, et, dans le lointain, la sereine clarté des collines de Perugini. Lady Caroline elle-même, qui toute sa vie avait été entourée de beauté, qui avait été partout et avait déjà tout vu, s'en montrait étonnée. Le printemps était particulièrement éblouissant cette année-là, et, lorsque le temps était beau, avril était toujours le plus beau mois de l'année à San Salvatore. En mai le temps était trop sec ; en mars il était incertain, voire froid. Avril, lui, survenait avec douceur, comme une bénédiction, et était si beau qu'on ne pouvait manquer d'en être touché, ému, transformé.

Mrs Wilkins, nous l'avons vu, y avait été immédiatement sensible. Jetant, si l'on peut dire, son froc aux orties, elle avait plongé avec délice dans cette beauté radieuse en poussant des cris de joie.

Également troublée, Mrs Arbuthnot éprouvait des sentiments qui l'étonnaient elle-même et que nous tenterons sous peu de démêler.

Le grand âge de Mrs Fisher la protégeait contre les émotions trop fortes, mais elle aussi éprouvait d'étranges sentiments — dont nous vous entretiendrons en leur temps.

Sur lady Caroline, pourtant habituée aux belles demeures et aux climats aimables, San Salvatore avait eu des effets un peu analogues à ceux qu'on observait chez Mrs Wilkins. Dès le premier soir, le génie du lieu avait commencé de la tourmenter. Avec une insistance qui l'étonnait et la troublait, il semblait lui répéter qu'elle, la sublime lady Caroline, était... toc.

Toc. Elle. Voyez-vous cela !

Il faudrait qu'elle réfléchisse calmement à la question.

Le lendemain de leur premier dîner pris en commun, elle se réveilla en regrettant de s'être laissée aller à trop de familiarité avec Mrs Wilkins. Quelle mouche l'avait donc piquée ? Mrs Wilkins n'allait plus la quitter d'une semelle. Elles allaient devenir inséparables. Lady Caroline frémit à l'idée d'une intimité d'un mois entier. Mrs Wilkins n'allait pas manquer de faire le guet dès le matin dans le petit jardin pour se précipiter sur elle en poussant des gloussements de joie et l'entraîner dans d'interminables promenades sur les collines. Comme elle détestait les gloussements de joie le matin ! Jamais elle n'aurait dû encourager Mrs Wilkins le soir précédent. Et elle l'avait encouragée activement. Insigne folie ! Suicidaire même ! Qu'est-ce donc qui l'avait prise ? N'allait-elle pas devoir passer à décramponner Mrs Wilkins le temps précieux qu'elle pensait consacrer à réfléchir à l'orientation de sa vie ?

Avec mille précautions, sur la pointe des pieds, évitant soigneusement de faire grincer le moindre caillou, elle se glissa, dès qu'elle fut habillée, jusqu'à son coin de jardin. Personne ne l'y attendait. Personne à décramponner. Ni Mrs Wilkins ni personne d'autre. Le jardin était tout à elle. À l'exception de Domenico, qui ne manqua pas de venir rôdailler autour d'elle sous prétexte d'arroser ses plantes, surtout celles qui se trouvaient à proximité immédiate de la chaise longue de lady Caroline, personne ne se montra même de la matinée entière. Quand, après un long moment passé à courir après des pensées vagabondes, et quelques petits sommes dans les intervalles de la course, elle sentit qu'elle avait faim et, ayant jeté un coup d'œil à sa montre, se rendit compte qu'il était déjà trois heures, elle fut surprise de constater que personne ne l'avait appelée pour le déjeuner. S'il y avait quelqu'un qu'on voulait décramponner, c'était elle, lady Caroline Dester.

Sentiment nouveau, et merveilleux. Enfin elle allait pouvoir s'abandonner sans réserve à ses pensées. Quel délice de se sentir oubliée !

Cela ne l'empêchait pas d'avoir faim. Après leurs manifestations d'amitié de la veille, Mrs Wilkins aurait quand même pu la prévenir que le déjeuner était servi. Vraiment elle avait été extrêmement amicale — prenant vivement le parti de Mrs Wilkins, insistant pour que Mellersh pût disposer de l'unique chambre libre, tout cela. D'ordinaire elle se souciait comme d'une guigne de ce genre d'arrangements domestiques, et il lui sembla qu'elle en avait peut-être trop fait, la veille, rien que pour être agréable à Mrs Wilkins. Dire qu'en retour, celle-ci ne se souciait même pas de savoir si elle voulait déjeuner...

Heureusement, il lui était tout à fait égal de sauter un repas. La vie n'en était que trop remplie, et elle craignait que Mrs Fisher ne fût de ces personnes qui ne savent pas en terminer un. Par deux fois déjà elle avait partagé le dîner de Mrs Fisher, et la fin avait été redoutable, Mrs Fisher cassant noix après noix et levant mécaniquement à ses lèvres un verre de vin qui semblait sans fond tant elle réussissait à en tirer de petites gorgées. Peut-être ne serait-ce pas une mauvaise idée, désormais, de sauter le déjeuner. Comme il n'était pas difficile de se faire servir le thé au jardin et le petit déjeuner dans sa chambre, elle n'aurait à endurer le supplice des noix qu'une fois par jour.

Lady Caroline enfonça plus profondément sa tête dans les épais coussins, et, les pieds croisés sur le parapet, entreprit d'approfondir sa réflexion. Ainsi qu'elle l'avait fait plusieurs fois pendant la matinée, elle se dit intérieurement : pensons ! Mais, comme elle n'avait jamais vraiment pensé quoi que ce fût de sa vie entière, cela n'alla pas sans difficulté. Qu'il était donc difficile de fixer son attention, d'empêcher son esprit de vagabonder par les chemins de traverse ! Alors qu'elle s'apprêtait à un examen serré de son passé – préliminaire nécessaire, lui semblait-il, à toute réflexion sur son avenir –, cherchant ce qui pouvait bien y justifier cet affreux petit mot, « toc », qui la poursuivait, elle ne pensa bientôt plus qu'à Mr Wilkins.

Rien n'était plus facile, sinon plus agréable, que de penser à Mr Wilkins, dont l'arrivée lui causait bien des appréhensions. Non seulement elle redoutait la présence inattendue d'un homme au milieu de leur groupe, et d'un homme de l'espèce à laquelle Mr Wilkins ne pouvait manquer d'appartenir, mais, instruite par des expériences répétées, elle craignait qu'il ne la quittât plus des yeux sitôt la porte du château passée.

À l'évidence Mrs Wilkins n'avait pas songé à cette éventualité sur laquelle lady Caroline ne pouvait sans fatuité attirer son attention. Si seulement Mr Wilkins pouvait faire exception à l'implacable règle ! Elle lui en serait si reconnaissante qu'il pouvait compter, à cette seule condition, sur sa fidèle amitié.

Mais elle n'avait pas confiance. Si les empressements de Mr Wilkins allaient la forcer à quitter son joli bout de jardin, si la lumière qui animait l'amusant petit visage de Mrs Wilkins allait s'éteindre... Lady Caroline aurait beaucoup regretté que cette lumière s'éteignît, et pourtant jamais elle n'avait rencontré jusqu'alors une épouse capable de comprendre qu'elle ne nourissait aucune intention coupable à l'égard de son mari. Elle avait d'ailleurs remarqué que même les épouses les plus indifférentes se transformaient en tigresses dès lors qu'elles croyaient comprendre que leur indifférence n'était pas partagée et que la pauvre lady Caroline voulait leur « mettre le grappin dessus », à ces malheureux maris. Le grappin ! Rien qu'à repenser à ces situations pénibles, lady Caroline ressentit un tel ennui qu'elle sombra de nouveau dans le sommeil.

Lorsqu'elle se réveilla, Mr Wilkins occupait toujours ses pensées.

Au cas, plus que probable malheureusement, où celui-ci se comporterait comme le faisaient tous les hommes de sa connaissance, Mrs Wilkins seraitelle capable de comprendre la situation, ou bien laisserait-elle ces trivialités gâcher ses vacances ? Elle semblait avoir l'esprit vif, mais serait-il assez vif ? Elle paraissait comprendre en un clin d'œil les choses et les gens, saurait-elle comprendre aussi promptement ce qui ne manquerait pas d'arriver à Mr Wilkins ?

Du haut de son expérience, lady Caroline en doutait. Elle déplaça ses pieds sur le parapet, redressa un coussin. Peut-être devrait-elle dès à présent, sans attendre l'arrivée de Mr Wilkins, expliquer en termes très généraux à Mrs Wilkins sa façon de penser à cet égard. Peut-être même serait-il utile de lui faire part de son manque d'attirance — on pouvait même parler de dégoût —, pour les maris des autres, et de son désir de rester seule, très seule.

Mais de cela aussi lady Caroline doutait. De pareilles confidences supposaient l'établissement d'une sorte d'intimité avec Mrs Wilkins. Et si, après que la jeune aristocrate ait supporté les désagréments possibles de ce rapprochement, Mr Wilkins se montrait assez rusé — et Dieu sait si la ruse vient facilement aux plus patauds en ces circonstances... —, assez rusé, donc, pour réussir à se faufiler dans le jardin de lady Caroline, Mrs Wilkins pourrait à bon droit estimer qu'on s'était moqué d'elle, qu'on avait abusé de son amitié, ou pire encore. Dieu seul savait ce qui pouvait passer par la tête d'une épouse en des moments pareils. Pauvres épouses...

À quatre heures et demie, elle entendit un bruit de soucoupes de l'autre côté des lauriers. Était-ce son thé qu'on lui apportait ?

Non. Le son s'arrêta du côté de la maison. Ainsi

on allait servir le thé dans le jardin, son jardin, sans que personne n'ait eu la courtoisie de lui demander si cela ne la dérangerait pas. Et pourtant tout le monde savait qu'elle était là.

Cela voulait-il dire que quelqu'un allait lui apporter un plateau ?

Non plus. Personne n'apporta rien.

Eh bien, elle avait trop faim pour ne pas aller très exceptionnellement partager le thé des autres, mais cela ne se répèterait plus ! Elle allait donner à Francesca les ordres les plus stricts à cet égard.

Elle se leva donc, et se dirigea vers l'endroit d'où semblait provenir le brouhaha qui accompagne la préparation du thé, faisant admirer cette lente démarche chaloupée qui n'était pas le moindre de ses charmes. Outre sa faim, dévorante, elle sentait en elle un désir irrépressible de s'entretenir de nouveau avec Mrs Wilkins. Celle-ci n'avait en rien tenté de la « cramponner ». Au contraire, malgré le rapprochement de la soirée précédente, elle l'avait laissée tout à fait tranquille. Sans doute était-ce une de ces originales qui mettaient un gilet de soie pour dîner, mais elle n'était pas crampon pour un sou. Ce n'était pas un mince mérite... Lady Caroline allait donc en confiance vers la table où l'on servait le thé, certaine d'y retrouver Mrs Wilkins. Mais elle ne vit que Mrs Fisher et Mrs Arbuthnot.

Mrs Fisher versait le thé, et Mrs Arbuthnot lui offrait des macarons. Chaque fois que Mrs Fisher offrait quoi que ce fût à Mrs Arbuthnot — une tasse, du lait, du sucre –, Mrs Arbuthnot lui proposait des macarons avec un entêtement, une obstination que rien ne semblait en mesure de décourager. « Fait-elle cela par jeu ? » se demanda lady Caroline en s'asseyant à son tour et en se saisissant d'un macaron.

« Où se trouve Mrs Wilkins ? » demanda lady Caroline.

Ses compagnes l'ignoraient. Mrs Arbuthnot, en tout cas, l'ignorait. Le visage de Mrs Fisher, lui, n'exprimait qu'un désintérêt des plus profonds.

Il apparut que Mrs Wilkins ne s'était plus montrée depuis le petit déjeuner. Mrs Arbuthnot pensait qu'elle était allée pique-niquer. Lady Caroline, déçue, engloutit en silence ses macarons, les plus gros et les meilleurs qu'elle eût jamais mangés. Prendre le thé sans Mrs Wilkins était d'un ennui mortel. Mrs Arbuthnot ne pouvait s'empêcher de prodiguer des soins maternels tout autour d'elle, et donc à lady Caroline aussi, se préoccupant de son confort, l'exhortant à se nourrir – elle qui mangeait comme quatre –, ainsi que l'avaient fait bien des devancières à chaque étape, semblait-il, de la vie de la chère « Breloque ». Ne pouvait-on enfin la laisser tranquille ? Elle était parfaitement capable de manger toute seule, ce lui semblait. Pour calmer le zèle de Mrs Arbuthnot elle tenta de lui répondre sèchement. En vain bien entendu. Sa sécheresse de ton était parfaitement imperceptible à l'auditeur. Comme les mauvaises pensées qui l'habitaient, elle disparaissait sous sa beauté comme sous un épais voile.

Mrs Fisher, assise en majesté, ne prêtait aucune attention aux deux jeunes femmes. Elle avait passé une étrange journée, et en était encore quelque peu troublée. À déjeuner elle avait été toute seule, sans que personne vînt l'avertir de l'absence de ses compagnes, et Mrs Arbuthnot s'était comportée de la plus étrange façon lors du thé, avant que l'arrivée de lady Caroline ne vînt heureusement distraire son attention.

Mrs Fisher était prête à montrer de la bienveillance envers Mrs Arbuthnot, dont les bandeaux bien lisses et le doux sourire semblaient manifester une si féminine retenue, mais elle avait de certaines façons bien étranges. Ainsi, cette habitude qu'elle avait, lorsqu'on lui proposait quelque chose à manger ou à boire, de retourner immédiatement la proposition, ne laissait pas de déconcerter. À la question « encore un peu de thé ? » il n'y avait que deux réponses possibles : oui ou non. Et cependant, comme elle l'avait fait la veille au petit déjeuner, Mrs Arbuthnot s'obstinait à ajouter à son oui ou à son non un « et vous-même ? » des plus superflus. Elle avait recommencé le matin même, et voilà qu'elle faisait encore entendre cette ritournelle pendant le thé. Pourquoi Mrs Arbuthnot avait-elle choisi le petit déjeuner et le thé, les deux repas auxquels Mrs Fisher présidait, pour se livrer à cet exercice ? Cela passait l'entendement.

Mais Mrs Fisher avait bien d'autres sujets de préoccupations, et de plus graves. De la journée entière elle n'avait fait qu'aller et venir nerveusement entre son petit salon et la promenade des remparts. Elle avait perdu son temps, et Dieu sait qu'elle détestait le gaspillage sous toutes ses formes. Elle avait essayé de lire, puis d'écrire à Kate Lumley, mais après quelques mots, ou quelques lignes, elle n'avait pu s'empêcher de repartir vers les remparts et de contempler la mer.

La lettre à Kate Lumley, il est vrai, pouvait attendre. Il suffisait que les autres fussent persuadées que l'invitation avait été lancée et acceptée. De cette façon on s'assurait que Mr Wilkins restait en dehors de la chambre libre et s'établissait où il convenait qu'un mari demeurât. Kate, mieux valait au fond la garder en réserve. Mrs Fisher aurait d'ailleurs été gênée de se montrer devant sa vieille amie aussi agitée qu'elle l'avait été durant cette journée si bizarre. L'irrépressible besoin qui l'avait saisie de trottiner incessamment des remparts au salon avait quelque chose d'indigne, au sens propre. Mais Mrs Fisher avait surtout été horrifiée de constater qu'elle était comme incapable de lire même une ligne des œuvres immortelles de ses chers grands amis disparus. Non, pas même de Browning, qui avait si longtemps vécu en Italie, ni de Ruskin dont elle avait emporté *Les Pierres de Venise* pour le relire sur place (ou presque), ni de cet auteur si intéressant, semblait-il, qui avait écrit vers 1890 une vie intime de l'empereur d'Allemagne — elle avait trouvé le livre dans le petit salon —, alors que le *Kaiser* était encore justement considéré comme un grand pécheur. Malgré les passionnants détails qu'on y donnait sur la naissance de l'éminent personnage, sur l'atrophie de son bras droit et la façon de procéder des accoucheurs, elle avait reposé le volume pour s'en aller contempler la mer.

Quoi de plus important que la lecture, pourtant, cette manifestation du devoir quasi religieux qu'avait chaque individu de cultiver ses facultés intellectuelles ? Mais comment lire si l'on trottait du matin au soir ? Cette agitation nouvelle ne laissait pas de l'inquiéter. Couvait-elle quelque maladie ? Non sans doute puisqu'elle était capable d'aller et venir sans l'aide de sa canne. Mais pourquoi donc ne pouvait-elle plus rester tranquille un instant, se demandait-elle, absorbée qu'elle était dans l'observation du golfe de La Spezia qui brillait de tous ses feux derrière un promontoire ? Pourquoi, elle qui marchait toujours avec tant de difficultés, trottait-elle maintenant comme une petite souris ?

Il faudrait qu'elle en parle à quelqu'un. Mais pas à Kate. À quelqu'un qu'elle ne connaîtrait pas. Si elle se confiait à Kate, celle-ci se contenterait de lui proposer une tasse de thé. Elle ne savait rien faire d'autre. Et puis elle avait toujours une figure longue d'une aune. Tandis que Mrs Wilkins, avec son impertinence, ses écarts de langage, son manque de retenue, saurait sans doute comprendre, et peut-être expliquer ce qui lui arrivait. Mais il était hors de question de se confier à Mrs Wilkins. C'était bien la dernière personne à laquelle elle pourrait avouer son trouble. Le seul sentiment de sa dignité devait suffire à l'en empêcher. Se confier à Mrs Wilkins ? Jamais !

Mrs Arbuthnot, elle aussi, songeait tout en entourant lady Caroline de ses prévenances maternelles qu'elle venait de passer une étrange journée. Active, comme celle de Mrs Fisher, mais en esprit seulement. Tandis que son corps demeurait parfaitement tranquille, son esprit avait battu furieusement la campagne. Depuis des années elle avait pris grand soin de n'avoir jamais le temps de penser. Son incessante activité à la paroisse avait toujours empêché souvenirs et désirs de la tourmenter, et voilà qu'ils l'avaient assaillie en foule durant toute la journée. Elle avait donc paru au thé dans un sentiment d'abattement qui la remplissait de honte. Comment se permettre d'être abattue au milieu de tant de beauté ? Et cependant comment s'abandonner toute seule au plaisir d'être à San Salvatore ? Comment d'ailleurs pouvait-on envisager un bonheur solitaire ? Et cependant Lotty en paraissait tout à fait capable. Dès après le petit déjeuner elle avait dévalé la colline, seule et à l'évidence heureuse de l'être puisqu'elle n'avait pas prié Rose de se joindre à elle et qu'on l'entendait chanter sur le petit sentier.

Rose avait passé la journée assise dans un fauteuil, au fond du jardin, les mains posées sur les genoux, le regard perdu dans le vague. Ou plutôt elle contemplait les lames grises des agaves, et, sur leurs longues tiges, les pâles iris qui poussaient en nombre dans le coin de jardin écarté où elle s'était installée. Entre le feuillage gris et les fleurs bleues, elle apercevait la mer. L'endroit qu'elle avait choisi était des plus isolés. Les pierres brûlées de soleil y étaient couvertes de pousses de thym. On ne pouvait le voir depuis la maison, ni entendre ce qui pourrait s'y dire. À l'écart du sentier, il était proche de l'extrémité du promontoire. L'immobilité de Rose était telle que bien vite des lézards avaient commencé à courir entre ses jambes et que les pinsons qui s'étaient enfuis à son arrivée étaient revenus voleter autour d'elle comme si elle n'avait pas été là. Que de beauté l'entourait, songeait Rose, et en pure perte puisqu'elle n'avait auprès d'elle personne à qui dire « regarde », encore moins « regarde, mon chéri » ! « Chéri », rien que de pouvoir prononcer ce petit mot doux, cela suffirait à la rendre heureuse.

Toujours immobile elle regardait droit devant elle. Pourquoi les mots de la prière lui refusaient-ils soudain leur secours ? Elle qui priait si souvent, d'ordinaire, s'était trouvée incapable de le faire depuis son arrivée à San Salvatore. Le premier jour elle avait expédié une action de grâces, avant de courir à la fenêtre pour découvrir le jardin et la mer. Une fois débarrassée de son action de grâces, elle n'y avait plus pensé de la journée. Encore honteuse, elle s'était réveillée ce matin avec l'intention bien arrêtée de faire une bonne prière, s'était agenouillée, mais n'avait rien trouvé à dire au Seigneur. Quant à ses prières du soir, elle ne les avait pas prononcées depuis deux jours. Elle les avait oubliées, tout simplement. Trop absorbée par d'autres préoccupations, elle les avait oubliées et, une fois couchée, avait sombré si vite dans un sommeil peuplé de rêves aimables qu'elle n'avait pas eu le temps de se ressaisir.

Que lui était-il arrivé ? Comment se pouvait-il qu'elle ait abandonné si facilement l'ancrage solide de la prière ? Et ses pauvres ! Elle avait du mal à seulement se souvenir de leur existence. Certes les vacances étaient une bonne chose, une excellente chose même, chacun en convenait, mais fallait-il vraiment qu'elles vous fissent perdre à ce point le sens des réalités ? À moins que la Providence ne lui ait fait oublier un instant ses pauvres que pour lui permettre de les retrouver avec un enthousiasme tout neuf. Mais la Providence ne pouvait pas lui avoir fait oublier ses prières, encore moins lui avoir donné cette indifférence qui ne laissait pas de l'effrayer.

Car Rose était devenue parfaitement indifférente à tout ce qui avait rempli sa vie depuis des années et lui avait donné l'apparence du bonheur. Si seulement elle avait pu se laisser aller à la joie de se trouver en Italie, opposer au moins cela à l'indifférence, au renoncement qui la rongeaient — mais c'était impossible. Sans œuvre, sans le secours de la prière, elle ne sentait en elle qu'un grand vide.

Lotty avait gâché sa journée en lui suggérant d'inviter son mari, comme elle l'avait fait la veille en écrivant au sien. Pourquoi l'avait-elle abandonnée après lui avoir remis en tête l'existence et l'importance de Frederick ? Tout l'après-midi elle était restée seule avec ses pensées, et elles roulaient toutes autour de Frederick. Si, à Hampstead, Frederick n'occupait que ses rêves, à San Salvatore il était devenu le compagnon de ses journées solitaires. Et ce matin encore, alors qu'elle essayait très fort de ne plus penser à lui, il avait fallu que Lotty, avant de disparaître, lui demande si elle s'était décidée à lui écrire. Impossible, dès lors, de se débarrasser de lui.

Mais comment pourrait-elle l'inviter ? Il y avait si longtemps qu'ils étaient devenus étrangers l'un à l'autre, des années. Elle ne saurait pas trouver les mots qu'il faudrait, et de toute façon il ne viendrait pas. Pourquoi viendrait-il d'ailleurs ? Il n'avait pas la moindre envie de la voir. De quoi pourraient-ils bien parler ? Entre eux se dresseraient toujours, invisible barrière, les œuvres de Frederick, comme ses convictions religieuses à elle. Tout en Rose, sa croyance à la pureté, à la responsabilité des êtres, lui faisait refuser d'admettre la légitimité des travaux littéraires de Frederick. Et elle savait qu'après l'avoir troublé quelque temps, la religion de sa femme n'était plus pour lui qu'une occasion d'agacement. Il avait baissé les bras et abandonné le combat, acceptant les bondieuseries de Rose comme faisant partie du décor ordinaire de la vie. En un éclair de lucidité Rose comprit que sa religion, comme sa personne, ne suscitaient plus en Frederick qu'un ennui poli.

Cette révélation lui fut si pénible que pendant un moment toute la beauté de l'Italie en fut comme effacée d'un coup. Que faire ? Elle ne pouvait pas soudain cesser de croire à la différence entre le Bien et le Mal, et n'était-ce pas faire le Mal que de vivre du produit d'adultères anciens, certes, et ô combien distingués, mais coupables tout de même. D'ailleurs, jetterait-elle ses convictions et sa foi aux orties, saurait-elle retrouver l'affection de son mari ? Rose sentait au plus profond de son être la folie qu'il y avait à vouloir désennuyer d'elle-même celui dont elle avait eut le malheur, autrefois, de susciter l'ennui. Ennuyeuse elle avait été, ennuyeuse elle resterait.

Les yeux embués de larmes, elle contempla plus intensément la mer et se dit qu'il ne valait pas la peine d'abandonner ses convictions religieuses. Mieux valait la foi que... rien du tout — le caractère scandaleux de cette mauvaise pensée ne l'effleura même pas. Et pourtant, comme elle aurait voulu pouvoir s'accrocher à quelque chose de tangible, à quelqu'un de vivant, quelqu'un qu'elle pourrait tenir contre son cœur, voir, toucher et couvrir d'affection. Si seulement son pauvre enfant n'était pas mort... Un enfant ne pouvait pas vous trouver ennuyeux, pas avant longtemps en tout cas. Peut-être même son propre enfant ne vous trouvait-il jamais ennuyeux, même après bien des années, peut-être pouvait-on rester pour lui un être unique, différent de tous les autres, et pour cette seule raison infiniment précieux.

Perdue dans la contemplation de la mer, Rose sentit soudain monter en elle un irrépressible désir de serrer quelqu'un contre son sein. Elle, si mince et si réservée, se sentait étrangement — comment décrire cela —, étrangement tétonnière. Pour quelque obscure raison, San Salvatore semblait avoir multiplié les sensations et les dimensions de sa poitrine. Il fallait, il fallait absolument qu'elle tienne quelqu'un contre sa poitrine, pour le réconforter et le protéger, quelqu'un dont elle sentirait avec délice la tête chérie bouger entre ses seins, et qui murmurerait des mots tendres. Ce pourrait être Frederick, ou l'enfant de Frederick, qui viendrait se blottir contre elle parce qu'il serait triste, ou qu'on lui aurait fait du mal... Elle souhaitait presque qu'on leur fît du mal afin de pouvoir les consoler. S'ils étaient malheureux, il faudrait bien qu'ils la laissent les aimer.

L'enfant ne viendrait plus maintenant, mais peut-être Frederick, plus tard, lorsqu'il serait vieux et fatigué...

Ainsi songeait Mrs Arbuthnot en ce premier jour de solitude. Aussi, à l'heure du thé, avait-elle atteint un état de découragement tel qu'elle n'en avait plus connu depuis des années. San Salvatore l'avait dépouillée de cette apparence de bonheur dont elle avait mis tant d'années à s'entourer, et ne lui avait rien donné en échange. Ou plutôt si : il lui avait donné ces désirs étranges, ces sensations nouvelles qui la troublaient sans la satisfaire. Et voici que du fond de son désespoir, elle qui s'efforçait toujours de garder la tête froide et en aucune circonstance ne se départissait d'un ton de courtoisie parfaite, Rose ne put supporter, cet après-midi-là, de voir Mrs Fisher jouer les maîtresses de maison.

En temps ordinaire elle ne s'en serait nullement souciée. Qu'était-ce donc qui changeait en elle ? Pourquoi fallait-il qu'après avoir rêvé de Frederick sans retenue ni pudeur elle se fît soudain querelleuse ? Après le thé, lorsque Mrs Fisher et lady Caroline eurent disparu — à l'évidence personne ne voulait rester avec elle —, elle fut de nouveau accablée par le contraste entre la beauté généreuse de la nature qui l'entourait et la solitude désolée de son cœur.

Lotty fit sa réapparition lors du dîner. Le soleil auquel elle avait été exposée toute la journée l'avait littéralement couverte de taches de rousseur. Elle fut bavarde, enjouée, rieuse, et montra encore moins de tact et de bon sens qu'à l'accoutumée. Lady Caroline, qui n'avait presque pas dit un mot de tout le thé, commençait à s'animer, Mrs Fisher faisait moins sentir sa présence bougonne, et Rose se sentait peu à peu revivre tandis que Lotty décrivait avec un luxe de détails et un enthousiasme communicatif les beautés d'une journée qui, pour tout autre qu'elle, se serait résumée à une trop longue promenade sous un soleil de plomb et à un mauvais pique-nique de sandwiches ramollis et tièdes. Soudain Lotty se tourna vers Rose :

« Et cette lettre ? »

Rose rougit jusqu'aux oreilles. Comment pouvait-on manquer de discrétion à ce point ?

« Quelle lettre ? demanda lady Caroline, les deux coudes sur la table et le menton entre les mains — l'heure des noix avait sonné, et il ne restait plus qu'à attendre dans la position la moins inconfortable possible que Mrs Fisher se lassât de manier le casse-noix.

— La lettre qu'elle doit écrire à son mari pour l'inviter à nous rejoindre », dit Lotty.

Mrs Fisher releva la tête. D'où sortait ce nouveau mari ? N'était-ce pas assez que de devoir accueillir Mr Wilkins ? Au moins était-on sûr que, faute d'être mort, Mr Arbuthnot était un homme éminemment respectable, qui ne pouvait exercer qu'une activité des plus honorables. Pour Mr Wilkins, elle nourrissait si peu d'espoirs qu'elle n'avait même pas demandé ce qu'il faisait dans la vie.

« Alors, cette lettre ? reprit Lotty.

— Je ne l'ai pas encore envoyée.

— N'oubliez pas de le faire demain ! »

Rose fut un instant tentée de répondre qu'elle ne le ferait pas, et d'expliquer les mille raisons qui l'en empêchaient. C'est ce que Lotty aurait fait à sa place. Mais elle ne put se résoudre à ouvrir son cœur devant des inconnues. Comment Lotty, qui « voyait » tant de choses, n'avait-elle pas compris que la seule évocation de Frederick suffisait à rouvrir en elle une plaie encore à vif ?

« Qui est votre mari ? demanda Mrs Fisher tout en plaçant délicatement une malheureuse noix entre les mâchoires du casse-noix.

— Et qui donc voulez-vous que ce soit ? s'écria Rose au comble de l'exaspération. C'est Mr Arbuthnot, comme je suis Mrs Arbuthnot !

— Je veux dire, qui est Mr Arbuthnot ?

— Mon mari, madame », répondit Rose, les joues en feu, après un instant de silence.

Mrs Fisher n'en croyait pas ses oreilles. Jamais elle ne se serait attendue à pareille impertinence de la part de la jeune femme aux bandeaux lisses et à la voix douce.

CHAPITRE QUATORZE.

PENDANT cette première semaine la glycine commença de se faner. Les fleurs de l'arbre de Judée et des poiriers tombèrent, couvrant le sol d'un léger tapis rose. Les freesias disparurent à leur tour, tandis que les iris se clairsemaient. Bientôt éclorent les roses *banksies*, avec leur double tige, avant que les roses d'été ne vinssent couvrir de leurs larges corolles les murs et les treillis. (On remarquait parmi elles la présence des splendides *Fortune's Yellow*, une des plus belles roses qui soient au monde.) Jamais les tamaris et les lauréoles n'avaient été plus éclatants, ni les lys plus hauts. À la fin de la semaine les figuiers donnaient déjà de l'ombre, le prunier fleurissait parmi les oliviers, les modestes chèvrefeuilles de Chine avaient revêtu leurs beaux habits roses, et les rochers se couvraient de fleurs étoilées, aux feuilles épaisses, certaines violettes, d'autres jaune pâle.

La fin de la semaine vit également l'arrivée de Mr Wilkins, exactement comme sa femme l'avait prévu. Son empressement avait été remarqué, car il ne s'était pas contenté de répondre par lettre mais avait aussitôt envoyé un télégramme pour annoncer son arrivée.

On ne pouvait se montrer plus empressé. Lady Caroline estima que cette preuve tangible de son désir de rejoindre Lotty au plus vite, à quoi s'ajoutaient les efforts de sa femme pour lui préparer un séjour agréable, devraient la prémunir contre les assiduités qu'elle avait d'abord redoutées. « Si jamais il ne se montre pas gentil avec elle, nous le ferons porter sur la muraille et jeter à l'eau », songea-t-elle. Car après une semaine, Mrs Wilkins et elle étaient devenues de vraies amies qui ne s'appelaient plus que par leurs prénoms.

Mrs Wilkins s'était dès le début montrée très amicale, alors que lady Caroline avait eut bien du mal à le devenir. De toutes ses forces elle avait lutté pour garder ses distances, mais comment garder ses distances avec Mrs Wilkins ! Au contact de Lotty, si complètement étrangère à toute idée de tact et de réserve, si simplement exubérante, lady Caroline perdit à son tour toute retenue. Et Dieu sait de quoi lady Caroline était capable une fois renversées les barrières de la respectabilité...

Les incessants vagabondages de Lotty étaient les seuls obstacles à leur amitié. On ne savait jamais où elle se trouvait. Impossible de l'attraper, impossible de s'asseoir tranquillement avec elle pour discuter. Lady Caroline avait eu grand tort de craindre qu'elle ne fût « crampon ». C'était tout le contraire. Elle était pratiquement invisible en dehors des dîners et des soirées, ne revenant qu'en fin d'après-midi, les vêtements en désordre, de petits morceaux de mousse pleins les cheveux, et de nouvelles taches de rousseur sur le visage et les bras. Peut-être, songeait lady Caroline, ne se dépensait-elle tellement que parce que Mellersh devait arriver bientôt et que dès qu'il serait là elle passerait tout son temps avec lui, les cheveux bien tirés et les vêtements repassés de frais.

Comment pouvait-on prendre autant de plaisir à de simples promenades ? Certes, San Salvatore était d'une beauté à couper le souffle, mais jamais lady Caroline n'avait pu se contenter d'un beau soleil et d'un paysage de rêve, et elle ne parvenait pas à comprendre qu'ils suffisent au bonheur de quelqu'un qui devrait bientôt s'en retourner à Hampstead. Et puis il y avait ce Mellersh qui devait arriver d'un instant et l'autre, et auquel Lotty avait tenté à toute force d'échapper. C'était bien beau de vouloir tout partager et de faire un beau geste, mais lady Caroline doutait que les bénéficiaires de beaux gestes fussent jamais reconnaissants, et quel effort pour ceux qui se croyaient obligés de les faire ! Pourtant il fallait reconnaître que Lotty se montrait d'un naturel parfait. Sans aucun effort, elle était tout simplement heureuse.

Tous les doutes qui l'avaient assaillie, lorsqu'elle avait craint de n'avoir pas atteint un degré de sérénité suffisant pour supporter du matin au soir la présence de Mellersh, s'étaient dissipés comme par enchantement dès le milieu de la semaine. Elle se sentait solide comme un roc dans son septième ciel, et prête à tout affronter. Quoi que Mellersh pût dire ou faire, elle ne se laisserait pas déloger de son nuage de félicité. Non, c'est lui qu'elle hisserait à son côté, et de là-haut ils riraient ensemble de la peur qu'il lui inspirait lorsqu'ils étaient à Hampstead, et de sa duplicité à elle. Ce ne serait pas bien difficile. Après un jour ou deux il se laisserait tout naturellement porter par les zéphyrs et vêtir d'un manteau d'étoiles, songeait Mrs Wilkins dans l'esprit de laquelle flottaient toujours quelques bribes de poésie. Elle rit toute seule à l'idée de l'honorable Mr Mellersh, toujours en haut de forme et habit noir, soudain revêtu d'un manteau d'étoiles. Mais c'était un rire affectueux, où l'on pouvait sentir une sorte de fierté maternelle à l'idée de la belle allure qu'il aurait dans ses beaux habits. « Le pauvre agneau », murmura-t-elle à part elle, « il a seulement besoin de changer d'air. »

Cela, c'était au début de la semaine. Mais, à la veille de l'arrivée de Mr Wilkins, elle sentait qu'elle n'avait même plus besoin de se rassurer en se répétant qu'elle était solide comme un roc dans son septième ciel. Cela allait de soi, tant elle était maintenant imprégnée de l'esprit de San Salvatore. Si l'on peut dire, et elle ne se priva pas de le dire, notamment à lady Caroline, elle avait appris à marcher sur les eaux du bonheur.

Contrairement à tout ce que Mrs Fisher estimait convenable – mais que pouvait-on attendre d'une Mrs Wilkins ? –, elle n'alla pas accueillir son mari à la gare de Mezzago mais se contenta d'aller à sa rencontre à Castagneto, là où la voiture de Beppo abandonnait les visiteurs et leurs bagages. Mrs Fisher s'était fort opposée à la venue de Mr Wilkins, et n'avait qu'une bien piètre opinion d'un homme qui n'avait pas craint d'épouser Mrs Wilkins, mais il n'en restait pas moins qu'on se devait d'accueillir un mari selon les règles. Mr Fisher, lui, avait toujours été accueilli selon les règles. Pas une fois, durant toute sa vie conjugale, il n'avait manqué d'être accompagné par sa femme à la gare, et accueilli par elle à son retour bien sûr. Ces marques d'attention, et d'affection, renforçaient les liens entre époux et avaient l'avantage de convaincre les maris qu'ils ne pouvaient échapper à leurs épouses. Être là, toujours là, c'était la seule façon pour une femme d'assurer la tranquillité de sa vie conjugale. Que serait-il advenu de Mr Fisher s'il n'avait été convaincu de cette grande vérité ? Elle aimait mieux ne pas y penser. Si attentive que l'on fût à les prévenir, la vie conjugale ne pouvait aller sans coups de canif dans le contrat.

Mais Mrs Wilkins ne se faisait aucun souci. Elle descendit la colline en chantant – Mrs Fisher pouvait l'entendre depuis sa chambre –, et s'en alla prendre livraison de son mari comme s'il s'était agi d'un banal colis. Ses trois compagnes, encore couchées car il était tôt, l'entendirent passer sous leurs fenêtres pour accueillir Mr Wilkins, qui arrivait par le train du matin. Lady Caroline sourit, Rose soupira, Mrs Fisher sonna Francesca et lui demanda de lui porter son petit déjeuner au lit. Mues par un désir commun de se tenir à l'écart, les trois femmes déjeunèrent ce matin dans leur chambre.

Lady Caroline prenait toujours son petit déjeuner dans sa chambre, mais elle aussi voulut se tenir à l'écart des retrouvailles des époux Wilkins et chercha le moyen de garder la chambre la journée entière. Peut-être cela serait-il plus nécessaire encore le lendemain, car Mellersh serait assez occupé pendant sa première journée. Il ne manquerait pas de demander à prendre un bain, ce qui, à San Salvatore, relevait de l'aventure et demandait une préparation aussi longue que minutieuse si l'on souhaitait que le bain fût chaud. Il y fallait le concours de la domesticité entière. Domenico et Giuseppe s'efforçaient d'allumer la chaudière, puis alternativement d'attiser et de calmer les ardeurs de celle-ci à grands coups de soufflets, pendant que Francesca réglait tant bien que mal le débit de l'eau : si le robinet était trop grand ouvert l'eau devenait instantanément froide, et s'il ne l'était pas assez la chaudière éclatait et la maison était inondée à l'instant. Quant à Costanza et Angela, elles montaient et descendaient incessamment l'escalier, chargées de seaux d'eau chaude pris à la cuisine pour achever d'emplir la baignoire.

Cette chaudière avait été installée tout récemment, et était devenue à la fois l'orgueil et la terreur des domestiques. Personne n'était jamais arrivé à la maîtriser tout à fait. D'interminables instructions imprimées étaient placardées sur la paroi, où le mot *pericoloso* revenait de façon inquiétante. Lorsque Mrs Fisher, le jour de son arrivée, avait lu ces instructions, elle avait aussitôt regagné sa chambre et demandé qu'on lui montât une bassine d'eau chaude. Quant aux autres, elles s'étaient également contentées de bassines d'eau chaude dès lors qu'elles avaient compris ce qu'impliquait l'usage de la chaudière — les domestiques se refusant tout net à les laisser seules dans la salle de bain, Francesca surveillant le débit de l'eau, le dos tourné à la baignoire, tandis que les autres domestiques se tenaient derrière la porte jusqu'à ce que le baigneur sortît sain et sauf de l'épreuve.

Mais Mr Wilkins était un homme, et ne pouvait manquer d'exiger de prendre un bain. Cela suffirait à l'occuper un grand moment. Après cela il lui faudrait défaire ses valises, et la fatigue d'un voyage nocturne le pousserait sans doute à faire un somme dans l'après-midi. Tout bien calculé, ces différentes activités devaient l'empêcher de paraître devant elles avant le dîner.

Lady Caroline en conclut qu'elle serait tout à fait tranquille dans son coin de jardin et, à son habitude, s'habilla à la paresseuse tout en tendant l'oreille pour ne rien perdre de l'arrivée de Mr Wilkins. Les bagages furent portés dans la chambre de Lotty, de l'autre côté du palier, et lady Caroline put entendre un homme à la voix fort distinguée, ma foi, demander s'il fallait « donner quelque chose à ce garçon », puis immédiatement après s'il pourrait prendre un bain chaud. Lotty assura son mari qu'il n'avait nul besoin de donner un pourboire au « garçon » qui n'était autre que le jardinier du château, et que bien sûr il pouvait prendre un bain chaud. Quelques instants plus tard, le palier retentissait de bruits familiers. On apportait du bois, de l'eau, on courait, on s'apostrophait — bref, on préparait un bain chaud dans les règles de l'art.

Lady Caroline acheva de s'habiller et s'attarda devant sa fenêtre, attendant que Mr Wilkins franchît la porte de la salle de bains. Alors elle se glisserait sur le palier et s'installerait confortablement au jardin pour reprendre sa méditation sur le sens de la vie en général et de la sienne en particulier. Son enquête progressait à grands pas depuis qu'elle avait cessé de tomber endormie à toute pensée désagréable, et elle commençait à se dire que sa vie jusqu'ici avait effectivement eu quelque chose de « toc ». Elle avait aussi grand peur de l'avenir.

La voix du monsieur bien élevé se fit à nouveau entendre, et lady Caroline se dit qu'elle serait bientôt libre de ses mouvements. La porte de la chambre de Lotty s'ouvrit, et il demanda où se trouvait la salle de bain.

« Là où tous ces gens t'attendent ! » répondit Lotty d'une voix que lady Caroline fut heureuse de trouver encore gaie.

Il traversa le palier tandis que Lotty descendait l'escalier, et une brève altercation sembla se produire à la porte de la salle de bains — moins une altercation, à vrai dire, qu'un affrontement entre le chœur vociférant des domestiques et un homme décidé, quoi qu'il dût lui en coûter, à prendre son bain tout seul.

Mr Wilkins ignorant l'italien, le mot *pericoloso* ne l'impressionna nullement. Ou plutôt il ne le remarqua même pas car il se garda bien de lire les instructions placardées sur la chaudière. Avec une noble fermeté il ferma la porte derrière lui, repoussant sans ménagement Domenico qui tentait de se faufiler dans la pièce. Il avait toujours pris ses bains seul et entendait bien maintenir cette honorable coutume. Tout en se préparant à entrer dans la baignoire il songea que les mœurs italiennes avaient quelque chose de bien surprenant. Pourquoi tous ces domestiques, hommes et femmes, tenaient-ils tant à entrer dans la salle de bains ? Il avait entendu dire qu'en Finlande les naturelles du pays avaient pour habitude de laver elles-mêmes les voyageurs fatigués, mais jamais on ne lui avait rapporté que ce fût le cas des Italiennes, l'Italie étant en quelque façon un pays plus civilisé, ce qui expliquait qu'on le visitât plus volontiers que la Finlande.

Tout en examinant de la façon la plus impartiale

les prétentions respectives de la Finlande et de l'Italie à la qualité de pays civilisé, Mr Wilkins entra dans la baignoire et ferma le robinet d'eau chaude. Bien sûr. Pourquoi ne l'aurait-il pas fermé ? C'est ce qu'on faisait avant d'entrer dans une baignoire. Et pourtant un paragraphe des fameuses instructions avertissait clairement qu'il ne fallait sous aucun prétexte fermer le robinet tant que la chaudière restait allumée. Il fallait le maintenir légèrement ouvert jusqu'à extinction complète des feux. Sinon, et le mot *pericoloso* faisait là sa réapparition, la chaudière éclaterait immanquablement.

Mr Wilkins se glissa dans la baignoire, ferma le robinet, et la chaudière explosa à l'instant, comme de juste. Heureusement elle ne se brisa que de l'intérieur, mais le bruit fut épouvantable et Mr Wilkins jaillit comme un diable de la baignoire, puis se rua vers la porte après s'être emparé d'une serviette dans un ultime réflexe de pudeur.

Lady Caroline entendit l'explosion alors qu'elle se trouvait exactement à mi-chemin de la porte qui donnait sur le jardin.

« Dieu du ciel », songea-t-elle en se rappelant les redoutables instructions, « voilà Mr Wilkins qui s'en va en fumée ! »

Elle se précipita dans l'escalier pour appeler au secours, et se heurta à Mr Wilkins qui courait en sens inverse.

« Foutue chaudière ! » s'écria Mr Wilkins.

C'était peut-être la première fois de sa vie qu'il s'oubliait à ce point, mais il avait des circonstances atténuantes.

Quoi qu'il en fût, ils avaient maintenant fait connaissance : Mr Wilkins, mal dissimulé par sa serviette, les épaules et les jambes largement découvertes, et lady Caroline Dester pour qui il avait ravalé sa rancœur et s'était précipité en Italie.

En effet, Lotty lui avait indiqué dans sa lettre, qui se trouvait à San Salvatore en dehors d'elle et de Mrs Arbuthnot, et Mr Wilkins avait aussitôt pensé que se présentait là une occasion à ne manquer sous aucun prétexte. Lotty avait simplement écrit :« Il y a deux autres dames ici, Mrs Fisher et lady Caroline Dester », mais cela avait suffi. Car il n'ignorait rien des Droitwich, de leur richesse, de leurs relations, de leur rôle dans l'histoire, et surtout du pouvoir qu'ils avaient, s'ils le souhaitaient, d'ajouter un nouvel homme de loi au nombre déjà considérable de ceux qu'ils employaient. Certaines personnes utilisaient les services de différents hommes de loi en fonction du type d'affaires dans lesquels elles étaient engagées, et les affaires des Droitwich étaient fort diverses. Il avait également entendu parler de la grande beauté de leur fille — tout simplement parce qu'il considérait qu'être bien informé était un aspect important de son métier. Même si les Droitwich pouvaient se passer de ses services, leur fille pouvait fort bien en avoir besoin. Une grande beauté menait souvent aux situations les plus extravagantes, où l'on avait grand besoin de conseils éclairés. Et au cas fort improbable où ni les parents, ni leur fille, ni aucun de leurs fils si brillants ne voudraient faire appel à lui dans l'immédiat, ce n'en était pas moins une relation à cultiver. Des horizons nouveaux s'ouvraient soudain à lui, des possibilités insoupçonnées, qui ne se présenteraient pas avant des années s'il se contentait d'attendre dans son cabinet de Hampstead.

À peine avait-il reçu la lettre de sa femme que son télégramme était envoyé et ses valises bouclées. Il s'agissait d'affaires, après tout, et il ne perdait jamais de temps en affaires. Il n'était pas non plus homme à en manquer une par simple question de courtoisie. Aussi se montra-t-il fort aimable avec sa femme. C'était la voix de la sagesse, mais il était aussi sincèrement reconnaissant à Lotty de l'avoir aidé, pour une fois. Il l'embrassa avec gentillesse en descendant de la voiture de Beppo, s'excusant de l'avoir obligée à se lever d'aussi bon matin, ne se plaignit pas de la raideur du sentier, raconta plaisamment quelques incidents de voyage, et ne se fit pas prier pour admirer les beaux points de vue sur lesquels Lotty attira son attention. Son plan de campagne était arrêté dans les moindres détails. Il savait très exactement ce qu'il devait faire en ce premier jour : se raser, prendre un bain, passer des vêtements propres, puis faire une petite sieste afin d'être frais et dispos lorsqu'il serait présenté à lady Caroline lors du déjeuner.

Dans le train, il avait soigneusement préparé quelques phrases d'introduction. Il commencerait par exprimer la joie reconnaissante qu'il éprouvait à rencontrer quelqu'un dont, comme tout le monde, il avait beaucoup entendu parler — cela avec un tact infini, bien sûr. Puis il ne serait pas mal de glisser quelques allusions discrètes à ses parents si distingués et aux membres de sa famille qui avaient joué un rôle éminent dans l'histoire de l'Angleterre — toujours avec tact. Il poursuivrait par une phrase ou deux sur son frère, lord Whitcombe, qui lors de la dernière guerre avait par sa belle conduite au feu obtenu sa *Victoria Cross* dans des circonstances qui — il l'ajouterait ou pas, suivant l'inspiration du moment —, ne pouvaient que faire battre un peu plus fort et remplir d'orgueil tous les cœurs vraiment anglais. Ainsi aurait-il posé les premiers jalons menant à ce qui pourrait bien être un tournant décisif de sa carrière.

Et voilà que par la faute d'une chaudière il se trouvait réduit à... il n'osait même pas y penser. Qu'aurait-il pu lui arriver de pire que de rencontrer lady Caroline alors qu'il était emmailloté dans une serviette de bain, qu'il dégoulinait d'eau des pieds à la tête — une mare commençait à se former entre ses jambes —, et surtout qu'il s'était laissé aller à jurer en public ? À peine les mots fatals avaient-ils été prononcés qu'il avait eu la certitude d'avoir affaire à lady Caroline. Il était bien rare que Mr Wilkins jurât, en tout cas jamais devant une dame, ni devant un client. Et la serviette de bain... Pourquoi donc avait-il fallu qu'il vienne ? Pourquoi n'était-il pas resté à Hampstead ? Une vie ne suffirait pas à expier cette faute.

Mais c'était bien mal connaître lady Caroline. Par un bel effort de volonté elle parvint à étouffer le rire inextinguible qu'elle avait senti monter en elle lorsqu'il avait fait son apparition, et comme s'il avait été vêtu de pied en cap elle lui demanda simplement : « Comment allez-vous ? »

Quel tact exquis ! Mr Wilkins aurait baisé l'ourlet de sa robe. Cette façon délicate de gommer les aspects embarrassants de la situation... C'était le sang bleu qui parlait, bien sûr.

Au comble de la gratitude il saisit avec empressement la main qu'on lui tendait et répondit à son tour : « Comment allez-vous ? » Quel soulagement de pouvoir prononcer les phrases convenues ! Tout rentrait en un instant dans l'ordre. Mr Wilkins en oublia son vêtement étrange et reprit son ton le plus professionnel. S'il avait oublié de quoi il avait l'air, il se souvenait parfaitement qu'il avait devant lui lady Caroline Dester, celle pour qui il avait fait le voyage d'Italie, et qu'elle l'avait entendu prononcer les mots impardonnables. Il fallait à tout prix s'assurer de sa mansuétude. Comment pouvait-on se laisser aller ainsi devant une dame, n'importe quelle dame, et surtout celle-ci ?

« Je crains d'avoir eu devant vous des mots qu'il serait difficile d'excuser, commença Mr Wilkins aussi cérémonieusement qu'il l'aurait fait s'il avait eu ses habits sur le dos et une paire de gants à la main.

— Ils m'ont semblé parfaitement en situation ! » répondit lady Caroline qui en avait entendu d'autres.

Le soulagement, l'apaisement que ressentit à cet instant Mr Wilkins ne se sauraient peindre. Ainsi elle n'avait pas été offensée. Le sang bleu, une fois encore... Seule une véritable aristocrate pouvait se montrer aussi compréhensive.

« Est-ce bien à lady Caroline Dester que j'ai l'honneur de parler ? demanda-t-il d'une voix plus maniérée encore qu'à l'ordinaire, car il lui fallait réfréner les sentiments très forts qui l'agitaient — plaisir, soulagement, joie du pécheur pardonné.

— Oui », dit lady Caroline qui ne put s'empêcher de sourire.

Elle n'en avait pas eu l'intention, mais vraiment il était trop drôle avec sa serviette et ses jambes nues. Et cette voix... On se serait cru à l'église.

« Permettez-moi alors de me présenter, dit Mr Wilkins, toujours plein de componction. Je m'appelle Mellersh-Wilkins. »

Et mû par la force de l'habitude il lui tendit la main pour la seconde fois.

« C'est ce que j'avais cru deviner », répondit lady Caroline, un irrépressible sourire toujours flottant sur ses lèvres.

Mr Wilkins s'apprêtait à débiter la première partie du compliment qu'il avait préparé dans le train lorsque les domestiques firent irruption en haut de l'escalier tandis que Mrs Fisher passait la porte de son petit salon. Tout cela s'était passé si vite que ni les domestiques, rassemblés dans la cuisine, ni Mrs Fisher, qui se promenait sur le rempart, n'avaient eu le temps d'accourir avant la deuxième poignée de main.

Dès qu'ils avaient entendu le bruit si redouté, les domestiques avaient compris de quoi il retournait et s'étaient précipités dans la salle de bain pour arrêter le déluge qui menaçait, sans prêter aucune attention au personnage dégoulinant d'eau qui se tenait sur le palier. Mrs Fisher, elle, ignorait ce que signifiait ce craquement effrayant, et elle était sortie de son salon pour demander ce qui se passait quand le spectacle qui s'offrait à elle l'avait littéralement clouée sur le seuil de sa porte.

Il faut dire qu'il avait de quoi couper le souffle à n'importe qui. Lady Caroline ne serrait-elle pas la main d'un personnage à peine vêtu en qui, s'il avait été habillé, on aurait pu reconnaître le mari de Mrs Wilkins ? Et ils poursuivaient leur conversation comme si de rien n'était.

C'est alors que lady Caroline se rendit compte que Mrs Fisher les observait. Aussitôt elle se tourna avec grâce vers la vieille dame.

« Permettez-moi de vous présenter Mr Mellersh-Wilkins. Il vient d'arriver. Et voici Mrs Fisher », ajouta-t-elle en se tournant vers Mr Wilkins.

Toujours homme du monde, Mr Wilkins réagit au quart de tour. Il s'inclina, puis traversa le couloir, ses pieds mouillés laissant de larges traces sur le dallage, et tendit la main à Mrs Fisher.

« C'est un plaisir pour moi, dit-il de sa voix la plus travaillée, que de rencontrer une amie de ma femme. »

Lady Caroline dut s'enfuir au jardin pour pouvoir rire tout son saoûl.

CHAPITRE QUINZE.

Cet incident eut pour conséquence heureuse de faire éprouver à Mrs Fisher et à lady Caroline un très intime sentiment de connivence lorsqu'elles retrouvèrent Mr Wilkins pour dîner. À leurs yeux, Mellersh se distinguait désormais de tous les autres hommes. L'ayant vu sans ses habits, elles éprouvaient à son égard un sentiment mêlé d'intimité et d'indulgence, comparable à celui que peuvent ressentir les infirmières envers leurs patients, ou tous ceux qui ont aidé de jeunes enfants, ou des malades, à prendre leur bain. Les jambes de Mr Wilkins leur avaient été, aucun doute là-dessus, *présentées*.

Nul ne saura jamais ce que Mrs Fisher lui avait déclaré dans son premier trouble, mais ce que Mr Wilkins lui avait répondu lorsqu'il s'était aperçu de son étrange allure avait été d'une si parfaite contrition, ses regrets avaient été si sincères, qu'elle avait fini par apaiser son courroux et même par le plaindre de tout son cœur. C'était un accident après tout, et nul ne pouvait prévenir les accidents. Lorsqu'il parut au dîner, vêtu de lin immaculé et le cheveu bien peigné, elle eut l'impression d'être lié à lui par une secrète complicité, qui se doublait d'une sorte de fierté personnelle à le voir si bien vêtu, et également si bien disant.

Mrs Fisher n'avait jamais douté que la compagnie des hommes fût préférable à celle des femmes. La présence de Mr Wilkins, et sa conversation, avaient suffi à donner au dîner des dames — une vraie volière, d'ordinaire — le ton de la mondanité. Il parlait, comme font les hommes, de sujets d'intérêt général, et, bien que fort courtois envers lady Caroline, ne se laissait aller à aucun manège adorateur lorsqu'il s'adressait à elle. De fait, il marquait autant d'attention envers Mrs Fisher, et lorsque pour la première fois à cette table on parla politique, il l'écouta avec componction et accorda à son opinion toute l'attention qu'elle méritait. Il semblait d'ailleurs partager entièrement ses vues à propos de Lloyd George, et son goût littéraire était également sûr. Enfin on pouvait avoir une véritable conversation, et, qui plus est, il était amateur de noix. Comment un être aussi distingué avait-il pu épouser Mrs Wilkins ?

Lotty, de son côté, ouvrait des yeux ronds. Elle avait pensé qu'il faudrait à Mellersh au moins deux jours pour parvenir à ce stade, mais à l'évidence la magie de San Salvatore avait déjà fait son effet. Non seulement il se montrait aimable pendant ce dîner – il l'était toujours quand il y avait du monde –, mais il avait été charmant avec elle en privé. Au point de lui faire mille compliments pendant qu'elle se brossait les cheveux, et même de l'embrasser. De l'embrasser ! Et pas pour lui souhaiter bonjour ou bonne nuit.

Puisque les choses en étaient là, point n'était besoin de lui révéler ce qui était advenu de son bas de laine, ni la vérité sur l'invitation de Rose, avant le lendemain. Quel dommage de tout gâcher par des trivialités ! Elle avait eu l'intention de tout lui avouer lorsqu'il avait été se reposer, mais n'avait pas voulu risquer de faire dégringoler Mellersh de son nuage de félicité. Il fallait lui laisser le temps de s'y installer plus solidement. Quand ce serait fait, il ne craindrait plus aucune révélation, si pénible fût-elle.

Un sourire de satisfaction illuminait son visage à constater l'effet transformateur de San Salvatore sur son mari. Même la catastrophe du bain, qui lui avait été rapportée lorsqu'elle était revenue du jardin, n'avait pas eu raison de sa bonne humeur. Il n'avait besoin que de vacances, au fond. Comment avait-elle pu refuser de venir avec lui lorsqu'il lui avait proposé de l'emmener en Italie ? Mais tout était bien qui finissait bien, songeait-elle, même si le mérite ne lui en revenait pas entièrement. Elle était gaie, rieuse, et sans crainte aucune. Même lorsqu'elle ne put s'empêcher de déclarer qu'il avait l'air propre comme un sou neuf, un vrai petit Jésus, ce qui avait déclenché l'hilarité de lady Caroline, Mellersh avait ri lui aussi. À la maison il n'aurait pas toléré pareil écart de langage, à supposer qu'elle se le fût permis.

La soirée était très réussie. Chaque fois que lady Caroline regardait Mr Wilkins, elle le revoyait emmailloté dans sa serviette, tout dégoulinant d'eau, et se sentait portée à l'indulgence ; quant à Mrs Fisher, elle le trouvait parfait. Rose paraissait à Mr Wilkins une excellente hôtesse, pleine de calme et de dignité, et il avait particulièrement admiré la façon gracieuse avec laquelle elle avait renoncé à présider le dîner afin de laisser la place d'honneur à Mrs Fisher. Oui, Mrs Arbuthnot était d'un naturel nettement plus réservé que les trois autres femmes. Ils s'étaient trouvés un instant seuls avant le dîner, et lorsqu'il lui avait exprimé de la plus délicate façon la reconnaissance qu'il lui devait pour lui avoir accordé aussi libéralement l'hospitalité de son château, elle avait rougi et murmuré quelque chose d'incompréhensible. Était-ce timidité ? Sans doute. Elle n'avait guère parlé de tout le dîner. Mais ce n'était que partie remise. Il ferait plus amplement connaissance avec elle au cours des jours suivants, et pour son plus grand plaisir, il en était sûr.

En attendant il concentrait son attention sur lady Caroline, qui dépassait ses espérances en recevant fort gracieusement, entre chaque plat, ses compliments si bien préparés. Mrs Fisher, elle, était le type même de la vieille dame qu'il avait souhaité rencontrer toute sa vie comme cliente. Enfin Lotty n'était pas seulement mille fois mieux fagotée qu'à Hampstead, mais évidemment *au mieux* – Mr Wilkins savait son français –, avec lady Caroline. Toute la journée il s'était tourmenté en repensant à la conversation qu'il avait eue avec lady Caroline alors qu'il était quasi-nu, et il avait fini par lui envoyer un billet pour lui exprimer tout à la fois ses profonds regrets, sa confusion, et son souhait très vif de la voir pardonner une inqualifiable conduite. Pour toute réponse elle lui avait retourné son billet avec ces seuls mots, écrits au crayon : « Ne vous en faites pas. » Il lui avait donc obéi et ne songeait plus à l'incident. Sa bonne humeur dura jusqu'à l'heure du coucher, et il n'hésita pas à pincer l'oreille de sa femme en lui souhaitant bonne nuit. Elle n'en revenait pas. Que signifiait cette subite tendresse ?

Et le lendemain, point de rechute. Mr Wilkins se comporta de la meilleure façon durant toute la journée, bien que ce fût le premier jour de la deuxième semaine, et donc celui du paiement des factures.

Cela avait précipité les aveux de Lotty, qui aurait pourtant aimé les retarder encore. Non par crainte – elle ne craignait plus rien –, mais parce qu'elle ne voulait pas gâcher la belle humeur de Mellersh. Pourtant, lorsque Costanza présenta à Lotty une pile de papiers chiffonnés tout couverts de chiffres écrits au crayon – elle avait été renvoyée par Mrs Fisher à lady Caroline, et par lady Caroline à Rose, mais Rose était sortie —, tout en parlant très vite et très fort et en haussant vigoureusement les épaules, la jeune femme comprit qu'une semaine s'était écoulée sans que personne ait rien payé, et que l'heure était venue de régler la note.

« Que veut cette enfant ? avait demandé Mellersh de sa voix suave.

— De l'argent.

— De l'argent ?

— Ce sont les factures de la semaine.

— Eh bien en quoi cela vous concerne-t-il ?

— Oh ! mais moi si, cela me concerne... »

Et elle avait raconté toute l'histoire.

Mellersh la prit avec une philosophie admirable. On aurait cru qu'il s'était de tout temps attendu à ce que la poire pour la soif fût dévorée de cette agréable façon. Il ne la soumit à aucun contre-interrogatoire, ainsi qu'il l'eût certainement fait à Hampstead, et écouta sereinement tout son petit discours, y compris l'aveu de ses mensonges. Après qu'elle eut dit « vous avez toutes les raisons du monde d'être en colère, mais j'ose espérer que vous pourrez me pardonner », il se demanda à haute voix si l'on pouvait rien imaginer de plus profitable, de plus utile, de plus justifié enfin, que ces vacances.

Quand Lotty entendit cela elle prit son mari par le bras en murmurant :

« Oh Mellersh, vous êtes merveilleux ! »

Et elle rougit d'orgueil de la tête aux pieds. Quel mari que le sien !

La facilité qu'il montrait à absorber l'atmosphère heureuse de San Salvatore, au point de devenir un modèle de tendresse et de beauté, montrait bien qu'il avait une affinité profonde pour les choses bonnes et belles. Son appartenance à cet univers enchanté paraissait des plus naturelles. Il était vraiment — et comment pouvait-elle l'avoir à ce point mal jugé ? — un enfant radieux, un fils de la lumière. Il fallait qu'il le fût pour avoir écouté sans ciller le récit de ses affreux mensonges, puis pour les avoir passés sous silence. Un vrai miracle. Ou plutôt non, il n'était plus besoin de miracle puisqu'ils étaient au paradis. Au paradis on se souciait comme d'une guigne de sa vie antérieure, on n'avait besoin ni de pardonner ni d'oublier tant on était heureux. Elle serra plus fort le bras de son mari, en signe d'affection et de gratitude. Sans retirer son bras, Mellersh ne répondit pas au geste de Lotty. D'un tempérament naturellement froid, il répugnait aux gestes tendres.

Pendant ce temps Costanza, voyant que les Wilkins ne l'écoutaient plus, s'en était retournée voir Mrs Fisher qui, au moins, comprenait l'italien, et que son âge et ses façons désignaient nettement comme étant la plus à même de payer les factures. Tandis que Mrs Fisher se préparait pour sa première visite au petit jardin en mettant un chapeau à voilette, un boa en plumes et de longs gants noirs, Costanza lui expliqua que faute d'être réglés le jour même les commerçants de Castagneto refuseraient de lui faire crédit la semaine suivante. Ils n'accepteraient même pas de faire crédit pour les repas de la journée, ajouta Costanza qui avait déjà beaucoup dépensé et voulait à la fois payer rapidement ses amis et connaissances et savoir comment réagiraient les dames. L'heure de la *colazione* allait bientôt sonner, et comment préparer une *colazione* sans viande, sans poisson, sans œufs, sans...

Mrs Fisher prit les factures et regarda tout de suite le total. L'énormité de la somme montrait assez qu'on avait fait preuve de négligence, et même d'extravagance, chez les fournisseurs. Mrs Fisher s'assit pour étudier la question à fond.

Costanza passa une demi-heure très désagréable. Jamais elle n'aurait cru que les Anglais étaient si près de leurs sous. Et puis *La Vecchia*, comme on l'appelait familièrement à la cuisine, ne savait que trop d'italien, et montrait une obstination indigne de la noble Angleterre à se faire expliquer article par article la raison de chaque dépense.

De raison, elle n'en avait guère à avancer, sinon qu'elle avait pu pendant une semaine n'en faire qu'à sa tête et que le résultat était là.

À court d'explications, Costanza se mit à pleurer. C'était trop affreux de penser qu'elle allait dorénavant devoir faire la cuisine sous haute surveillance. Que diraient aussi ses amis et connaissances quand ils verraient ses commandes drastiquement réduites ? Ils en concluer aient aussitôt qu'elle ne savait pas manœuvrer ses maîtresses, et ils la mépriseraient pour cela.

Les pleurs de Costanza laissèrent Mrs Fisher de marbre. En un italien aux cadences lentes et magnifiques qui rappelait celui de l'*Inferno* de Dante, elle informa la cuisinière qu'elle ne paierait aucune facture avant une semaine et que d'ici là elle devrait se débrouiller pour faire une aussi bonne cuisine en réduisant sa dépense d'un quart.

Costanza se tordit les mains.

Impitoyablement, Mrs Fisher expliqua que si après une semaine elle était satisfaite du résultat elle paierait toutes les factures en souffrance. Sinon... — elle fit une pause car elle n'avait aucune idée de la menace qu'elle pourrait brandir de façon efficace. Mais il lui suffit de prendre son air hiératique et majestueux pour terrifier Costanza.

Sur ce elle congédia la malheureuse et s'en alla trouver lady Caroline avec l'intention bien arrêtée de se plaindre. Il lui avait bien semblé que c'était lady Caroline qui avait jusque là présidé à l'ordonnancement des repas. Elle aurait dû se charger de veiller au prix des denrées, mais la cuisinière paraissait n'avoir reçu aucune instruction particulière, ce qui était proprement incroyable.

Lady Caroline n'était pas chez elle, mais sa chambre, dont Mrs Fisher avait ouvert la porte sans attendre une réponse, car elle soupçonnait que lady Caroline prétendrait ne pas l'avoir entendue frapper, était encore comme fleurie de sa présence.

« Du parfum... », grommela Mrs Fisher en refermant la porte.

Elle aurait eu bonne envie de voir le grand Carlyle avoir cinq minutes de franches explications avec la jeune femme. Encore que... Carlyle lui-même...

Elle descendit l'escalier dans l'intention de chercher lady Caroline au jardin, et elle rencontra Mr Wilkins dans le vestibule. Il avait son chapeau sur la tête et allumait un long cigare.

Si indulgente que Mrs Fisher fût prête à se montrer envers Mr Wilkins, et en dépit du lien quasi mystique qui les unissait depuis leur rencontre de la veille, elle n'en était pas moins tout à fait opposée à ce que l'on fumât dans la maison. Pourquoi, alors que l'on pouvait fumer dehors tant que l'on voulait — ce qu'elle tolérait à la rigueur —, se laisser aller *intra muros* à cette détestable habitude ? Mr Fisher lui-même, dont le ciel lui était témoin qu'il tenait à ses habitudes, avait dû renoncer à celle-ci dès le lendemain de son mariage.

Mais dès qu'il l'aperçut, Mr Wilkins réussit d'un seul mouvement à soulever son chapeau et à jeter son cigare dans l'eau que ne pouvait manquer de contenir, croyait-il, un vase plein de grands lys blancs. Mrs Fisher, qui savait combien les hommes avaient d'attachement pour leurs cigares tout juste allumés fut dûment impressionnée par cette « amende honorable » de grand style.

Et pourtant le cigare n'était pas tombé dans l'eau. Perdu dans le feuillage des lys, il continua à y fumer un long moment, objet insolite, intriguant, et qui avait quelque chose de dépravé.

« Où t'en vas-tu si matin, jolie serv... » commença Mr Wilkins en s'avançant vers Mrs Fisher, mais il s'interrompit juste à temps.

Pourquoi ces paroles de ronde enfantine ? Il ne croyait pourtant pas les connaître. Qu'était-ce donc qui les lui avait mises en tête ? Il n'éprouvait pour Mrs Fisher que le plus grand respect, et jamais il n'aurait songé à l'insulter en s'adressant à elle comme à une servante, fût-elle jolie. Il espérait beaucoup de leur rencontre. C'était une femme qui avait du bien, cela se voyait. Lors du petit déjeuner leur entente avait été parfaite, et il avait été frappé par la familiarité avec laquelle elle évoquait comme ses familiers des personnages fort connus. Des Victoriens, bien sûr, mais dont il était si reposant de s'entretenir après les assommantes soirées néo-romantiques qu'organisait son beau-frère à Hampstead Heath. Il avait l'impression qu'ils s'entendaient fort bien tous les deux, et elle semblait déjà présenter la plupart des symptômes d'une cliente potentielle. Il ne voulait en aucun cas paraître le moins du monde offensant. Il lui vint une sueur froide en songeant au beau gâchis qu'il avait failli provoquer.

Heureusement, elle n'avait rien entendu.

« Vous alliez sortir ? demanda-t-il aimablement, tout prêt à se déclarer très désireux de l'accompagner.

— Il faut que je trouve lady Caroline, dit Mrs Fisher en se dirigeant vers la porte-fenêtre.

— C'est là une quête bien agréable, à laquelle on s'associerait volontiers, fit remarquer Mr Wilkins. Pourrais-je me joindre à vous ?

— On la trouve d'ordinaire à cet endroit, derrière les buissons, dit Mrs Fisher. Mais je ne sais pas si la quête sera bien agréable. Elle a laissé la cuisinière faire valser l'anse du panier, et elle a besoin d'une bonne leçon.

— Lady Caroline ? demanda Mr Wilkins qui ne comprenait rien à la situation. Qu'a-t-elle à voir avec le paiement des notes d'épicerie ?

— C'est elle qui était chargée des dépenses domestiques, et comme nous partageons tous les frais j'espérais qu'elle se serait fait un point d'honneur...

— Comment ? C'est lady Caroline qui est chargée des dépenses domestiques ici ? Alors que ma femme... Madame vos révélations me laissent sans voix. Vous n'êtes pas sans savoir qu'elle est la fille des Droitwich !

— Ah, c'est elle ! dit Mrs Fisher en faisant crisser le gravier de l'allée qui menait au recoin secret. Eh bien cela explique beaucoup de choses. Ce que Droitwich a fait de son ministère pendant la guerre devrait être un objet de scandale pour toute la nation. Pour un peu on pourrait parler de détournement de fonds publics.

— Mais je vous assure qu'il est impossible que la fille des Droitwich... commença Mr Wilkins.

— Droitwich ou pas, l'interrompit Mrs Fisher, chose promise chose due. Je ne vais pas jeter mon argent par les fenêtres pour faire plaisir aux Droitwich. »

La vieille dame avait l'air fort entêtée. Peut-être ne serait-il finalement pas si facile de traiter avec elle. Et pourtant elle devait être immensément riche. Seule une très grande richesse pouvait lui donner l'audace de parler aussi légèrement des Droitwich. Lorsqu'il avait interrogé Lotty à propos de la situation de Mrs Fisher, sa femme s'était montrée très vague. Il avait seulement été question d'une maison qui ressemblait à un mausolée, avec des poissons rouges. Mais à présent il avait la certitude qu'elle possédait une fortune considérable. Quand même, il aurait préféré ne pas être à ses côtés quand elle donnerait à lady Caroline Dester la leçon que celle-ci avait, semblait-il, bien méritée.

Mais c'était une fois de plus méconnaître lady Caroline. Des sentiments qui avaient agité son noble cœur lorsque Mrs Wilkins avait découvert sa retraite, le tout premier jour, rien n'avait paru qu'une douceur angélique. Aussi retira-t-elle ses pieds du muret dès que Mrs Fisher eut fait mine de vouloir s'y asseoir, et écouta-t-elle avec la plus grande attention ses remarques d'ouverture sur la folie des dépenses domestiques inconsidérées. Puis elle interrompit le flot des récrimination fishériennes en lui offrant un des coussins dont elle soutenait sa tête.

« Asseyez-vous là-dessus, ce sera plus confortable. »

Mr Wilkins se leva d'un bond pour la débarrasser du coussin.

« Oh, merci beaucoup », fut obligée de dire Mrs Fisher.

Difficile de se remettre en selle après cela. Mr Wilkins ayant très délicatement inséré le coussin entre la personne de Mrs Fisher, qui s'était légèrement relevée, et la pierre dure du muret, il avait encore fallu remercier, et c'était une nouvelle et fâcheuse interruption de la « bonne leçon ». Et puis, lady Caroline ne protestait pas, n'alléguait rien pour sa défense, et écoutait ce qu'on lui disait de l'air d'un ange attentif et doux.

Mr Wilkins ne comprenait pas comment il était même envisageable de faire quelque reproche que ce fût à une Dester qui avait l'air d'un ange et une façon si adorable de se taire. À sa grande joie, Mrs Fisher parut peu à peu se convaincre qu'il y avait là une difficulté, car elle finit par déclarer d'un air embarrassé que lady Caroline aurait dû lui dire qu'elle préférait ne pas se charger de cette tâche.

« J'ignorais qu'elle m'avait été attribuée, dit la jolie voix.

— En tout cas je voudrais savoir ce que vous comptez faire pendant le reste du séjour, dit Mrs Fisher.

— Rien, bien sûr, dit lady Caroline tout sourire.

— Comment cela ? Voulez-vous dire...

— Si vous me permettez d'intervenir, mesdames, intervint Mr Wilkins avec une onction où on reconnaissait le professionnel averti, j'oserai vous faire une suggestion. »

Les deux femmes se tournèrent vers lui, et, se souvenant des circonstances de leur première rencontre, l'écoutèrent avec bienveillance.

« Pourquoi gâcher des vacances merveilleuses à cause de misérables soucis d'intendance ?

— Tout à fait ! dit Mrs Fisher. C'est précisément ce que je voudrais éviter.

— Vous avez mille fois raison. Aussi vous conseillerai-je d'allouer à la cuisinière — un véritable cordon bleu d'ailleurs, il faut le reconnaître — une somme fixe par jour et par tête. Vous lui direz que pour cette somme il lui faudra continuer à vous nourrir sans que la qualité de sa cuisine dût en souffrir. Il ne devrait pas être difficile de fixer cette somme. On pourrait prendre pour base les prix pratiqués par un hôtel de moyenne catégorie, divisés par deux, voire par quatre.

— Mais que faire des factures de la première semaine ? demanda Mrs Fisher. Ces terribles factures ! Comment comptez-vous les payer ?

— Eh bien ce sera mon cadeau de bienvenue à San Salvatore », dit lady Caroline qui ne voulait pas que le bas de laine de Lotty se vidât au delà de ce qu'elle avait prévu.

Il se fit un grand silence. Elle venait de couper le peu d'herbe qui restait encore sous les pieds de Mrs Fisher.

« Bien sûr, si vous voulez jeter votre argent par les fenêtres... », dut se contenter de grommeler celle-ci.

En fait, Mrs Fisher était très soulagée. Mr Wilkins, lui, restait bouche-bée devant les miracles dont le sang bleu rendait capable ceux qu'il irriguait. Cette façon royale, non, impériale, de disposer de son argent, voilà qui était admirable, et tout particulièrement admirable lorsqu'on appartenait comme lui aux professions libérales. Il ne fallait pas, lui semblait-il, manquer d'encourager très vivement cette noble disposition d'esprit, et Mrs Fisher manquait vraiment de chaleur. Elle acceptait le cadeau impérial — dont il déduisait que sa grande richesse n'allait pas sans ladrerie —, mais elle acceptait à contre-cœur. Pourtant un cadeau était un cadeau, que Diable ! et à cheval donné on ne regarde pas la bouche. Si cela amusait lady Caroline d'offrir à Mrs Fisher et à sa femme leur nourriture d'une semaine, il ne leur restait plus qu'à accepter avec grâce. Pourquoi donc décourager les petits cadeaux ?

Mr Wilkins, en tant que représentant de son épouse, entreprit de se faire son interprète et fit remarquer avec la pointe d'humour nécessaire — il ne faut jamais embarrasser le généreux donateur — que dans ce cas lady Caroline avait été pour sa femme la meilleure des hôtesses, et se tournant vers Mrs Fisher il se demanda avec enjouement si Lotty et elle ne devraient pas écrire dès à présent à lady Caroline la traditionnelle lettre de château.

Lady Caroline sourit et sortit son étui à cigarettes. Même Mrs Fisher ne pouvait résister à tant de bonne grâce. Mr Wilkins avait trouvé une façon simple et efficace d'éviter le gaspillage, et elle détestait le gaspillage lui-même, peut-être plus encore que d'être obligée d'en payer les frais. Qui plus est la question de l'intendance était maintenant réglée à son grand soulagement, car elle avait craint de devoir vraiment faire appel à Kate Lumley si l'indifférence d'une de ses compagnes (lady Caroline), et l'ignorance de l'italien dont étaient affligées les deux autres, la forçaient à se charger de cette tâche assommante. Kate aurait fait cela très bien. Elle avait appris l'italien avec Mrs Fisher, et de toute façon elle n'aurait été invitée qu'à cette condition expresse.

Mais la solution trouvée par Mr Wilkins était de loin préférable. Quel homme supérieur ! Rien n'était plus plaisant que la conversation d'un homme d'esprit pourvu qu'il fût d'âge mûr. Et lorsqu'elle se leva dans l'intention de faire quelques pas avant le dîner – puisque l'affaire pour laquelle elle était descendue au jardin était maintenant heureusement réglée –, Mr Wilkins ne resta pas tenir compagnie à lady Caroline, ainsi que la plupart des hommes de sa connaissance n'auraient pas manqué de le faire. Non, il demanda respectueusement la permission de l'accompagner, ce qui montrait qu'il appréciait davantage les beautés de la conversation que celles d'un joli minois. Quel homme de bon sens, quel homme aimable !

Avec cela intelligent, et cultivé ! Un véritable homme du monde. Un homme tout simplement. Au fond elle avait bien eu raison de ne pas écrire à Kate l'autre jour. Elle n'avait plus besoin de Kate puisqu'elle avait trouvé ce délicieux compagnon.

Pourtant ce n'était pas le talent de causeuse de Mrs Fisher qui avait entraîné Mr Wilkins à sa suite. Lorsqu'elle s'était levée il s'était levé à son tour par pure politesse, et s'était aperçu que lady Caroline avait reposé les pieds sur le petit muret, arrangé les coussins derrière sa tête, et fermé ses grands yeux.

La fille des Droitwich signifiait clairement qu'elle désirait dormir.

Il ne lui appartenait pas, à lui misérable roturier, de tenter de l'en dissuader.

CHAPITRE SEIZE.

Ainsi la seconde semaine commença-t-elle dans une harmonie parfaite. La présence de Mr Wilkins, contrairement à ce que trois des habitantes du château avaient craint, et à ce que la quatrième n'avait été empêchée de redouter que grâce à sa foi indéfectible dans les vertus de San Salvatore, n'avait nullement rompu l'harmonie qui s'était établie avant son arrivée. Au contraire, il l'avait renforcée. Il avait trouvé sa place sans difficulté. Déterminé à plaire, il avait plu. Avec sa femme il se montrait charmant non seulement en public — ce qu'il avait toujours fait —, mais en privé, ce dont il aurait fort bien pu se dispenser s'il l'avait souhaité. Mais il souhaitait du fond du cœur être charmant avec celle à qui il devait d'avoir été présenté à lady Caroline Dester. Sa reconnaissance se teintait d'ailleurs de fierté à voir sa petite Lotty à tu et à toi avec une aristocrate de si haute volée. Et plus il se montrait affectueux avec Lotty, plus celle-ci se montrait aimable, ce qui les entraînait tous deux dans un cercle vertueux (et heureux).

Mellersh, en dépit de son tempérament froid, se laissait même aller à des gestes de tendresse tout à fait inhabituels, sans doute sous l'influence de l'esprit de San Salvatore — c'était la seule explication que Lotty pût trouver. Au cours de cette deuxième semaine au château, il lui arriva en effet de lui pincer non pas une oreille mais deux avant d'aller dormir. Très peu préparée à de pareils débordements, Lotty se demandait ce qu'il lui réservait pour la troisième semaine, lorsqu'il ne lui resterait plus de nouvelles oreilles à pincer.

La délicatesse de Mellersh avait trouvé un terrain d'élection dans les politesses de la chambre à coucher, en particulier tout ce qui se rapportait à l'usage du lavabo. Lotty, à son tour, déployait de grands efforts pour éviter de le gêner, si bien que la petite chambre fut le théâtre de bien des généreux combats qui les laissaient chaque fois enchantés l'un de l'autre. Plus jamais il n'alla prendre de bain dans la salle de bains, même après réparation de la chaudière. Au lieu de cela il descendait chaque matin jusqu'à la mer où, en dépit de la température très basse de l'eau — les nuits étaient fraîches encore —, il plongeait comme un vrai soldat de l'Empire, et apparaissait au petit déjeuner très remonté — il se frottait ostensiblement les mains — et, comme il le confia à Mrs Fisher, prêt à affronter toutes les situations.

La croyance de Lotty dans l'irrésistible influence de l'atmosphère enchantée de San Salvatore étant ainsi pleinement confirmée aux yeux de tous, et Mr Wilkins, que Rose savait redoutable, et que lady Caroline avait imaginé comme une sorte de monstre froid, ayant évidemment changé du tout au tout, lady Caroline et Rose commencèrent à penser qu'après tout Lotty avait peut-être raison de soutenir que San Salvatore possédait des vertus transformatrices des esprits et des cœurs.

Elles étaient d'autant plus enclines à le penser qu'elles se sentaient elles-mêmes transformées. Au cours de la deuxième semaine l'une et l'autre y virent soudain plus clair dans leur vie. Lady Caroline avait fait sa paix avec les pensées qui tourmentaient son cœur, et songeait maintenant sans rancœur à ses parents et à ses connaissances. Il lui arrivait même de penser que le destin, ou la providence, l'avait particulièrement gâtée, et qu'elle avait gâché bien des occasions d'être heureuse. Rose, elle, sentait toujours en son cœur le désir confus de serrer contre sa poitrine un être cher, mais elle était arrivée à la conclusion qu'il lui fallait maintenant faire cesser un désir impossible à satisfaire, à moins qu'elle ne tentât — pourquoi pas ? — de l'apaiser, en demandant à Frederick de venir la rejoindre.

Puisque Mr Wilkins avait changé, Frederick pouvait bien changer aussi. Comme ce serait merveilleux si l'esprit du lieu exerçait à son tour sur lui sa bénéfique influence, et s'ils pouvaient se comprendre un peu mieux, sinon devenir des amis. Rose en était arrivée à penser que son côté collet monté, son refus de tout compromis, ses bonnes œuvres même avaient sans doute découragé Frederick. C'était sa faute, au fond, si son mari lui avait échappé. Elle avait effarouché son amour qui s'était envolé loin, très loin... Et qu'était-ce donc qui importait plus que l'amour ? Rien de solide ne se pouvait construire sans lui. Mais comment faire revenir un amour envolé ? Peut-être pourrait-elle profiter, pour ce faire, de l'atmosphère de bonheur qui semblait irradier de Lotty et de San Salvatore comme une sorte de halo céleste.

Mais il fallait commencer par le faire venir au château, et il ne viendrait certainement pas si elle ne lui écrivait pas rapidement. Après tout, il ignorait même où elle se trouvait.

Il fallait donc écrire. À tout prix. Il y avait peu de chance qu'il vînt, mais ces chances se réduiraient évidemment à rien si elle n'écrivait pas. Et une fois qu'il serait entouré de la beauté, de la douceur, et de la tendresse ambiantes, il deviendrait plus facile de lui parler, d'essayer de s'expliquer, de lui demander s'ils ne pourraient pas essayer de vivre différemment à l'avenir, rien qu'un peu, car tout valait mieux que de mener ces vies séparées. Elle ne voulait plus rester seule avec sa foi, dans le désert glacé des mots pieux. Mon

Dieu, elle ne voulait qu'une personne au monde, une seule personne qui lui appartiendrait, à qui elle pourrait parler et qu'elle pourrait aimer, cajoler, suivre dans sa carrière. Cela valait toutes les bonnes œuvres, tous les discours et tous les compliments d'un président de séance à la paroisse. Même – Rose ne put empêcher cette mauvaise pensée de lui traverser l'esprit –, cela valait mieux que toutes les prières.

Contrairement à celles qui agitaient lady Caroline, car la jeune aristocrate ignorait le désir, ces pensées ne venaient pas de la tête mais du cœur. Ou plus précisément de sa poitrine, car c'est là que Rose avait mal, là qu'elle sentait sa solitude. Lorsqu'elle sentait son courage l'abandonner, comme cela lui arrivait si souvent, et que l'idée même d'écrire à Frederick lui semblait une insigne folie, il lui suffisait d'un regard sur Mr Wilkins pour se sentir revivre.

C'était vraiment un homme transformé. Chaque soir on le voyait entrer dans la petite chambre inconfortable dont Lotty avait semblé craindre l'intimité, et chaque matin Lotty et lui en sortaient en donnant toutes les marques d'une entente aussi parfaite que la veille. Et lui qui se montrait si impitoyable, à Hampstead, dès que se produisait le moindre accident domestique – à ce que lui avait rapporté Lotty –, était sorti de la salle de bain dévastée comme les trois Hébreux étaient sortis de la fournaise : indemnes de tout mal, libres et souriants. Il se produisait en ce lieu des miracles. Frederick ne méritait-il pas tout autant que Mr Wilkins d'être miraculé ?

Elle se levait d'un bond. Oui, elle allait écrire. Et tout de suite.

Mais si par extraordinaire... Si jamais...

Elle s'arrêtait net. S'il n'allait pas répondre.

Elle s'asseyait et reprenait le cours difficile de sa réflexion.

C'est en ces valses-hésitations que Rose passa le plus clair de la seconde semaine de son séjour.

Puis il y avait Mrs Fisher, toujours plus agitée au fur et à mesure que les jours passaient. Il était bien inutile à présent qu'elle disposât d'un salon à elle car elle ne s'y tenait jamais plus de dix minutes d'affilée. Ajoutez à cela qu'elle sentait en elle comme une étrange poussée de sève, telle qu'elle n'en avait plus connue depuis les printemps de son enfance, quand les lilas et les seringas fleurissaient en une seule nuit. Pourquoi fallait-il qu'elle retrouvât ces sensations oubliées à plus de cinquante ans passés ? Elle aurait voulu se confier à quelqu'un, mais elle avait grand honte. Quelle absurdité, aussi ! Et cependant, chaque jour davantage, Mrs Fisher sentait au fond d'elle-même comme la promesse d'un bourgeon.

Au début elle tenta de chasser de son esprit cette idée absurde. Un bourgeon ! Il n'y avait que dans les légendes que les branches mortes se mettaient soudain à fleurir, et Mrs Fisher n'était pas une légende. Au contraire, elle avait un sentiment très vif de ses devoirs, et savait bien que sa dignité commandait qu'à son âge elle évitât soigneusement le voisinage des jeunes pousses.

Mrs Fisher était au comble de l'exaspération. S'il y avait une chose au monde qu'elle ne pouvait pas supporter, c'était bien de voir des dames d'âge se prendre pour des jeunesses et perdre le sentiment de leurs devoirs. Illusion, folie, à quels pitoyables résultats tout cela conduisait ! Elle avait eu grand soin de vieillir comme on se devait de le faire, avec constance et régularité. Ni interruptions intempestives, ni retours de manivelle, ni floraisons tardives. Comme il serait humiliant, après toutes ces années de noble vieillissement, de se laisser glisser dans un bain de jouvence aussi inattendu !

Vraiment il valait mieux que Kate Lumley fût restée en Angleterre. Elle ne pouvait pas se permettre de l'avoir pour témoin de ces métamorphoses étranges. Kate la connaissait depuis toujours, et elle avait l'impression qu'il lui serait plus facile de se « laisser aller » — d'où lui venait donc cette expression ? Elle fut fort contrariée de l'avoir employée, même en secret —, devant des étrangères. Les vieux amis, songea Mrs Fisher tout en tentant de lire, avaient toujours tendance à vous juger à l'aune de ce que vous aviez été. Détestant toute nouveauté, tout développement imprévu, ils s'attendaient qu'après cinquante ans on ne changeât plus d'un iota jusqu'à la fin de ses jours.

Quelle prétention absurde, se dit Mrs Fisher, ses yeux glissant le long des lignes imprimées sans réussir à s'y attarder. C'était vous condamner à une mort prématurée. Tout être humain, si âgé fût-il, avait le droit de changer, de développer des facultés nouvelles pourvu que ce fût dans la dignité bien sûr. Quoi de plus honorable qu'un noble mûrissement, même si certains aspects en étaient étonnants ? Cela signifiait tout simplement que l'on était encore vivant. Non, ce qui n'était ni digne ni honorable c'était de refuser ce mûrissement, de prétendre à la jeunesse, à la verdeur des jeunes pousses. Cela, elle l'avait en horreur, et c'était précisément ce qui était en train de lui arriver.

Gênée, mal à l'aise, elle ne trouvait d'apaisement que dans un état d'agitation perpétuelle et bourdonnante. La promenade des remparts ne suffisant plus à ses vagabondages, il lui arrivait de plus en plus souvent de faire des apparitions rapides dans le petit jardin, à la grande surprise de lady Caroline. L'étonnement de celle-ci fut à son comble lorsqu'elle se rendit compte que Mrs Fisher se contentait de contempler le golfe pendant quelques minutes, débarrassait les rosiers de quelques feuilles mortes, et reprenait son errance de damnée.

Certes, la conversation de Mr Wilkins lui apportait un soulagement bienvenu, mais il n'était pas toujours disponible — il répartissait soigneusement ses attentions entre les trois dames —, et il lui fallait alors affronter ses démons intérieurs avec ses seules forces. Peut-être était-ce l'excès de lumière et de couleur dans lequel baignait San Salvatore qui faisait par contraste paraître le reste du monde terne et sombre. L'idée de devoir revenir à Prince of Wales Terrace, dans cette petite rue aussi étroite et obscure que l'était sa maison, où rien de vivant ni de jeune ne l'attendait, avait quelque chose d'effrayant. Les poissons rouges avaient encore en eux un peu de vie, mais ils n'étaient certainement plus jeunes, et hors ces malheureux il n'y avait dans la maison que les bonnes pour représenter le monde des vivants, et c'étaient de vieilles choses poussiéreuses.

Vieilles choses poussiéreuses... L'étrange expression lui était venue à l'esprit sans qu'elle s'en rendît compte. Où avait-elle bien pu la pêcher? Était-ce dans le babil irrespectueux de Mrs Wilkins, qui se serait ainsi insinué subrepticement en elle sans qu'elle s'en rendît compte?

Si vraiment c'était le cas, il y avait lieu de s'inquiéter, et de s'indigner. Quoi? L'écervelée aurait-elle réussi à inoculer à Mrs Fisher, comme quelque pernicieux bacille, un peu de sa façon d'être, ou au moins de parler, qui répugnaient si fort l'une et l'autre à Mrs Fisher? La bonne entente qui semblait régner entre Lotty et le respectable, le rassurant Mr Wilkins, n'empêchait pas Mrs Fisher d'être fort troublée. Jamais auparavant une phrase de ce genre ne lui avait traversé l'esprit. Jamais elle n'avait songé à ses bonnes, ni à personne d'autre, comme à de vieilles choses poussiéreuses. Pour Mrs Fisher ses bonnes étaient des créatures parfaitement respectables auxquelles elle autorisait l'usage de la salle de bains tous les samedis soirs. Certes, elles étaient âgées, mais pas plus que Mrs Fisher, pas plus que sa maison, ses meubles ou son poisson rouge. Ils avaient tous vieilli ensemble, c'était une affaire entendue, mais enfin vieillesse, poussière, c'étaient deux choses bien différentes.

Comme Ruskin avait eu raison d'écrire qu'une conversation de mauvais ton mène à la corruption de l'esprit ! L'avait-il vraiment écrit ? Cela lui ressemblait bien, en tout cas, et c'était si vrai ! Il suffisait d'observer ce qui se produisait avec Mrs Wilkins. Elle faisait semblant de ne rien entendre de ce que disaient ses interlocuteurs et professait, pour le plus grand amusement de lady Caroline, il fallait malheureusement le reconnaître, des opinions atroces, où la vulgarité le disputait à l'indécence, mais qui avaient insidieusement contaminé les paisibles habitudes mentales de Mrs Fisher. Et si elle laissait échapper elle aussi de ces horreurs qui maintenant lui traversaient l'esprit ? Elle frémissait rien qu'à cette pensée.

Plus que jamais Mrs Fisher ressentait le besoin de se confier à quelqu'un qui pourrait comprendre les sentiments étranges qui l'agitaient. Mais qui, sinon Mrs Wilkins, en serait capable ? Il ne faisait aucun doute qu'elle comprendrait parfaitement la situation malheureuse de Mrs Fisher, mais c'était impossible. Autant supplier le virus lui-même de la protéger contre la maladie !

Aussi continua-t-elle à combattre seule ses démons, ce qui la conduisait à effectuer ces apparitions fugitives dans le petit jardin qui intriguaient si fort lady Caroline.

Elle avait déjà remarqué ce manège depuis quelque temps lorsque Mr Wilkins lui demanda un jour, après avoir arrangé ses coussins ainsi qu'il le faisait chaque matin avec une componction qui montrait tout le prix qu'il attachait à ce privilège —, si Mrs Fisher allait tout à fait bien.

En cet instant Mrs Fisher se trouvait près du petit muret et, la main en visière pour se protéger du soleil, semblait examiner avec le plus grand soin les lointaines maisons blanches de Mezzago. Ils la voyaient fort bien à travers les lauriers.

« Je ne saurais vous le dire, dit lady Caroline.

— On imagine difficilement qu'une femme comme Mrs Fisher puisse avoir des... soucis, dit Mr Wilkins.

— En effet.

— Si c'était cependant le cas, ainsi que son agitation présente semble le suggérer, je serais plus qu'heureux de l'aider de mes conseils.

— Je suis certaine que vous l'obligeriez grandement.

— Bien sûr elle doit avoir ses hommes de loi à Londres, mais... ici elle n'a personne. Or je suis avocat, et c'est ici qu'elle se tourmente !

— Vous devriez lui proposer votre aide.

— Le croyez-vous vraiment ? Ne serait-il pas

quelque peu... délicat de demander à une dame aussi respectable ce qui la soucie ?

— Sans doute suffirait-il que vous bavardiiez un instant avec elle pour qu'elle vous le dise. Allez donc la trouver. Mrs Fisher a l'air bien seule.

— Votre délicatesse de cœur n'a d'égale que votre sûreté de jugement », déclara Mr Wilkins qui, pour la première fois, souhaita d'être un parfait étranger pour pouvoir lui baiser la main en prenant congé.

Et il s'en alla charmer la solitude de Mrs Fisher. Lady Caroline déployait chaque matin des trésors d'imagination pour éconduire Mr Wilkins après qu'il eût tapoté ses coussins. Elle lui avait accordé sans difficulté ce petit privilège depuis qu'elle avait compris — et il ne lui avait fallu pour cela que quelques minutes, dès leur première rencontre —, qu'elle avait eu tort de craindre ses assiduités. Mr Wilkins l'admirait de tout son cœur, certes, mais pas de cette manière. Jamais il n'aurait osé. Il avait pour elle trop de respect. D'un simple haussement de sourcil, elle lui faisait faire tout ce qu'elle voulait. Tout ce qu'il demandait, à l'évidence, c'était de pouvoir se mettre en quatre pour lui venir en aide. Elle l'aimait bien, finalement. Jamais elle ne pouvait tout à fait oublier sa première apparition — il avait l'air si désemparé dans sa serviette.... Et puis il l'amusait et se montrait gentil avec Lotty. Certes, elle l'aimait surtout lorsqu'il était loin d'elle, mais c'était le cas de la plupart de ses amis. Oui, il appartenait bien à cette rare espèce d'hommes qui ne voient pas en chaque femme une proie possible. Comme cela avait simplifié le séjour de tout le monde ! Quel soulagement ! Mr Wilkins avait vraiment été parfait. Et chaque fois que lady Caroline sentait monter en elle le désir de se moquer de ce monsieur solennel et, il fallait bien qu'elle se l'avouât, souvent fort ennuyeux, elle murmurait à part elle : « Mais quelle chance qu'il soit là... »

Mr Wilkins ne demandait rien d'autre. Il était pour lui extrêmement important que les femmes, la sienne excepté, eussent confiance en lui. Si la confiance était établie, elles ne manquaient pas de songer à lui le jour où elles se trouvaient en difficulté, ce qui pouvait arriver beaucoup plus tôt qu'elles ne le pensaient. Les soucis des dames étaient pour lui pain béni. Il ne lui semblait pas que lady Caroline eût présentement de souci, mais avec une pareille beauté — car il ne pouvait nier l'évidence —, il était évident qu'elle en avait eu par le passé, et qu'elle en aurait de nouveau avant peu. S'il n'avait malheureusement pas pu l'aider dans ce passé tourmenté, il espérait bien pouvoir le faire à l'avenir. En attendant, la conduite de Mrs Fisher — qui venait juste après lady Caroline dans son panthéon professionnel —, était pleine de promesses. Quelque chose la tracassait, c'était évident. Il l'avait bien observée depuis quelque temps, et le doute n'était plus permis.

Avec la troisième dame, Mrs Arbuthnot, il avait fait moins de progrès car elle restait enveloppée de mystère. Mais son extrême discrétion, cette façon qu'elle avait de fuir la compagnie de ses semblables paraissait montrer qu'elle aussi avait ses soucis. Il fallait en avoir le cœur net ! Dorénavant il serait aux petits soins pour elle. Il la suivrait dans ses promenades, s'assiérait avec elle, l'encouragerait à se confier. Son mari, à ce que Lotty lui avait dit, était employé au British Museum. Rien de bien extraordinaire. Pour l'instant en tout cas. Car il existait toujours la possibilité d'une promotion, et avec un peu d'avancement Mr Arbuthnot deviendrait un client tout à fait intéressant.

Quant à Lotty, il était charmant avec elle. Ne montrait-elle pas toutes ces séduisantes qualités qu'il lui avait connues quand il lui faisait la cour et qui semblaient avoir été comme mises en sommeil depuis lors ? Sa tendresse pour sa femme trouvait un encouragement puissant dans l'affection, on pouvait même dire l'admiration, que lady Caroline Dester montrait pour elle. Une jeune femme comme elle, qui appartenait au meilleur monde et était habituée à la fréquentation des beaux esprits, ne pouvait avoir qu'un jugement très sûr sur les êtres. Ainsi Lotty avait tenu, un peu tard peut-être, les promesses de ses fiançailles. Il lui serait éternellement reconnaissant, quoi qu'il arrivât par la suite, de lui avoir fait connaître lady Caroline et Mrs Fisher. Une épouse intelligente, et séduisante, pouvait l'aider grandement dans sa carrière. Pourquoi donc avait-elle si longtemps caché sa séduction ? Pourquoi cette floraison soudaine ?

Mr Wilkins commençait à penser, comme Lotty, que San Salvatore avait quelque chose de magique. C'était un révélateur de qualités cachées, dormantes. Séduit par sa femme retrouvée, satisfait des progrès qu'il avait faits auprès de deux dames, et espérant bien faire avancer sa cause auprès de la troisième, Mr Wilkins ne se souvenait pas avoir jamais passé vacances plus agréables. La seule chose qui le chiffonnait c'était que l'on continuât à l'appeler Mr Wilkins. Personne ne l'appelait « Mr Mellersh-Wilkins ». Et pourtant il s'était bien présenté à lady Caroline comme Mellersh-Wilkins — au souvenir de cette première rencontre il frémissait encore.

Mais c'était bien peu de chose. Pas de quoi se tracasser. D'ailleurs il ne se souciait de rien. Ce serait trop absurde en un endroit si beau. Même le prix des choses lui était devenu indifférent, et il avait résolu de payer non seulement sa pension mais celle de Lotty aussi, afin de lui restituer son bas de laine intact à la fin du séjour. Rien que de songer à la jolie surprise qu'il lui préparait il se sentit rempli de tendresse pour sa petite femme.

Empressé d'abord par calcul, Mr Wilkins l'était maintenant par pur plaisir, inconsciemment et sans effort aucun.

Et pendant ce temps les jours dorés tombaient comme fruits mûrs, l'un après l'autre, aussi beaux, aussi pleins que ceux de la première semaine. L'odeur entêtante des champs de haricots en fleurs, sur la colline derrière le village, était portée jusqu'à San Salvatore au moindre souffle de vent. Dans le jardin, pendant cette deuxième semaine, disparut le Narcisse du Poète qui se mêlait à l'herbe longue au bout du sentier en zigzags, bientôt remplacé par le glaïeul sauvage, très élancé et rose. Des œillets blancs fleurirent dans les bordures, remplissant tout le jardin de leur parfum fumé et sucré à la fois, et un buisson singulier, que personne n'avait encore remarqué, surgit dans une aura glorieuse : un buisson de lilas mauve. Pareil méli-mélo de printemps et d'été était à peine croyable pour ceux qui n'avaient pas l'habitude de ces jardins. Ce qui, en Angleterre, prenait six mois interminables, se produisait à San Salvatore en un mois tout au plus. Mrs Wilkins trouva même sur les collines des primevères qui lui parurent bien timides auprès des géraniums et des héliotropes de San Salvatore.

CHAPITRE DIX-SEPT.

Le premier jour de la troisième semaine, Rose écrivit à Frederick.

Et pour ne pas risquer de manquer de cran, elle décida de faire poster sa lettre par Domenico. Si elle n'écrivait pas maintenant il serait trop tard. Quinze jours déjà s'étaient écoulés. Même si Frederick partait dès réception de la lettre, ce qui était hautement improbable, ne serait-ce que parce qu'il lui faudrait s'occuper de ses malles et de son passeport, sans compter son peu d'envie de venir, il ne serait pas là avant cinq jours au plus tôt.

Après avoir écrit sa lettre, Rose souhaita ardemment ne pas en avoir même eu l'idée. Jamais Frederick ne viendrait. Il ne se donnerait même pas la peine de répondre. Et s'il daignait le faire ce serait pour alléguer quelque raison des plus improbables. Il aurait trop de travail, à coup sûr, ou un prétexte du même genre. Le beau résultat de cette grande entreprise serait de la laisser plus malheureuse encore qu'elle ne l'était.

Quelle marâtre que l'oisiveté, quelle mauvaise conseillère ! Cette résurrection de Frederick, ou plutôt cette tentative désespérée pour le ressusciter n'était que le fruit, ô combien amer ! de son manque d'activité. Jamais elle n'aurait dû prendre ces vacances. À quoi cela rimait-il ? Seul le travail pouvait lui permettre de faire son salut en la protégeant, elle et les valeurs qu'elle révérait. Chez elle, à Hampstead, sa vie trop bien remplie lui avait permis de surmonter sa déception et de ne plus penser à Frederick qu'avec le sentiment mélancolique et doux que l'on réserve d'ordinaire aux êtres que nous avons beaucoup aimés et qui sont morts depuis longtemps déjà. Mon Dieu ! Si jamais Frederick venait vraiment elle l'ennuierait à mourir. N'avait-elle pas compris en un éclair de lucidité fugace que c'était cela, l'ennui, qui l'avait éloigné d'elle ? Pourquoi donc tout d'un coup, après une si longue période où ils avaient été étrangers l'un à l'autre, se montrerait-elle capable d'esprit, de drôlerie, alors qu'elle sentait déjà se roidir tous les ressorts de son cerveau ? Et puis quelle humiliante condition d'être obligée de supplier : attends, attends encore un peu, ne sois pas si impatient, je sens que bientôt je ne t'ennuierai plus, je le sens de tout mon cœur...

Mille fois par jour Rose se disait qu'elle aurait bien mieux fait de laisser Frederick tranquille. Lotty, qui lui demandait tous les soirs si elle avait bien envoyé sa lettre, poussa de petits gloussements de joie lorsqu'elle comprit que le Rubicon, enfin, avait été franchi.

« Maintenant nous allons pouvoir être complètement heureuses ! » s'était-elle écriée en se jetant au cou de son amie.

Rose en doutait fort, et il n'échappa pas à Mr Wilkins qu'elle avait de plus en plus l'air d'une femme qui a des soucis, et grand besoin des conseils d'un ami.

Aussi coiffa-t-il son panama et entreprit-il de grandes promenades sous le soleil afin de pouvoir la rencontrer seule à seule. Ce qui ne manqua pas d'arriver.

La première fois qu'il la rencontra, Mr Wilkins souleva galamment son chapeau :

« Je ne savais pas que vous aviez un goût particulier pour cet endroit », dit-il, et il s'assit auprès d'elle.

L'après-midi, elle alla s'installer tout à fait ailleurs. Une demi-heure plus tard Mr Wilkins apparaissait au coin du sentier, une canne de jonc à la main.

« Nos chemins se sont encore croisés ! » dit-elle, et il s'assit auprès d'elle.

Mr Wilkins était vraiment très gentil. Comme elle l'avait mal jugé à Hampstead ! Au grand soleil de San Salvatore il avait mûri comme un fruit jusque là trop vert. Rose voulait vraiment rester seule, mais elle était contente que la présence de Mr Wilkins montrât qu'elle n'ennuyait pas tout le monde, même si son mari se montrait imperméable à son charme. Si elle était vraiment le rabat-joie qu'il croyait, Mr Wilkins ne rechercherait pas sa compagnie avec autant d'insistance. Ah, bien sûr, il l'ennuyait à périr, mais cela valait mille fois mieux que si elle l'ennuyait, elle. Cela, elle ne l'aurait pas supporté. Car depuis qu'elle n'arrivait plus à dire ses prières, Rose était en proie à mille démons jusque là inconnus qui tourmentaient sans pitié son cœur blessé : démons de la vanité, de l'émotivité, de l'irritabilité, de la pugnacité aussi. Jamais cela ne lui était arrivé de sa vie entière. Comment se pouvait-il que San Salvatore produisît des effets aussi opposés sur Mr Wilkins et sur elle ? À lui l'éclat doré de la maturité, à elle l'aigreur et la mauvaise humeur.

Le matin suivant, pour être tout à fait sûre de rester seule, elle laissa Mr Wilkins finir son petit déjeuner avec Mrs Fisher et descendit sur les rochers au bord de l'eau, là où elle était allée le premier jour avec Lotty. Frederick devait avoir reçu sa lettre à présent. Si seulement il réagissait comme Mr Wilkins, elle aurait un télégramme avant le soir.

Elle essaya bien d'écarter cette pensée trop douce, mais enfin si Mr Wilkins pouvait télégraphier, cela signifiait bien que Frederick était susceptible de le faire. Le charme si puissant de San Salvatore ne pouvait-il enchanter les fils du télégraphe ? Lotty ne croyait pas non plus recevoir de télégramme, et pourtant il était bien arrivé, sur la table de la salle à manger, lorsqu'elle était revenue déjeuner. Si seulement elle pouvait en trouver un quand elle reviendrait au château...

Rose serra plus fort les bras autour de ses genoux. Elle ne désirait rien tant que de compter aux yeux de quelqu'un — pas de briller sur une estrade, ni d'être la cheville ouvrière d'une organisation charitable. Non, elle voulait compter aux yeux d'un seul. Ce n'était pas beaucoup demander, dans un monde surpeuplé, que d'avoir un seul repésentant de l'espèce humaine à soi, rien qu'à soi. Quelqu'un qui aurait besoin d'elle, qui penserait à elle, qui ne rêverait que de la rejoindre... De tout son cœur elle voulait être la préférée.

Toute la matinée elle resta assise sous les pins qui bordaient la mer. Personne ne vint la rejoindre. Les heures s'écoulaient lentement, immenses, interminables. Pourtant elle ne se décidait pas à remonter. Il fallait laisser au télégramme le temps d'arriver.

Ce jour-là, lady Caroline avait abandonné sa chaise longue et ses coussins pour se laisser entraîner par Lotty dans un pique-nique sur les collines. Elles ne devaient pas rentrer avant le soir. Mr Wilkins, qui aurait bien voulu les accompagner, avait été persuadé par lady Caroline de tenir compagnie à Mrs Fisher, qui ne pouvait pas rester seule. Sur le coup de onze heures il avait bien cherché à retrouver Mrs Arbuthnot, afin de distraire sa solitude à elle aussi, mais en vain. Mrs Arbuthnot s'était trop bien cachée cette fois. Tiens, il y avait un télégramme pour elle, remarqua-t-il. Dommage qu'il ne pût l'ouvrir.

« Ne devrions-nous pas ouvrir ce télégramme ? proposa-t-il à Mrs Fisher.

— Non, dit Mrs Fisher.

— On demande peut-être une réponse.

— Je ne suis pas d'avis de fouiller dans la correspondance d'autrui.

— Fouiller ! Comme vous y allez... »

Mr Wilkins était sincèrement choqué. Quel mot atroce ! Malgré la grande estime en laquelle il tenait Mrs Fisher il la trouvait parfois quelque peu difficile. Elle avait de l'affection pour lui, il en était convaincu, et sa métamorphose en cliente semblait en bonne voie, mais il craignait pour leurs relations futures son obstination et son goût du secret. Car elle était secrète au point qu'après une semaine entière de soins constants et empressés il n'avait toujours aucune idée de ce qui la tracassait.

« La pauvre, avait dit Lotty lorsqu'il avait demandé son avis, elle a seulement besoin d'amour.

— D'amour ! »

Mr Wilkins n'en avait pas cru ses oreilles.

« Mais enfin, ma chère, à son âge...

— Il y a plus d'une sorte d'amour », avait répondu Lotty.

Ce matin même il avait également consulté sa femme — chose qu'il ne faisait jamais en Angleterre, mais il avait appris à respecter ses avis — à propos de Mrs Arbuthnot. Car celle-ci non plus ne s'était pas déboutonnée en dépit d'efforts aussi persistants que méritoires.

« Son mari lui manque, dit Lotty.

— Ah... », fit Mr Wilkins, entrevoyant un début de raison compréhensible à la mélancolie, si modeste et timide, de Mrs Arbuthnot.

Et il ajouta un sonore :

« ... c'est bien compréhensible. »

Tout sourire, Lotty répondit du tac au tac :

« Toute femme a besoin de son mari. »

Et Mr Wilkins, souriant à son tour :

« Crois-tu ? »

Aussi Mr Wilkins, très très satisfait d'elle, n'hésita pas à lui pincer l'oreille bien qu'il fût encore bien tôt et que les caresses, à cette heure-là, manquassent encore de conviction.

Il était à peine plus de midi et demi quand Rose remonta le sentier entre la pergola et les camélias qui bordaient le vieil escalier de pierre. Les vagues de primevères qui le recouvraient quand elle l'avait vu pour la première fois avaient disparu, remplacées par ces stupéfiants buissons roses, blancs, rouges, striés de blanc et de rouge, qu'elle prenait entre ses doigts nerveux et respiraient longuement, l'un après l'autre, pour retarder l'heure de sa déconvenue. Tant qu'elle n'aurait pas de ses propres yeux vu la table du vestibule couverte seulement de fleurs, elle pourrait continuer à espérer qu'un télégramme l'attendait à côté du vase. Mais chacun sait que les camélias ne sentent rien, comme Mr Wilkins eut la cruauté de le lui rappeler. Il était descendu à sa rencontre, et savait son horticulture.

Rose tressaillit en l'entendant.

« Un télégramme est arrivé pour vous ! » dit Mr Wilkins.

Elle le regarda bouche-bée.

« Je vous ai cherchée partout, mais... »

Oui, oui, oui ! Au fond, jamais elle n'en avait douté. La flamme de la jeunesse retrouvée enflamma soudain son visage. Elle grimpa l'escalier quatre à quatre, aussi rouge que les camélias qu'elle venait de respirer, et en un instant elle était dans le vestibule où elle déchirait le télégramme avant même que Mr Wilkins ait pu finir sa phrase. Mais alors si... si vraiment... si Frederick et elle étaient de nouveau réunis... enfin...

« J'espère que ce n'est pas une mauvaise nouvelle », dit Mr Wilkins qui l'avait rejointe.

(Après avoir lu le télégramme, elle était soudain devenue aussi blanche qu'elle avait été rouge l'instant d'avant.)

Elle se tourna vers Mr Wilkins comme si elle avait du mal à se souvenir de son existence.

« Non... bien au contraire... »

Elle réussit à sourire.

« Je vais avoir un visiteur ! » dit-elle enfin, en brandissant le télégramme, et elle se dirigea vers la salle à manger en murmurant des mots incompréhensibles où revenait le mot « déjeuner ».

Mr Wilkins défroissa le télégramme. Expédié le

matin même de Mezzago, il était d'une belle concision :

> En route pour Rome puis-je vous saluer cet après-midi ?
> Thomas Briggs

Pourquoi un télégramme aussi insignifiant avait-il bouleversé à ce point la jeune femme ? Sa pâleur soudaine avait eu quelque chose d'impressionnant.

« Qui est Thomas Briggs ? » demanda-t-il en entrant à sa suite dans la salle à manger.

Elle le regarda d'un air vague.

« Qui ? répéta-t-elle en essayant de rassembler les esprits.

— Mr Thomas Briggs.

— Oh, oui... C'est le propriétaire. Nous sommes ici chez lui. Il est très gentil. Il passera cet après-midi. »

À cet instant Thomas Briggs se trouvait déjà dans une voiture dont les chevaux trottaient allègrement, quelque part entre Mezzago et Castagneto. De tout son cœur il espérait que la jolie dame aux yeux noirs aurait compris qu'il ne venait que pour elle et qu'il lui était bien égal de savoir si sa maison était toujours là où il l'avait laissée en partant. Un propriétaire un tant soit peu délicat n'aurait jamais dérangé ses locataires pendant leurs vacances, mais il avait tant pensé à elle depuis le jour béni de sa visite. Rose Arbuthnot. Quel joli nom ! Et quelle jolie personne – douce, laiteuse, maternelle au meilleur sens ! Par meilleur sens, il voulait dire qu'elle n'était pas sa mère, et n'aurait absolument pas pu l'être puisque la caractéristique des parents est d'être plus âgés que soi. Et puis il passait vraiment tout près. Comment ne pas la saluer ? Il mourait d'envie de la voir aller et venir dans sa maison, s'asseoir sur ses chaises, boire dans ses tasses, se servir de ses affaires. Avait-elle glissé le gros coussin de brocart cramoisi du salon sous sa charmante tête brune ? Comme la blancheur de sa peau, la splendeur de sa chevelure, ressortiraient bien contre lui ! Avait-elle remarqué son portrait dans l'escalier ? L'avait-elle aimé ? Il faudrait qu'il lui en expliquât les beautés. À moins de peindre elle-même, ce qui était bien improbable, elle risquait de ne pas s'être aperçue que le modelé des sourcils et le léger creux sous la joue...

Il demanda à la voiture d'attendre à Castagneto et traversa la place du village dans un concert de cris d'enfants et de chiens (car les uns et les autres le connaissaient fort bien). D'un pas élastique il eut bientôt gravi le sentier zigzagant – c'était un jeune homme très sportif, et il avait à peine plus de trente ans. Il tira la vieille chaîne de la cloche et attendit tranquillement devant la porte grande ouverte qu'on vînt l'inviter à entrer.

Quand elle le vit, Francesca entra dans une agitation extrême des yeux, des sourcils et des mains, et l'assura plutôt dix fois qu'une que la maison était parfaitement en ordre et que pour sa part en tout cas elle s'acquittait de ses devoirs avec conscience et ponctualité.

« Bien sûr, bien sûr, l'interrompit Briggs, personne ne met en doute votre dévouement. »

Et il lui demanda de transmettre sa carte à la maîtresse de maison.

« Laquelle, Monsieur ?

— Laquelle ?

— C'est qu'il y en quatre, dit Francesca qui subodorait quelque irrégularité de la part des locataires, car Mr Briggs avait l'air très surpris, et elle se réjouissait à l'avance d'un incident qui mettrait un peu de sel dans un quotidien bien terne.

— Quatre ? répéta-t-il. Eh bien transmettez ma carte à vos maîtresses. »

Le café avait été servi dans le petit jardin à l'ombre d'un pin parasol. Seuls Mrs Fisher et Mr Wilkins se trouvaient là car Mrs Arbuthnot n'avait pratiquement rien mangé et s'était excusée dès le déjeuner fini.

Tandis que Francesca portait sa carte au jardin, son maître contemplait la madone de l'escalier, œuvre d'un primitif italien qu'il avait achetée à Orvieto, et qu'il considérait depuis longtemps comme une sorte de locataire. Sa ressemblance avec Mrs Arbuthnot était vraiment frappante. Certes, le jour où sa charmante locataire était passée le voir à Londres, elle portait un chapeau, mais elle ne pouvait qu'avoir ces petits cheveux follets autour du front. Et ses yeux surtout, merveilleux de douceur et de gravité, étaient tout pareils à ceux de la madone. Mr Briggs se réjouit à l'idée qu'il possédait déjà son portrait et que rien ni personne ne pourrait le lui enlever.

Un bruit de pas lui fit lever les yeux, et il la vit descendre l'escalier toute de blanc vêtue, exactement comme il l'avait imaginée.

Elle fut très étonnée de le voir si tôt. Elle pensait qu'il arriverait pour le thé, et d'ici là ne souhaitait que rester seule pour pouvoir réfléchir.

Mr Briggs la regardait descendre l'escalier avec un émerveillement croissant. Bientôt elle passerait juste devant son portrait.

« C'est tout à fait extraordinaire, dit Briggs.

— Comment allez-vous », dit Rose qui n'entendait pas aller au-delà d'un accueil poli.

Il n'était pas le bienvenu. Comment aurait-il pu l'être alors qu'elle sentait encore en son cœur toute la déception d'avoir reçu son télégramme et non celui de Frederick ?

« Ne bougez plus... »

Machinalement elle lui obéit.

« Étonnant ! Vraiment étonnant ! Cela vous ennuierait-il de retirer votre chapeau ? »

Ne sachant comment refuser, prise par surprise, Rose retira son chapeau.

« C'est cela. Je voulais simplement m'assurer... Regardez vous-même. Avez-vous remarqué... »

Et il se livra à mille manèges devant le portrait, qu'il fit mine de mesurer avec le plus grand soin pour le comparer ensuite, millimètre par millimètre, avec la jolie Mrs Arbuthnot.

Au début, Rose avait été étonnée, presque fâchée, mais bientôt elle ne put s'empêcher de sourire :

« Tenez-vous vraiment à me comparer à l'original ?

— Votre ressemblance est si étonnante...

— Jamais je n'aurais cru que vous pouviez être si cérémonieux.

— Mais vous, vous ne l'êtes pas. Pas maintenant. Il y a quelques instants, oui, c'est vous qui étiez fort cérémonieuse... Oh oui, pardon ! Où avais-je la tête ? » dit-il en remarquant enfin sa main tendue.

Très gêné, il s'empara de cette main, rit du mieux qu'il put, et rougit jusqu'à la racine de ses beaux cheveux blonds — un bon truc dont l'efficacité n'était plus à prouver.

Francesca revint sur ces entrefaites.

« La *Signora* Fisher sera heureuse de voir Monsieur.

— Qui est cette *Signora* Fisher ? demanda-t-il à Rose.

— Seulement l'une des quatre femmes qui partagent votre château.

— Vous êtes vraiment quatre ?

— Oui. Mon amie et moi ne pouvions supporter seules les frais du séjour.

— Mon Dieu... » commença Briggs de plus en plus confus.

Il aurait mille fois préféré que Rose Arbuthnot — l'adorable nom ! — n'ait rien à supporter du tout.

Pourquoi ne pouvait-elle être sa seule invitée à San Salvatore ?

« Mrs Fisher prend le café dans le petit jardin, expliqua Rose. Je vais vous présenter.

— Mais je ne veux pas la voir ! Vous avez un chapeau, c'est donc que vous sortiez. Pourrais-je vous tenir compagnie ? Ce serait une immense joie pour moi que de vous accompagner dans votre promenade.

— Mais Mrs Fisher vous attend.

— Ne peut-elle attendre encore ?

— Sans doute, dit Rose en souriant juste comme elle l'avait fait de si séduisante façon le premier jour de leur rencontre. Je crois qu'elle peut attendre l'heure du thé.

— Comprenez-vous l'italien ?

— Non, dit Rose, pourquoi ? »

Sur quoi il se tourna vers Francesca et lui expliqua en deux temps trois mouvements — car il avait la parole facile dans la langue de Dante —, qu'elle devrait sans tarder se rendre au petit jardin où elle expliquerait qu'il venait de rencontrer sa vieille amie Mrs Arbuthnot et qu'il partait se promener avec elle. Il présenterait ses respects un peu plus tard à Mrs Fisher et la priait de l'en excuser.

« M'inviteriez-vous pour le thé ? demanda-t-il à Rose quand Francesca eut disparu.

— Bien sûr. N'est-ce pas votre maison ?

— Non. C'est la vôtre.

— Jusqu'à lundi prochain seulement !

— Allons, faites-moi admirer quelque beau point de vue ! » lança-t-il plein d'entrain.

Rose, toujours si prompte à se méjuger pourtant, n'aurait certainement pas pu prétendre sans rire qu'elle ennuyait Mr Briggs.

CHAPITRE DIX-HUIT.

LEUR promenade, qu'ils interrompirent souvent pour s'asseoir au milieu de touffes de thym parfumées et comme brûlées de chaleur, fut un enchantement. Rien n'aurait pu, mieux que la compagnie et la conversation de Mr Briggs, aider Rose à surmonter l'amère déception qu'elle avait éprouvée le matin. Et, comme cela était déjà arrivé à Lotty et à son mari, plus Mr Briggs se montrait sensible au charme de Rose, plus celle-ci devenait réellement charmante.

Briggs était un homme tout de premier mouvement, qui ne perdait jamais un instant pour parvenir à ses fins. Ils n'étaient pas encore parvenus au phare — il avait suggéré cette promenade au phare parce qu'il savait que le sentier qui y menait était assez large pour que deux personnes y marchassent de front —, que déjà il avait expliqué à Rose les impressions et les sensations qu'elle avait suscitées en lui lors de leur première rencontre.

À nulle femme, si dévote fût-elle, il ne peut déplaire de savoir qu'elle a favorablement impressionné un monsieur, surtout si l'admiration de celui-ci n'a pour objet ni son caractère ni ses mérites. Aussi Rose sourit-elle de plaisir, ce qui la rendit plus jolie encore. Ses joues se colorèrent de rouge, ses yeux luisirent. Elle eut la surprise de s'entendre tenir des propos pleins d'intérêt, et même d'esprit. Si Frederick pouvait seulement l'entendre, songea-t-elle, il se rendrait compte qu'on ne s'ennuyait pas *nécessairement* avec elle. N'avait-elle pas en face d'elle un jeune homme très bien de sa personne, fort intelligent aussi, à ce qu'il semblait, qui prenait évidemment le plus vif plaisir à sa conversation ?

Mr Briggs se montrait en effet des plus attentifs. Il voulut tout savoir de ce qui était arrivé à Rose depuis son arrivée à San Salvatore : si elle avait remarqué ceci ou cela dans la maison, dans quelle chambre elle dormait, si elle était bien installée, comment se comportait Francesca, et si Domenico prenait bien soin d'elle, enfin si elle s'était rendu compte que le salon jaune, celui qui était si bien éclairé, avait une vue imprenable sur le golfe de Gênes.

Rose eut honte d'avoir porté jusqu'ici si peu d'attention aux beautés et aux curiosités du château. Ne pensant qu'à Frederick du matin au soir, elle avait vécu à San Salvatore sans rien voir de ce qui l'entourait, et maintenant plus de la moitié des vacances était passée. Tant qu'à se morfondre, n'aurait-il pas mieux valu rester à Hampstead Heath ? Non, même du plus profond de sa morosité elle avait eu le sentiment de la beauté qui l'entourait, et c'était le désir inassouvi de partager ce sentiment qui l'avait conduite au désespoir.

Mais en cet instant Mr Briggs était bien trop présent pour qu'elle pensât à Frederick. En réponse à ses questions pressantes elle eut des mots aimables pour les domestiques, loua l'agrément du salon jaune sans dire qu'elle ne l'avait vu qu'une seule fois avant d'en être ignominieusement chassée, et avoua qu'elle n'entendait pas grand chose à l'art mais serait très heureuse que quelqu'un lui en fît découvrir les beautés. Depuis qu'elle était arrivée, elle avait pratiquement passé tout son temps dehors car elle ne pouvait se rassasier de ces paysages si différents de tout ce qu'elle avait connu jusqu'alors.

À marcher ainsi à son côté, le long de ce sentier qui était vraiment en cet instant « son » sentier, Briggs sentit tout le charme de la vie de famille. Étant orphelin, et fils unique, il aurait adoré avoir une sœur et une mère à gâter. Depuis peu il songeait même sérieusement au mariage, car s'il n'avait jamais souffert de ses amours, qui en fin de course s'étaient toujours heureusement transformées — chose trop rare et bien digne d'être notée — en solides amitiés, il aimait beaucoup les enfants et se disait qu'il était temps de commencer à en produire s'il ne voulait pas être cacochyme quand son fils aîné aurait vingt ans. San Salvatore, ces derniers temps, lui avait paru bien triste. Il aurait aimé entendre autre chose que l'écho de ses pas lorsqu'il en arpentait les longs couloirs. Il s'y sentait si seul que cette année il avait préféré passer le printemps à Londres et l'avait loué pour la première fois. Ce qu'il fallait à San Salvatore, c'était une maîtresse de maison, une femme dont la beauté rayonnante donnerait une âme au beau château trop solitaire. Car son épouse serait aussi belle que bonne, il ne pouvait en être autrement, et il aimait de tout son cœur cette femme inconnue.

Le long du sentier du phare il sentit qu'il faisait de tels progrès dans l'amitié de la dame au nom si joli que bientôt il ne pourrait s'empêcher de tout lui avouer de son passé, de ses désirs et de ses espoirs. La rapidité avec laquelle cette intimité s'était établie entre eux le fit rire tout seul.

« Pourquoi riez-vous ? demanda-t-elle en souriant.

— Parce que j'ai l'impression de revenir à la maison.

— N'est-ce pas votre maison ?

— Ce que je veux dire c'est qu'il me semble revenir dans ma famille. Voyez-vous, je n'ai jamais eu de famille. Je suis orphelin.

— Oh ! s'exclama-t-elle fort émue, ainsi qu'il convenait. J'espère que vous ne l'êtes pas resté trop longtemps. Non, je veux dire que j'espère qu'il y a longtemps que vous l'êtes... Pardonnez-moi. Je ne sais comment vous dire que j'en suis désolée. »

Il rit de nouveau.

« Je m'y suis fait. Je n'ai personne, absolument personne. Ni frère ni sœur.

— Seriez-vous donc fils unique ? fit-elle finement observer.

— Oui, et il y a quelque chose en vous qui répond très exactement à l'idée que je me fais de la... de la famille. »

Jamais on n'avait rien osé dire de pareil à Rose.

« Vous évoquez irrésistiblement l'idée du... bien-être, dit-il après avoir longuement cherché le mot juste.

— Ce n'est pas ce que vous diriez si vous connaissiez ma maison de Hampstead ».

En un éclair venait de lui apparaître sa demeure grise et désolée, où rien n'évoquait la douceur et le confort si ce n'est le malheureux divan de la Du Barry. Comment s'étonner que Frederick répugnât à y revenir le soir ? Non, le bien-être n'était pas ce qui, actuellement, caractérisait le mieux sa famille.

« Je ne peux pas croire que les maisons où vous êtes ne vous ressemblent pas, reprit-il.

— Vous n'allez quand même pas me dire que San Salvatore me ressemble.

— Mais si, et je l'affirme hautement. Nieriez-vous que ce soit une fort belle demeure ? »

Et ainsi de suite. Rose était ravie. Depuis ses

fiançailles elle ne s'était jamais promenée avec autant de plaisir.

Lorsqu'elle parut pour le thé, toujours suivie de Mr Briggs, elle était transformée. Cela n'échappa point à l'œil d'aigle de Mr Wilkins. Complications à l'horizon, songea-t-il en frottant mentalement, mais vigoureusement et avec satisfaction, ses belles mains d'avocat. On n'allait pas tarder à avoir besoin de ses précieux conseils. Arbuthnot d'un côté, Briggs de l'autre. Complications à l'horizon. Mais pourquoi le télégramme de Briggs avait-il eu un effet si foudroyant ? Si c'était de joie qu'elle était devenue toute pâle, les complications étaient en effet bien proches. En cet instant elle avait perdu toute pâleur. Jamais elle n'avait mieux justifié son nom de Rose. Mr Wilkins regrettait de prospérer grâce au trouble des familles, mais était toujours prêt à faire profiter de ses lumières son prochain dans le malheur.

Requinqué par ces perspectives alléchantes – il ne tenait à rien tant qu'à sa carrière –, Mr Wilkins entreprit de faire à Mr Briggs les honneurs de la maison, en sa double qualité de conjoint d'une des propriétaires temporaires de San Salvatore et d'homme providentiel à venir. Avec une parfaite urbanité, il conduisit Mr Briggs jusqu'au petit muret et lui montra Mezzago de l'autre côté du golfe.

Mrs Fisher ne se montra pas moins charmante. Ce jeune homme était le propriétaire du château, et l'amour que Mrs Fisher portait à l'idée de propriété s'étendait aux propriétaires eux-mêmes. En outre, Mr Briggs avait le mérite d'être un jeune propriétaire. Par héritage sans aucun doute, ce qui était tellement plus convenable. Cela voulait dire qu'il avait une famille, et à une époque où la plupart des gens paraissaient ne pas en avoir, ou en refuser l'idée même, n'était-ce pas rassurant ?

De plus le repas était excellent, et chacun rivalisait de petites attentions plaisantes. Briggs trouva que Mrs Fisher était une adorable vieille dame. Elle-même se sentait pleine de mansuétude envers lui, pleine de gaieté aussi, au point qu'avant la fin du thé elle ne l'appelait plus que « mon cher garçon ».

Ces mots, dans sa bouche, paraissaient fort incongrus. Jamais elle n'avait dû les employer, de sa vie entière. Rose n'en revenait pas. Comme tous ces gens étaient charmants ! Quand cesserait-elle de se méprendre sur les êtres ? Elle n'avait nullement soupçonné que Mrs Fisher fût capable de cet enjouement, de cette bonhomie, ce qui l'amena à se demander si les autres aspects moins aimables de sa personnalité, que seuls elle connaissait jusqu'ici, ne s'étaient pas manifestés par simple réaction à sa mauvaise conduite à elle. Certainement, c'était cela qui s'était produit. Rose eut rétrospectivement bien honte en voyant sous ses yeux Mrs Fisher se montrer parfaitement aimable dès l'instant que quelqu'un voulait bien faire le premier pas. Quand la vieille dame se mit à rire, Rose fut si surprise qu'elle se rendit compte qu'elle n'avait jamais entendu ce rire. Cela suffisait à juger de leur culpabilité ! Oui, elles devaient être grandement coupables car depuis leur arrivée elles n'avaient pas manqué de rire tout leur saoûl, les unes et les autres, à la seule exception de Mrs Fisher. Et voici qu'on découvrait que Mrs Fisher était tout à fait capable de s'amuser, d'être heureuse elle aussi, alors que personne ne s'était soucié de son confort si ce n'est Lotty. Oui, Lotty aurait voulu la distraire, mais par malheur Mrs Fisher semblait instinctivement l'éviter tandis qu'elle, Rose, n'avait jamais pu se trouver seule avec elle plus de cinq minutes sans avoir envie de la contredire.

Sa conduite avait été impardonnable. Pour tenter d'atténuer ses fautes passées, Rose se montra on ne peut plus déférente envers Mrs Fisher, au point que Mr Briggs regretta un instant de n'être pas lui aussi une vieille dame pour recevoir pareil traitement de faveur. Il semblait ne pas y avoir de limite à la capacité de douceur de Rose Arbuthnot, songeait le jeune propriétaire. Il était prêt à avaler même les pires potions pourvu que ce fût Rose qui lui tendît la cuiller.

Elle sentit sur elle le regard perçant de ses yeux que rendait plus bleus encore son teint hâlé, remarqua le pétillement qui les animait, et lui demanda en souriant de toutes ses dents ce qui pouvait bien lui passer par la tête.

N'osant avouer qu'il aimerait plus que tout qu'elle lui servît d'infirmière, il se contenta d'un vague : « plus tard peut-être. »

« Complications, *grandes* complications à l'horizon », se dit Mr Wilkins, qui de nouveau se frotta intérieurement les mains. « Heureusement que je suis là ! »

« Je suis certaine, dit Mrs Fisher avec douceur, que vous ne sauriez avoir de pensée que nous ne puissions entendre.

— Vous ne croyez pas si bien dire, dit Briggs. Au bout d'une semaine vous risqueriez de ne plus rien ignorer de mes secrets.

— Ils ne pourraient pas être mieux gardés, dit Mrs Fisher — comme elle aurait aimé avoir un pareil fils ! En échange je vous confierais les miens.

— Je me dois de protester, intervint Mr Wilkins, s'adaptant sans effort au ton d'aimable badinage que prenait la conversation. Je revendique pour moi cet honneur au nom d'une amitié de dix jours. Vous, Briggs, ne connaissez Mrs Fisher que depuis quelques heures. C'est donc à moi qu'elle se doit de confier ses secrets, si tant est qu'elle en ait.

— Oh mais si ! Détrompez-vous ! » s'exclama Mrs Fisher en songeant à ses rêveries de jeunes pousses.

S'il était étonnant de l'entendre s'exclamer, il l'était encore plus de l'entendre s'exclamer joyeusement. Cela avait quelque chose de miraculeux. Rose ouvrait de grands yeux.

« Alors je saurai bien vous les arracher, dit Briggs du même ton.

— Ce ne sera pas difficile, ils ne demandent qu'à s'échapper ! »

On aurait cru entendre Lotty. Mr Wilkins ajusta le monocle qu'il gardait toujours en prévision de ce genre de situation, et examina Mrs Fisher avec attention. Rose ne parvenait pas à sourire à son tour, comme sans doute elle aurait dû le faire, car elle ne réussissait pas encore à s'habituer à voir Mrs Fisher de bonne humeur. Cela avait quelque chose de presque inquiétant, à quoi il lui faudrait quelque temps pour s'accoutumer.

Mrs Fisher, elle, se demandait ce qu'ils penseraient tous si elle leur parlait des jeunes pousses qu'elle sentait délicieusement et étrangement croître en elle. Sans doute la prendraient-ils pour une vieille folle, ce qu'elle aurait pensé elle-même deux jours plus tôt, mais elle avait fini par se faire à l'idée du bourgeonnement. Au fond, elle était maintenant plus « apprivoisée », comme aurait dit le cher Matthew Arnold, et même s'il était plus convenable que les sentiments intimes d'une dame d'âge fussent accordés à l'image qu'elle offrait au monde, au cas, bien malheureux sans doute, où ils ne concorderaient pas, ne valait-il pas mieux se sentir jeune quelque part plutôt qu'intégralement vieux des pieds à la tête ? Elle aurait tout le temps de redevenir tout à fait vieille quand elle serait rentrée dans son sarcophage de Prince of Wales Terrace.

Pourtant, sans l'arrivée de Briggs, Mrs Fisher ne serait jamais sortie de la coquille où elle roulait ces pensées toutes neuves. Aux yeux des autres, elle avait toujours gardé son masque de sévérité, le sentiment de sa dignité l'empêchant de se laisser aller du jour au lendemain — surtout devant les trois jeunes femmes. Mais voici qu'était arrivé ce Briggs, un parfait inconnu, qui s'était immédiatement mieux entendu avec elle qu'aucun jeune homme qu'elle eût jamais rencontré, et c'était le plaisir tout à fait réel qu'avait eu Briggs à l'entendre parler — toute sa vie il avait rêvé d'avoir une vraie grand-mère —, qui avait finalement fait sortir Mrs Fisher de sa coquille. Comme Lotty l'avait annoncé, la vieille dame acariâtre s'était transformée en une adorable grand-mère, gaie, heureuse et pleine de mansuétude.

Revenue une demi-heure plus tard de son pique-nique, Lotty monta au jardin en espérant qu'il resterait encore un peu de thé. Dès qu'elle entendit le rire de Mrs Fisher, elle comprit ce qui venait de se passer.

« Ça y est, elle a brisé sa coquille », se dit-elle, et sans perdre un instant, à sa façon vive et impulsive, elle ne laissa aucune vaine considération de convenance l'empêcher d'aller planter un sonore baiser dans le cou de Mrs Fisher.

« Dieu du ciel ! » s'écria Mrs Fisher qui tressaillit violemment car rien de pareil ne lui était arrivé depuis les débuts de son mariage, et encore les baisers de Mr Fisher étaient-ils restés fort mesurés.

Ce baiser, lui, était tout ce qu'il y a de plus

authentique, et il laissa sur la joue de la vieille dame une étrange sensation de douceur.

Quand elle comprit que c'était Mrs Wilkins qui venait de l'embrasser, et de façon si affectueuse, Mrs Fisher rougit des pieds à la tête, mais comment aurait-elle pu décevoir l'attente de Mr Briggs en reprenant le masque de sévérité qu'elle venait de jeter aux orties ? D'ailleurs, elle n'en avait nulle envie. Était-il possible que Mrs Wilkins ait eu de l'affection pour elle, depuis le début peut-être, alors qu'elle l'avait si peu aimée elle-même ? Quelques gouttelettes d'humaine tendresse vinrent irriguer le cœur desséché de Mrs Fisher. Quelqu'un de jeune l'avait embrassée, avait eu envie de l'embrasser... Les joues en feu, elle contemplait l'étrange créature qui ne paraissait nullement se rendre compte de la portée de son geste, et serrait sans façons la main de Mr Briggs que son mari venait de lui présenter avant de se lancer dans une conversation animée, tout comme si elle l'avait connu depuis toujours. L'étrange créature vraiment... peut-être était-ce cette étrangeté qui l'avait fait mal juger.

« Vous prendrez bien une tasse de thé », dit Briggs qui se sentait plein d'affection pour Lotty.

Il la trouvait adorable avec ses taches de rousseur, le désordre de ses vêtements, tout cela... Toujours il avait rêvé d'une sœur...

« Le thé est froid, dit-il après avoir tâté la théière. Je vais demander à Francesca de vous en refaire... »

Il s'interrompit en rougissant.

« J'oubliais... Veuillez-me pardonner... Je ne suis ici qu'en visite...

— C'est bien naturel, bien naturel voyons, le rassura Mr Wilkins.

— Je vais prévenir Francesca, dit Rose.

— Non, non, je vous en supplie, ne partez pas ! dit Briggs en mettant ses mains en porte-voix. Francesca ! »

Elle arriva au pas de course. Jamais les personnes présentes n'avait vu d'ordre aussi promptement exécuté.

« La Voix de son Maître, crut devoir faire remarquer Mr Wilkins.

— Du thé frais ! Vite, vite ! ordonna Briggs en italien avant de demander à nouveau qu'on l'excusât.

— C'est bien naturel, bien naturel vraiment », le rassura encore Mr Wilkins.

Sur quoi Briggs entreprit d'expliquer à Lotty ce qu'il avait déjà expliqué par le menu à Rose, puis aux deux autres, à savoir qu'il se rendait à Rome et avait eu l'idée de passer à San Salvatore voir s'ils ne manquaient de rien. Il comptait repartir pour Rome le lendemain, après avoir passé la nuit dans un hôtel de Mezzago.

« Mais c'est ridicule ! s'écria Lotty. Vous allez rester ici, cela va de soi. Vous êtes chez vous... Pourquoi n'occuperiez-vous pas la chambre de Kate Lumley ? »

Elle se tourna vers Mrs Fisher :

« Vous voulez bien, n'est-ce pas ? Rien que pour une nuit. Quand même, ce n'est pas comme si Kate Lumley y était aussi ! »

À sa grande surprise, Mrs Fisher rit comme les autres. Elle se rendait parfaitement compte qu'en temps ordinaire une remarque de ce genre lui aurait paru du dernier mauvais goût.

Elle rassura même totalement Briggs en lui confirmant que Kate Lumley n'occupait pas la chambre et que c'était heureux, ne fût-ce qu'en raison de sa corpulence. Kate Lumley réussirait peut-être à entrer dans la pièce, mais il était très improbable qu'elle pût en sortir jamais. Mr Briggs pouvait donc disposer très librement de la chambre, et surtout qu'il ne fasse pas la folie d'aller à l'hôtel quand le château entier lui appartenait.

Rose écouta ce discours les yeux en billes de loto. Mrs Fisher avait beaucoup ri en le débitant. Lotty aussi, et à la fin elle alla embrasser à plusieurs reprises l'acariâtre repentie.

« Vous voyez bien, mon cher garçon, dit Mrs Fisher, il faut que vous restiez. Cela nous fera à tous très grand plaisir.

— Très grand plaisir, répéta Mr Wilkins avec cordialité.

— Vraiment très plaisir, reprit Mrs Fisher avec l'expression même d'une maman satisfaite de voir son cher petit daigner rester une nuit de plus à la maison.

— Je vous en prie, dit Rose vers qui Briggs s'était tourné.

— Comme c'est gentil à vous tous ! dit-il avec un large sourire. Je serais très heureux d'être votre hôte. L'impression sera nouvelle pour moi, et puis avec trois... »

Il regarda tout autour de lui.

« Ne devrais-je pas dire quatre maîtresses de maison ? C'est ce que m'avait laissé entendre Francesca.

— En effet, il manque lady Caroline, dit Lotty.

— Ne conviendrait-il pas de savoir si elle consent à m'inviter elle aussi ?

— Mais c'est sûr et... commença Lotty.

— Mon cher Briggs, la fille des Droitwich ne saurait manquer au devoir sacré de l'hospitalité, dit Mr Wilkins.

— La fille des ... »

Mais Briggs se tut, incapable de continuer. Dans l'encadrement de la porte venait en effet d'apparaître la fille des Droitwich, ou plutôt, sortant de l'ombre et marchant vers la lumière comme une apparition surréelle, l'image même de la beauté dont il rêvait depuis toujours et qu'il avait en vain poursuivie jusqu'alors.

CHAPITRE DIX-NEUF.

Dès qu'elle ouvrit la bouche, le pauvre Briggs sentit son âme fondre et perdit tous ses moyens. Lady Caroline s'était pourtant contentée de dire « Comment allez-vous ? » lorsque Mr Wilkins l'avait présenté, mais cela avait suffi .

Soudain, plus trace du jovial jeune homme débordant de vie qui bavardait avec tant d'animation un instant auparavant : il ne disait plus rien, s'était raidi de la pointe des pieds au sommet du crâne, et on remarquait que de fines gouttelettes de sueur perlaient à ses tempes. Sa maladresse étonna lorsqu'il fit tomber une petite cuiller en tendant sa tasse à lady Caroline, cuiller bientôt rejointe sur le gazon par quelques macarons. Totalement hypnotisé, il ne pouvait plus détacher les yeux un seul instant du beau visage. Et quand Mr Wilkins dut prendre la parole dont il ne se décidait pas à s'emparer pour informer lady Caroline du fait que ce Mr Briggs qu'elle avait en face d'elle n'était autre que le propriétaire de San Salvatore qui se rendait à Rome mais était descendu à Mezzago etc. etc., que les trois autres dames l'avaient invité à passer la nuit dans ce qui, à bien y réfléchir, était en fin de compte sa maison plutôt que de dormir à l'hôtel, et que Mr Briggs n'attendait, si l'on peut employer l'expression, que son contre-seing pour accepter cette gracieuse invitation, en tant que lady Caroline était la quatrième partie intéressée etc. –, quand Mr Wilkins, donc, pesant avec une satisfaction non dissimulée ses phrases sur les balances de la plus exacte rhétorique, expliqua, à l'attention de lady Caroline, les particularités de sa situation, Briggs ne sut que s'asseoir, s'éponger le front, et ouvrir grand la bouche comme une carpe sortie de son étang.

Lady Caroline était catastrophée. Tous les symptômes familiers du soupirant pot-de-colle s'étaient trouvés en un instant rassemblés sous ses yeux. Si Briggs restait, c'en était fini de sa tranquillité.

Alors elle se souvint de Kate Lumley. Elle se raccrocha à cette mince planche de salut avec une énergie désespérée.

« J'aurais été ravie de m'associer à cette invitation, répondit-elle en souriant du bout des lèvres à Briggs – elle ne pouvait pas sans impolitesse ne pas sourire du tout, mais cela suffit à révéler sa fossette, et le regard de Briggs redoubla d'intensité –, mais je ne suis pas certaine que nous ayons une chambre libre.

— Si, si, dit Lotty. Il y a celle de Kate Lumley.

— Il me semblait avoir compris, dit lady Caroline à Mrs Fisher — et Briggs crut n'avoir jamais entendu musique aussi divine —, que votre amie devait arriver d'un moment à l'autre.

— Oh non ! dit Mrs Fisher avec une placidité qui étonna fort lady Caroline.

— Miss Lumley, commença Mr Wilkins, ou devrais-je dire Mrs ?

— Kate n'a été la femme de personne, dit Mrs Fisher, non sans complaisance.

— Eh bien, ce qui est sûr c'est que Miss Lumley n'arrivera pas aujourd'hui, et que Mr Briggs doit — bien malheureusement, qu'on me permette d'en exprimer le regret — reprendre dès demain son voyage pour Rome, si bien que son séjour ne saurait gêner en rien les déplacements hypothétiques, encore, de Miss Lumley.

— Eh bien dans ce cas je n'ai nulle raison de ne pas joindre mon invitation aux vôtres », dit lady Caroline.

Briggs, fou de bonheur, balbutia des mots sans suite et devint cramoisi. Lady Caroline eut un « oh ! » de dépit tout intérieur et détourna la tête, mais ce faisant elle découvrit son profil, et s'il existait quelque chose au monde de plus beau que le visage de lady Caroline vu de face, c'était bien son profil.

Tant pis, au fond il ne resterait jamais que ce soir. Sans doute prendrait-il le train du matin. Il fallait des heures pour arriver à Rome. Quelle horreur s'il devait attendre le train de nuit ! Elle avait vaguement l'impression que l'express de Rome passait le soir. Pourquoi donc cette Kate Lumley n'arrivait-elle toujours pas ? Elle l'avait complètement oubliée mais se rappelait soudain qu'il y avait quinze jours que l'invitation avait été lancée. Que lui était-il arrivé ? Si jamais on laissait cet homme entrer il viendrait la voir à Londres et hanterait les endroits qu'elle fréquentait. Tout en lui trahissait, pour un œil exercé, l'amoureux transi que rien ne décourage.

Mr Wilkins avait été fort attentif à tout ce manège. « Si on a pu observer quelque rapprochement entre ce jeune homme et Mrs Arbuthnot, il va maintenant se produire des complications nouvelles. Non pas celles que j'avais prévues, où Arbuthnot devait jouer le rôle principal, celui du requérant, mais néammoins des complications telles que l'avis d'un homme de l'art deviendra nécessaire pour éviter le scandale. Briggs, que la beauté de lady Caroline rend manifestement fou, ne va pas manquer d'aspirer à la main de la fille des Droitwich. Comme de juste elle l'éconduira. Mrs Arbuthnot, qu'on aura laissée sur la touche, en concevra de l'humeur et le montrera. Son mari, lorsqu'il arrivera, trouvera sa femme en pleurs et ne comprendra pas pourquoi. Ses demandes d'explication resteront sans réponse. Ce sera le début d'une période très, très délicate, pendant laquelle ils me demanderont de les aider de mes conseils, ce que je ferai bien volontiers. Lotty avait grand tort de dire que le mari de Mrs Arbuthnot lui manquait, c'est Briggs qu'elle veut, et, la pauvre ! j'ai bien l'impression qu'elle ne l'aura pas. Quoi qu'il en soit je saurai être l'homme de la situation. »

« Où sont vos bagages, Mr Briggs ? demanda Mrs Fisher de sa voix la plus maternelle. Ne faudrait-il pas les aller quérir ? »

Le soleil s'était maintenant presque totalement abîmé dans les flots, et l'humidité odorante qui, au mois d'avril, marquait sa disparition, commençait à se faire sentir dans le jardin.

Briggs tressaillit.

« Mes bagages ? J'allais oublier... Ils sont à Mezzago. Je vais envoyer Domenico. Ma voiture attend au village. Il peut fort bien revenir avec. Je vais tout de suite le prévenir ! »

Il se leva d'un bond. À qui parlait-il ? Ostensiblement à Mrs Fisher, mais il ne quittait pas des yeux lady Caroline qui ne disait rien et ne regardait personne.

Puis il fut de nouveau submergé par la confusion et se remit à bredouiller :

« Je suis vraiment désolé... C'est plus fort que moi. J'irai les chercher moi-même.

– Nous pouvons fort bien envoyer Domenico », dit Rose.

En entendant la voix si douce de Mrs Arbuthnot, il se retourna.

Mon Dieu mais c'était son amie, la dame au joli nom. Comme elle avait changé en si peu d'instants ! Était-ce la tombée prochaine de la nuit qui estompait ainsi sa silhouette et la faisait soudain ressembler à son propre fantôme. Un bon, un excellent fantôme sans doute, affublé d'un nom délicieux, mais un fantôme tout de même.

Lady Caroline capta de nouveau son regard, et de nouveau il oublia jusqu'à l'existence de Rose Arbuthnot. Comment pouvait-il se soucier si peu que ce fût d'un autre être que celle en qui s'était soudain incarné son rêve de toujours ?

Briggs n'avait jamais osé imaginer que dans la vie réelle, dans le monde sub-lunaire, pût exister quelqu'un d'aussi beau que son plus beau rêve. Jamais il n'avait rencontré personne qui le lui aurait même vaguement rappelé, et pourtant ce n'était pas faute d'avoir connu de jolies femmes, toutes plus charmantes les unes que les autres, des dizaines, pour lesquelles il avait manifesté une juste admiration, mais jamais il n'avait été confronté à une créature évidemment divine, comme l'était lady Caroline. Souvent il avait pensé que s'il était mis en présence de trop de beauté, il périrait à l'instant. Aussi avait-il à peu près complètement perdu l'esprit en constatant qu'il avait survécu à la vision béatifique de cette femme admirable.

Il fallut que les autres prissent soin de lui puisqu'il était à l'évidence frappé d'une sorte d'incapacité temporaire. Par d'habiles questions ils apprirent que ses bagages se trouvaient à la consigne de la gare de Mezzago. On y dépêcha Domenico, et chacun pria Briggs de lui donner les instructions nécessaires — sauf lady Caroline qui ne disait rien et ne regardait personne.

C'était un spectacle bien lamentable que de voir un homme perdre ainsi tous ses moyens. Rose elle-même s'en était aperçue.

« Par le Dieu Tout-Puissant », songea Mrs Fisher, « il y a de quoi se mettre en colère quand on voit le premier joli minois venu changer en pantins les hommes les plus distingués. »

Ne pouvant plus supporter ni le froid ni l'air extasié du pauvre Briggs, elle rentra donner des ordres pour faire préparer sa chambre. Elle regrettait à présent d'avoir tant insisté pour qu'il passât la nuit à San Salvatore. Elle avait oublié la beauté meurtrière de lady Caroline, simplement parce qu'elle n'avait en rien troublé l'honorable Mr Wilkins. Le pauvre Briggs. Il était pourtant si charmant quand on le laissait tranquille. Ce n'était même pas que lady Caroline ne le laissait pas tranquille : elle ne lui accordait pas un regard. Mais cela ne faisait rien à l'affaire. Comme autant de papillons de nuit, des hommes intelligents et cultivés étaient de tout temps venus se brûler à la flamme d'un beau visage impassible. Elle avait vu cela mille et mille fois, hélas, et se retint difficilement de passer la main dans les cheveux de Briggs quand elle passa près de lui. Le pauvre garçon...

Sa cigarette finie, lady Caroline rentra elle aussi. Pourquoi serait-elle restée au jardin uniquement pour satisfaire le désir d'admiration de Mr Briggs ?

En fait elle aurait bien voulu regarder le coucher de soleil depuis sa cachette derrière les lauriers — elle aimait tant le spectacle des lumières du village s'allumant une à une, et l'odeur humide du soir qui tombait —, mais où qu'elle allât, Mr Briggs ne manquerait pas de la suivre.

Ainsi la vieille malédiction la poursuivait encore. Ses vacances si paisibles et libres allaient être interrompues, au mieux, et au pire définitivement gâchées, car était-on bien sûr qu'il partirait le lendemain ? L'arrivée de Kate Lumley le forcerait à quitter le château, mais rien ne l'empêchait de s'installer au village et de lui rendre visite tous les jours. Quelle tyrannie insupportable ! Et dire qu'elle était ainsi faite qu'elle ne pourrait même froncer le sourcil sans que cela fût mal interprété !

Lady Caroline en voulait tant à Mr Briggs de la priver de son cher coucher de soleil qu'elle lui tourna le dos sans lui faire même la grâce d'un regard et quitta vivement le jardin. Mais dès que Briggs eût compris son intention il sauta sur ses pieds, écarta du sentier des chaises qui ne l'obstruaient nullement, renversa un tabouret, se jeta sur la porte grande ouverte pour la maintenir plus largement ouverte encore, et suivit lady Caroline à l'intérieur.

Que faire de Mr Briggs ? On ne pouvait pas lui interdire l'entrée de sa maison, ni l'empêcher de s'y promener.

« J'ose espérer, commença-t-il sans détacher les yeux de sa voisine, si bien qu'il heurta divers objets qu'il aurait soigneusement évité en temps normal — un coin de bibliothèque, un antique buffet sculpté, puis le guéridon chargé de fleurs —, que vous vous trouvez bien à San Salvatore. Sinon je... je les ferais fouetter jusqu'au sang. »

Sa voix vibrait d'indignation. Que faire, mon Dieu, de Mr Briggs ? Bien sûr elle pourrait garder la chambre, prétendre qu'elle était souffrante, ne pas paraître au dîner, mais encore une fois quelle insupportable tyrannie...

« Je m'y trouve tout à fait bien, je vous remercie, dit-elle.

— Si seulement j'avais osé rêver que vous viendriez un jour ici... bafouilla-t-il.

— Quelle merveilleuse vieille maison ! » dit lady Caroline qui faisait de son mieux pour prendre un air détaché, sans grand espoir de succès cependant.

Lorsqu'ils passèrent devant la porte entrouverte de la cuisine, les domestiques les observèrent avec attention avant de se communiquer le résultat de leurs réflexions par des séries de mimiques expressives qu'on pourrait grossièrement transcrire par de trop simples « Haha ! » et « Hoho ! », et qui signifiaient qu'ils comprenaient qu'un événement aussi grave qu'inévitable se préparait, qu'ils s'en rendaient compte et qu'ils l'approuvaient sans réserve.

« Montez-vous ? demanda Briggs quand ils furent arrivés au pied de l'escalier.

— Oui.

— Vous allez sans doute au grand salon, ou bien dans le petit salon jaune ?

— Je vais dans ma chambre, monsieur. »

Impossible de l'y suivre. Qu'à cela ne tienne ! Il suffirait d'attendre qu'elle en sortît.

Il mourait d'envie de lui demander quelle chambre elle avait choisie rien que pour l'entendre dire qu'une des pièces du château était bien la sienne. Quel plaisir il aurait à l'y imaginer ! Si par miracle elle avait élu sa propre chambre, la remplissant à jamais de sa présence enchantée... mais il n'osait pas, quand même. Il suffirait de demander à Francesca, ou à n'importe quel domestique.

« Cela veut-il dire que je ne vous reverrai pas avant le dîner ?

— Nous dînons à huit heures », se contenta de répondre lady Caroline avant de monter l'escalier.

Il la regarda s'éloigner.

Elle passa devant la madone, le portrait de Rose Arbuthnot, dont les yeux noirs qu'il avait tant aimés parurent soudain perdre tout éclat.

En haut des marches, l'or du soleil couchant nimba un instant son visage.

Quand elle disparut le soleil disparut aussi, et l'escalier vide fut plongé dans l'obscurité.

Il tendit l'oreille jusqu'à ce que le bruit de pas ait complètement cessé, tenta de deviner, au son de la porte refermée, dans quelle chambre elle était entrée, puis s'en alla errer au hasard, dans le vestibule d'abord, puis de nouveau dans le petit jardin.

Depuis sa fenêtre lady Caroline ne perdait rien de son manège. Elle vit Lotty et Rose assises sur le petit muret d'où elle aurait voulu regarder le coucher de soleil, et Mr Wilkins s'emparer de Briggs pour lui expliquer, sans aucun doute, l'histoire du grand laurier-rose au milieu du jardin.

Briggs paraissait écouter avec une patience digne d'éloge, surtout si l'on songeait qu'il s'agissait de son laurier-rose et de l'histoire de son père. Les gesticulations de Mr Wilkins montraient assez que c'était bien du laurier-rose qu'il s'agissait. Domenico lui avait raconté l'histoire peu après son arrivée, puis l'avait bissée pour Mrs Fisher qui l'avait répétée à Mr Wilkins. Mrs Fisher avait un faible pour cette histoire à laquelle elle faisait souvent allusion. La véritable héroïne en était une canne de merisier que le père de Mr Briggs avait un jour fichée en terre en déclarant devant le père de Domenico, qui était alors jardinier : « ici nous planterons un laurier-rose. » Le père de Briggs avait laissé la canne en terre, en manière de pense-bête, et un jour, beaucoup plus tard — nul ne savait au juste quand —, la canne antique s'était transformée en un beau laurier-rose.

Pauvre Mr Briggs, il devait avoir entendu mille fois cette histoire et cependant il l'écoutait sans impatience semblait-il.

Sans doute pensait-il à autre chose, à elle très probablement. Quelle triste fatalité obligeait donc les êtres humains à s'infatuer de leurs semblables ? Ne feraient-ils pas mieux de s'occuper d'eux-mêmes ? Pourquoi Mr Briggs n'imitait-il pas Lotty qui ne demandait jamais rien à personne et se montrait si respectueuse de la liberté de ses semblables ? C'était pour cela qu'on aimait Lotty, parce qu'avec elle, l'amitié la plus tendre ne risquait pas de devenir pesante. Quel dommage ! Ce Mr Briggs avait l'air tout à fait gentil. Elle l'aurait volontiers aimé si seulement il avait consenti à l'aimer un peu moins.

Lady Caroline se sentit triste. Pourquoi fallait-il qu'à cause de Mr Briggs elle restât enfermée dans sa chambre que le soleil de l'après-midi avait transformé en serre chaude au lieu de profiter de la fraîcheur du jardin ?

Intolérable. C'était intolérable ! Et de triste elle devint enragée. Elle ne supporterait pas plus longtemps cette mise au cabinet noir. Elle allait dévaler l'escalier pendant que le cher Mr Wilkins — quel amour vraiment ! — occuperait Mr Briggs avec l'histoire du laurier-rose, sortir par la grande porte, et se réfugier sous les arbres qui bordaient le sentier. Nul ne pourrait la voir, et personne n'aurait l'idée saugrenue de l'y chercher.

Elle jeta un châle sur ses épaules car elle n'avait pas l'intention de revenir avant le dîner, si jamais elle revenait — ce serait la faute de Mr Briggs si elle allait se coucher sans souper —, et après avoir jeté un coup d'œil par la fenêtre pour s'assurer que la voie était libre, elle se précipita vers l'ombre protectrice des arbres du sentier et s'assit sur un des bancs placés à chaque tournant pour permettre aux marcheurs fatigués de reprendre leur souffle.

Comme elle était bien, songea-t-elle en poussant un soupir de soulagement. Il faisait frais. L'air était saturé de parfums délicieux. Elle apercevait, derrière les pins, le petit port aux eaux tranquilles, et les lumières des maisons sur la colline. Tout autour d'elle la lumière presque verte du crépuscule était étoilée du rose des glaïeuls et du blanc des pâquerettes.

Qu'elle était bien ! Tout était si tranquille. Rien ne bougeait. Pas une feuille, pas une tige. On n'entendait que l'aboiement d'un chien, quelque part sur les collines, ou des voix de dîneurs quand s'ouvrait la porte du petit restaurant sur la place.

Elle respira profondément. Ah, comme cela était...

Soudain elle s'arrêta. Que se passait-il ?

Tous ses sens en alerte, elle se pencha pour voir si quelqu'un osait venir à sa rencontre.

Oui, quelqu'un osait. Pas Briggs tout de même ! S'il allait la trouver...

Fallait-il se mettre à courir ?

Non — le marcheur montait le sentier, il venait donc du village. C'était Angelo, peut-être, qui rapportait des provisions.

Elle se détendit quelque peu, et pourtant elle ne reconnaissait pas l'allure vive et juvénile d'Angelo. Le pas était lent, mesuré, les arrêts fréquents.

« C'est quelqu'un qui n'a pas l'habitude des collines », songea lady Caroline.

L'idée de rentrer à la maison ne l'effleura même pas, car elle n'avait peur de rien si ce n'était de la passion. Brigands et meurtriers ne causaient aucune frayeur à la fille des Droitwich, pourvu qu'ils s'abstinssent de toute déclaration d'amour.

L'instant d'après le marcheur franchit le tournant où se trouvait le banc de lady Caroline et s'arrêta.

« Il flaire le vent » pensa la jeune femme sans se retourner.

Après un moment, étonnée de ne pas l'entendre reprendre sa marche, elle finit par tourner la tête et découvrit avec stupéfaction un personnage qu'elle avait vu très souvent à Londres ces derniers temps, l'écrivain bien connu, auteur de mémoires si piquants : Mr Ferdinand Arundel.

Comment avait-il pu apprendre qu'elle était là ? Elle avait fait jurer à sa mère le secret le plus absolu.

« Vous ? dit-elle avec le sentiment très net d'avoir été trahie. Ici ? »

Il souleva son chapeau bien poliment, ce qui permit de constater qu'il avait le front couvert de sueur. Non, il n'avait pas l'habitude de l'escalade. Il avait l'air honteux, presque suppliant, comme un bon chien dévoué et repentant.

« Je vous prie de me pardonner, dit-il. Lady Droitwich m'a dit que vous vous trouviez ici, et comme je me rendais à Rome j'ai pris sur moi de descendre à Mezzago prendre de vos nouvelles.

— Mais... ma mère ne vous a-t-elle pas dit que j'étais ici en cure de repos ?

— En effet. C'est pour cette raison que je ne vous ai pas importunée plus tôt. J'ai pensé que vous deviez dormir tout le jour et n'apparaître qu'aux heures des repas.

— Mais...

— Je sais. Je suis impardonnable. Tout ce que je peux alléguer pour ma défense c'est que j'ai obéi à une force irrésistible. »

« Voilà ce qui arrive quand on a, comme maman, la manie de toujours vouloir des écrivains à sa table, et qu'on est, comme moi, incapable de sévérité », songea lady Caroline.

Elle ne s'était pas montrée sévère avec Ferdinand Arundel qui avait su lui plaire, ou plutôt ne pas lui déplaire tant il semblait cordial, simple et direct, avec de bons yeux de chien fidèle. Malgré l'admiration qu'il avait justement professé pour sa beauté, à Londres il ne s'était jamais montré crampon. Tout au contraire, il était du petit nombre de ces créatures inoffensives, toujours de bonne humeur et jamais lassées des conversations les plus alambiquées, qui rendent supportable, et parfois agréable, la corvée du déjeuner. Et voici qu'il se mettait lui aussi à faire le transi ! Quelle mouche l'avait donc piqué pour qu'il osât la suivre jusqu'ici ? Personne n'avait encore eu ce toupet. Sa mère lui avait sans doute donné son adresse en toute innocence, justement parce qu'il semblait inoffensif et pourrait peut-être se rendre utile en l'accompagnant pendant le voyage de retour ?

S'il n'était pas totalement inoffensif, il l'était

néanmoins mille fois plus que le jeune Mr Briggs. Celui-ci, faute de prendre rapidement des mesures, risquait de devenir vraiment impossible à tenir. Il la suivrait partout, ferait des scènes, grimperait à des échelles de corde, chanterait toute la nuit sous sa fenêtre — bref se livrerait à toutes sortes de manifestations aussi déplaisantes que déplacées. Mr Arundel, heureusement, paraissait tout le contraire d'un fou furieux. Il avait trop l'expérience du monde pour se livrer à des excentricités, et d'ailleurs ne savait probablement pas chanter, à supposer qu'il en eût la moindre envie. Il devait avoir au moins quarante ans. Combien de bons dîners un homme avait-il déjà ingurgités quand il atteignait quarante ans ? Si par là-dessus il se mêlait d'écrire au lieu de prendre de l'exercice, il devenait tout naturellement un causeur, comme Mr Arundel, plutôt qu'un aventurier.

Briggs avait attristé lady Caroline; Arundel lui rendait tout son bon sens. Puisqu'il était là, et qu'elle ne pouvait pas décemment lui dire de partir avant le dîner, il fallait le nourrir.

Mieux valait vouloir ce qu'on ne pouvait éviter, et mieux encore s'exécuter avec grâce, si possible. Arundel pouvait d'ailleurs servir de contrefeu pour se protéger de Mr Briggs. Elle le connaissait assez pour lui demander des nouvelles de sa famille et de ses amis, ce qui établirait pendant le dîner une solide défense contre les entreprises du jeune homme. Après tout il ne s'agissait que d'un seul dîner, et il n'allait tout de même pas la manger.

Aussi se prépara-t-elle intérieurement à faire preuve d'une amabilité à toute épreuve.

« Nous dînons à huit heures, répondit-elle sans tenir compte de sa dernière remarque. Joignez-vous à nous. En attendant asseyez-vous, reprenez vos esprits et racontez-moi comment se porte ma noble famille et nos chers amis.

— Croyez-vous vraiment que je puisse dîner avec vous ? Avec ces habits de voyage tout couverts de poussière ? » dit-il en s'épongeant le front.

Lady Caroline était décidément trop jolie pour être vraie. Passer une heure avec elle, à la contempler, à écouter sa voix céleste, était une récompense qui justifiait toutes ses fatigues et toutes ses frayeurs.

« Évidemment. Je suppose que votre voiture est restée au village, et que vous irez prendre le train de nuit à Mezzago.

— À moins que je ne passe la nuit dans un hôtel de Mezzago et que je ne parte que demain matin. Mais parlez-moi de vous, dit-il en contemplant le profil adorable. Sans vous Londres est d'un ennui insupportable. Lady Droitwich m'a dit que vous séjourniez avec des dames qu'elle ne connaissait pas. J'espère qu'elles se sont bien comportées envers vous. En tout cas vous semblez avoir retiré de votre cure tout le bénéfice qu'on en peut attendre.

— Elles ont été fort aimables, dit lady Caroline. Je les ai rencontrées par petites annonces.

— Par petites annonces ?

— J'ai découvert que c'était une excellente façon de se faire des amies. L'une d'entre elles est vraiment devenue une amie très proche, telle que je n'en ai plus eue depuis des années.

— Vraiment ? De qui s'agit-il ?

— Je vous le laisserai deviner quand vous les rencontrerez. Parlez-moi de ma mère. Quand l'avez-vous vue depuis la dernière fois ? Nous avons décidé de ne pas nous écrire sauf extrême urgence. Je voulais passer des vacances parfaitement tranquilles.

— Et voilà que je suis venu y jeter le trouble... Je ne saurais vous dire à quel point j'ai honte, honte d'être venu mais plus encore de ne pas avoir eu la force de résister à mon désir de vous voir.

— Mais, se hâta de répondre lady Caroline qui ne pouvait oublier que dans le petit jardin rôdait un Mr Briggs affamé d'amour, je suis très heureuse de cette visite inattendue. Et ma mère ? »

CHAPITRE VINGT.

De sa mère, lady Caroline voulut savoir tant de choses qu'Arundel fut contraint d'abord de broder, puis tout bonnement d'inventer. Il était prêt à parler de tout ce qu'elle voudrait du moment qu'elle le laissait la voir et lui parler, mais en fait il connaissait très mal les Droitwich et leurs amis, ne les ayant jamais rencontrés que dans ces grandes réceptions où l'on se sent obligé d'avoir des représentants du monde des lettres, ou lors de déjeuners ou de dîners où il était invité pour amuser la galerie. Pour eux il n'était jamais que Mr Arundel. Personne ne l'aurait appelé Ferdinand. Il ne savait donc rien de plus que les journalistes et les assidus des clubs, mais compensait ce manque d'information par une débauche d'imagination qui lui permit de ne pas rester coi une fois qu'il eut épuisé son mince stock d'informations de première main. Rien ne lui était plus facile, ni plus habituel, que d'attribuer à un personnage les épisodes curieux, ou piquants, de la vie d'un autre. Quant à lady Caroline, l'éloignement de ses parents décuplait son affection pour eux, et elle était avide de nouvelles. Celles que Mr Arundel lui donnait la passionnèrent tout en l'étonnant quelque peu.

Au début, il s'était contenté de raconter qu'il avait rencontré lady Droitwich ici, puis là, qu'elle avait l'air en forme, avait déclaré ceci ou cela. Puis insensiblement les propos rapportés de la noble dame étaient devenus très inhabituellement spirituels, cocasses.

« Ma mère a vraiment dit ça ? » l'avait interrompu lady Caroline stupéfaite.

L'instant d'après, lady Droitwich commença à se comporter de façon bien étonnante :

« Ma mère a vraiment fait ça ? »

Arundel se prenait au jeu. Il attribua à lady Droitwich quelques idées qui lui étaient passées par la tête, parmi les plus drôles, ainsi qu'une participation à des épisodes qui sans être tout à fait invraisemblables n'en étaient pas moins surtout de beaux fruits de sa féconde imagination de romancier.

Une admiration et un étonnement croissants devant les faits et gestes de sa mère arrondirent considérablement les yeux de lady Caroline. Était-ce Dieu possible... sa vieille mère ! Elle avait vraiment fait ça ? Mais c'était adorable ! Elle avait vraiment dit ça ? Jamais elle ne l'aurait crue capable de pareilles pensées. Et Lloyd George, quelle tête faisait-il ?

Elle rit tant et tant qu'elle aurait voulu embrasser sa mère et que le temps passa sans qu'elle s'en aperçût. Il faisait presque noir, Mr Arundel continuait de lui raconter des balivernes, et il était déjà huit heures moins le quart quand elle se souvint qu'il fallait aller dîner.

« Dieu du Ciel ! s'écria-t-elle en se levant d'un bond.

— Il est bien tard en effet, dit Arundel.

— Je vais tout de suite vous envoyer la bonne. Il faut que je me dépêche sinon je ne serai jamais là à l'heure. »

Et elle s'élança sur le sentier, souple et bondissante comme une jeune biche.

Arundel la suivit à pas comptés. S'il ne voulait pas paraître en nage devant ses hôtes, il lui fallait mesurer ses efforts. Heureusement il était déjà parvenu presque en haut du sentier et bientôt Francesca descendit de la pergola pour lui montrer la salle de bains où il pourrait se rafraîchir, puis le salon vide où un feu pétillant l'attendait.

Il s'installa le plus loin possible du feu, dans l'embrasure d'une des fenêtres d'où l'on apercevait les lointaines lumières de Mezzago. La porte du salon était entrouverte, et l'on sentait dans toute la maison ce silence si particulier qui précède le dîner, tandis que chacun s'habille avec soin dans la solitude de sa chambre. Briggs, dans la sienne, jetait rageusement cravate après cravate. Lady

Caroline enfilait à la hâte un fourreau noir, comme si le noir pouvait de quelque manière la protéger de Mr Briggs. Mrs Fisher attachait sur ses épaules le châle qui transformait sa robe de jour en robe du soir à l'aide de la broche que Ruskin lui avait offert pour son mariage : deux perles entre lesquelles, sur un ruban bleu émaillé, pouvaient se lire en lettres d'or les mots « *Esto perpetua* ». Mr Wilkins, en équilibre instable au bord de son lit, brossait les longs cheveux de sa femme — après deux semaines il en était arrivé à ce degré de tendresse extrême —, pendant que celle-ci, assise sur une chaise en face de lui, boutonnait un col sur une de ses chemises neuves. Rose, la seule à être déjà prête, réfléchissait à la journée qui venait de s'écouler.

Elle se rendait parfaitement compte de ce qui s'était passé avec Mr Briggs. Si elle avait eu le moindre doute à ce sujet, les commentaires pleins de franchise que Lotty avait faits des événements récents lorsqu'elles s'étaient retrouvées toutes les deux assises sur le muret auraient suffi à l'éclairer. Lotty se réjouissait hautement de constater que l'amour avait une fois de plus envahi San Salvatore, même si cet amour ne pouvait être partagé, et elle avait expliqué que dès que le mari de Rose serait arrivé, il n'y aurait pas d'endroit au monde plus heureux que leur château en Italie — surtout depuis que Mrs Fisher était sortie de son formol (Rose avait protesté contre l'emploi de ce langage).

« Votre mari va arriver d'un moment à l'autre, avait dit Lotty, peut-être dès demain soir s'il se met tout de suite en route. Quelle plus belle conclusion pourrait-on imaginer à ces vacances ? Nous en reviendrons tous transformés. Jamais plus nous ne serons les mêmes. Tenez, il ne m'étonnerait pas le moins du monde que Caroline finît par s'éprendre du jeune Briggs. C'est quelque chose qui est dans l'air. Tout ici vous porte à l'amour... »

Rose, à sa fenêtre, songeait à tout cela. L'incorrigible optimisme de Lotty... qu'avait confirmé cependant la conversion de Mr Wilkins, puis celle de Mrs Fisher. Si seulement Frederick lui aussi pouvait être touché par la grâce ! Il faut dire que Rose, qui avait complètement oublié Frederick après le thé, ne pensait plus qu'à lui.

Les transports d'admiration de Mr Briggs l'avaient amusée et ravie, mais ce petit épisode ne pouvait se prolonger dès lors que lady Caroline avait fait son entrée. Rose savait très bien quelle place lui revenait. Comme tout le monde, elle était fascinée par l'extrême, la rare beauté de lady Caroline. Mais cela ne l'empêchait pas de sentir encore toute la chaleur de l'admiration et des compliments de Mr Briggs. Les compliments étaient quelque chose de merveilleux qui vous réchauffait le cœur et vous poussait à tout faire pour vous en montrer digne, révélant des qualités enfouies au plus profond de vous. Ainsi, entre l'heure du thé et celle du dîner, avait-elle été une jeune femme pleine d'esprit, et une bien jolie fille. Jolie, elle était sûre de l'avoir été : cela se lisait dans les yeux de Mr Briggs comme dans un livre ouvert. Pendant un court moment, elle qui n'était plus qu'une mouche engourdie avait pu voler et bourdonner gaiement autour du feu qui avait soudain éclairé la cheminée d'une pièce glacée par le vent d'hiver. Et elle bourdonnait encore rien qu'au souvenir de ces instants. Des picotements délicieux lui traversaient l'échine. Comme cela avait été amusant d'avoir un admirateur attentif, même pour un moment seulement ! Elle comprenait maintenant pourquoi les autres femmes souhaitaient tant d'être admirées. Cela vous donnait, étrangement, le sentiment très fort d'être vraiment vivant.

Même maintenant que ce petit épisode était terminé, elle se sentait, comme Lotty, plus optimiste, plus gaie, plus allante qu'elle ne l'avait été depuis sa prime jeunesse. Elle s'habilla avec le plus grand soin, bien qu'elle sût fort bien que Mr Briggs la remarquerait à peine, pour le seul plaisir de se sentir la plus jolie possible. Peu s'en fallut qu'elle ne plantât un camélia cramoisi dans son chignon. Pendant une bonne minute elle le tint derrière son oreille et admira dans le miroir la façon dont il répondait au rouge de ses lèvres. Mais elle finit par le replacer dans son vase en soupirant. C'était la place des fleurs après tout. Pourquoi déraisonner ? Plutôt penser à ses pauvres ! Bientôt elle serait de retour parmi eux, et que pourraient-ils penser d'un camélia derrière l'oreille ?

D'une chose pourtant elle était certaine. Dès qu'elle serait rentrée à Londres elle aurait une franche explication avec Frederick. S'il ne venait pas à San Salvatore ce serait la première chose qu'elle ferait. Il y avait longtemps qu'elle aurait dû trouver le courage de le faire, mais elle en avait toujours été empêchée par sa tendresse pour Frederick, et la crainte de rouvrir les blessures mal fermées de son cœur malmené. À présent il pouvait la blesser tant qu'il voulait, elle n'en aurait pas moins son explication. Certes, il ne l'avait jamais blessée intentionnellement. Souvent il ne s'était même pas rendu compte qu'il la blessait. Pour un écrivain, songeait Rose, il manquait singulièrement d'imagination. Quoi qu'il en fût, les choses ne pouvaient continuer comme cela, se dit-elle en quittant sa coiffeuse. Il fallait s'expliquer. Elle en avait assez de mener cette vie de recluse, de ne rien savoir de la sienne. Pourquoi ne serait-elle pas heureuse elle aussi ? Pourquoi diable — le mot convenait à l'expression de sa révolte — n'aurait-elle pas le droit d'aimer et d'être aimée ?

Elle jeta un coup d'œil à sa pendulette. Encore dix minutes avant le dîner. Elle en avait assez d'être enfermée. À cette heure la promenade des remparts serait sûrement déserte. Elle décida d'aller y admirer le clair de lune.

En traversant le vestibule vide, elle remarqua, par la porte entrouverte du salon, qu'un feu y avait été allumé.

Comme il pétillait gaiement ! Il transformait la pièce, si sombre et si laide durant le jour, comme les compliments de Mr Briggs l'avaient transfigurée. Mais non, les pauvres... C'était aux pauvres qu'il fallait penser, à eux seuls.

Elle jeta un coup d'œil. Un bon feu, des fleurs, et derrière les fenêtres le lourd rideau bleu de la nuit. Comme tout cela était joli. Quel délicieux endroit que San Salvatore ! Et ce lilas splendide sur la table — il fallait aller le humer de plus près...

Mais elle n'arriva jamais jusqu'au lilas. À peine avait-elle avancé d'un pas qu'elle s'arrêta net : quelqu'un regardait par la fenêtre la plus éloignée de la porte, et c'était Frederick !

Rose sentit le sang affluer à ses joues et son cœur presque s'arrêter de battre.

Frederick ! Il était venu !

Elle n'osait plus bouger d'un pouce. Il ne l'avait pas entendue entrer. Il ne se retournait pas. Elle continuait de le regarder. Ainsi le miracle s'était produit. Il était venu !

Elle retint son souffle. Elle devait lui avoir cruellement manqué puisqu'il était accouru aussitôt sa lettre reçue. Lui aussi devait avoir pensé, réfléchi, rêvé...

Son cœur, après avoir presque cessé de battre, s'était emballé maintenant. Frederick l'aimait ! Il l'aimait ! Sinon pourquoi serait-il venu ? Quelque chose en lui avait changé, grâce à son absence peut-être... qui rendrait désormais facile cette entente entre eux à laquelle elle aspirait.

Brusquement elle se sentit incapable de penser. Son esprit balbutiait, tournait à vide. Elle ne pouvait plus que voir, et sentir. On n'expliquait pas les miracles. Dieu seul avait le pouvoir de les provoquer, et il avait fait celui-ci. Dieu, Dieu seul...

Elle se sentit balbutier à nouveau.

« Frederick... » essaya-t-elle de murmurer, mais aucun son ne sortit de sa bouche, à moins que le craquement des bûches ne l'ait couvert.

Il fallait qu'elle s'approchât de lui. Tout doucement elle commença à glisser dans sa direction.

Il ne bougeait toujours pas. Il n'avait rien entendu.

Elle se rapprocha encore, mais le bruit du feu l'empêchait toujours de l'entendre.

Elle s'arrêta, le souffle coupé. Elle avait peur. Si jamais, si par malheur... Mais il était venu ! Il était venu !

Son cœur battait si fort maintenant qu'il ne pouvait pas ne pas l'entendre. Comment ne sentait-il pas sa présence ?

« Frederick... » reprit-elle encore, le cœur battant la chamade.

Enfin il se retourna.

« Rose ! » s'exclama-t-il, le visage décomposé.

Mais elle ne vit rien de son visage car elle avait passé ses bras autour de son cou et, joue contre joue, lui chuchotait à l'oreille des mots éperdus : « je savais que tu viendrais... dans mon cœur j'ai toujours su que tu viendrais... »

CHAPITRE VINGT-ET-UN.

FREDERICK n'était pas homme à faire de la peine à qui que ce fût, s'il pouvait l'éviter. Qui plus est, il ne comprenait rien à ce qui lui arrivait. Voilà que sa femme, dont il n'aurait jamais imaginé qu'elle pût se trouver en vacances avec lady Caroline, se jetait à son cou comme cela ne lui était pas arrivé depuis des années, lui sussurait à l'oreille des mots tendres et lui souhaitait la bienvenue. Si elle lui souhaitait la bienvenue, c'était qu'elle l'attendait. Aussi étrange que cela parût, c'était la seule chose dont on pouvait être sûr — de cela et de la douceur de sa joue contre la sienne, comme de son délicieux parfum qu'il avait oublié depuis si longtemps.

Frederick n'y comprenait rien. Mais comme il n'aimait pas faire de peine il l'enlaça à son tour et, l'ayant enlacée, tout naturellement l'embrassa. Et voici qu'il l'embrassait avec une tendresse presque égale à la sienne, encore et encore, comme s'ils n'avaient jamais été séparés.

Sa stupéfaction ne l'empêchait en rien de prodiguer ses baisers avec un naturel parfait. Il lui semblait avoir retrouvé ses trente ans — il en avait plus de quarante —, et une Rose de vingt ans, celle qu'il avait tant aimée avant qu'elle ne commençât à peser chacun de ces gestes sur ses balances morales et, la balance ayant penché du mauvais côté, ne fût devenue cette créature bizarre, froide comme un glaçon, scandalisée à tout propos et vraiment pitoyable avec laquelle toute discussion était devenue impossible. Jamais il n'avait pu franchement s'expliquer avec elle car elle rapportait toute chose à ce qu'elle n'hésitait pas à appeler le Jugement de Dieu, et Dieu avait jugé que ce qu'il faisait n'était ni juste ni bon. Son petit visage chiffonné — la haute moralité ne lui apportait certes pas le bonheur —, toujours crispé par l'effort, avait fini par lui devenir insupportable. Depuis, il prenait soin de mettre le plus de distance possible entre elle et lui. Jamais elle ne s'était remise d'être la fille d'un pasteur de l'Église d'Angleterre aux conceptions particulièrement rigides. Pour lui l'affaire était entendue : victime d'une éducation obscurantiste, elle n'avait pas réussi à secouer le joug sous lequel il refusait absolument de se courber.

Que s'était-il donc passé ? Par quel miracle se trouvait-elle à San Salvatore ? Comment était-elle redevenue la Rose de ses fiançailles ? Cela passait l'entendement. Mais, faute de comprendre sa femme, il pouvait toujours l'embrasser. À force d'embrassements cependant, ce fut bientôt lui qui, à son grand étonnement, se mit à murmurer des mots d'amour à l'oreille de Rose, à tordre entre ses doigts les mèches de ces cheveux qui avaient gardé leur merveilleux parfum d'autrefois.

Serrée contre son cœur, les bras tendrement noués autour de son cou, elle lui donna peu à peu le sentiment délicieux et rare de se trouver, d'une certaine façon, en sécurité. Oui, en sécurité. Plus besoin d'avoir honte de son manque de séduction, d'en plaisanter avant que les autres ne le fassent tout en prétendant n'en avoir cure. Plus besoin d'avoir honte de grimper difficilement les sentiers ou de se tourmenter pour savoir quelle image les jeunes et jolies femmes avaient de lui — pourquoi donc ne pouvait-il se passer d'elles ? Était-ce le démon de midi, déjà ? C'était par trop absurde. Rose, elle, ne se souciait nullement de son âge. À ses yeux il serait toujours celui qu'elle avait aimé il y a dix ans, et elle ne remarquerait même pas les abjectes transformations que le vieillissement avait imposées, et continuerait immanquablement d'imposer, à son visage et à son corps.

Frederick continua donc d'embrasser Rose avec une joie grandissante. Rien que de la tenir entre ses bras il en oubliait le reste du monde, et les dizaines de femmes aimées qui rendaient sa vie si compliquée, parfois. Comment, par exemple, aurait-il pu songer à lady Caroline — pour ne citer que l'une d'entre elles –, ou même se souvenir de son existence, quand sa chère femme lui était miraculeusement rendue et lui murmurait joue contre joue les mots les plus doux, lui disait qu'elle l'aimait, qu'il lui avait terriblement manqué ? Pendant un bref moment de lucidité – comme on en connaît même en plein abandon amoureux –, il avait eu conscience de l'avantage injuste dont profitait la femme qu'on tenait dans ses bras sur celle qui était absente, si grande que fût sa beauté. Mais ce fut le seul moment où la pensée de lady Caroline l'effleura. Comme un rêve au matin elle paraissait s'être dissipée devant les premiers rayons du soleil.

« Quand es-tu parti ? » lui demanda Rose à l'oreille.

Impossible de le laisser se détacher d'elle, même pour se parler.

« Hier matin », murmura Frederick en la serrant plus fort.

Lui non plus ne voulait pas la laisser partir.

« Alors tu as quitté Londres à l'instant même... »

Tout cela était bien mystérieux, mais Frederick n'hésita pas :

« À l'instant même ! »

Et il l'embrassa dans le cou.

« Comme ma lettre est vite arrivée ! murmura Rose, les yeux fermés comme pour mieux savourer son bonheur.

– Oui, c'est à peine croyable », répondit Frederick qui fut tenté de fermer les yeux lui aussi.

Ainsi, une lettre avait été envoyée. Tout s'éclairerait bientôt, à n'en pas douter, mais pour le moment il était incapable de penser à rien d'autre qu'à la joie touchante et inattendue qu'il éprouvait, après tant d'années, à serrer de nouveau sa petite Rose contre son cœur. Ces années n'avaient pas été malheureuses, tant s'en faut, car il n'avait aucun goût pour le malheur. Et puis la vie s'était chargée de le distraire : il avait noué de solides amitiés, connu des succès retentissants, et plus d'une femme s'était proposé de lui faire oublier jusqu'au souvenir de la petite épouse confite en dévotion qui l'attendait à la maison, incapable de dépenser un penny tant elle était scandalisée par ce qu'il écrivait, et qui se détachait de plus en plus de lui — chaque fois qu'il avait tenté de s'expliquer, elle lui avait demandé avec la patience inlassable des vrais croyants s'il avait réfléchi au jugement que Dieu portait sur ses écrits et sur sa vie. « On n'a pas le droit d'écrire de livres que Dieu pourrait refuser de lire », avait-elle déclaré un jour. Frederick était parti d'un rire inextinguible, homérique, hystérique, et s'était rué hors de la maison, loin, très loin du petit visage solennel — du pathétique petit visage...

Mais la Rose d'aujourd'hui, c'était sa jeunesse retrouvée, la meilleure part de sa vie, celle des espoirs et des projets. Comme ils avaient rêvé ensemble avant qu'il ne se lançât dans la rédaction de ces mémoires, comme ils avaient ri, comme ils s'étaient aimés ! Pendant toute une époque ils avaient vécu dans une sorte d'exaltation poétique ininterrompue. Les nuits heureuses succédaient aux jours heureux, nuits de pur bonheur pendant lesquelles ils dormaient cœur contre cœur pour se réveiller au matin sans avoir bougé d'un pouce tant leur sommeil était profond. C'était merveilleux de sentir tous ces souvenirs lui revenir en foule rien qu'à la sentir serrée tout contre lui — merveilleux de sentir à nouveau couler dans ses veines le sang même de sa jeunesse.

« Ma chérie, ma chérie, murmura-t-il, tout à l'exaltation de ces souvenirs.

— Mon cher mari », soupira-t-elle — elle était vraiment au septième ciel, et même un peu au delà.

Briggs, qui était venu voir si par hasard lady Caroline ne serait pas descendue avant qu'on eût sonné le gong, n'en croyait pas ses yeux. Pour lui, Rose Arbuthnot était une veuve de guerre. C'était, lui semblait-il, ce qu'on lui avait laissé entendre. Que signifiait donc ce spectacle ?

« Dieu me damne ! » songea-t-il très précisément, tant ce qu'il voyait par la fenêtre était étonnant.

Un instant, il en oublia ses propres préoccupations.

« Oh ! Je vous demande bien... je vous demande bien pardon ! » dit-il en se dandinant d'un pied sur l'autre, ne sachant s'il valait mieux rester ou remonter dans sa chambre.

S'il n'avait pas ouvert la bouche, ils ne se

seraient jamais rendu compte de sa présence. Lorsqu'il leur demanda de l'excuser, Rose parut avoir le plus grand mal à se souvenir de lui. Quant à Frederick il regarda un grand moment Mr Briggs sans vraiment le voir.

Briggs constata qu'ils n'avaient l'air ni gênés ni embarrassés, et pourtant ce ne pouvait pas être son frère. Les frères ne regardaient pas leurs sœurs de cette façon. C'était vraiment bizarre. S'ils n'étaient pas gênés, lui l'était. Comment sa madone avait-elle pu s'oublier à ce point ?

« C'est un ami à vous ? » finit-il par demander à Rose qui ne faisait pas un geste pour lui présenter le jeune homme mais continuait à le regarder avec une sorte de bienveillance rayonnante, tout à fait abstraite.

« C'est Mr Briggs, dit Rose, le reconnaissant enfin. Mr Briggs, je vous présente mon mari. »

Tout en serrant machinalement la main qu'on lui tendait, Mr Briggs eut à peine le temps de songer que les veuves n'avaient en principe plus de mari, car le gong venait de retentir. Lady Caroline serait là d'un instant à l'autre, et Briggs perdit en un instant tout intérêt pour le reste du monde. Toute vie en lui s'était retirée dans ses yeux qui fixaient avidement la porte de la salle à manger.

En une procession qui lui parut interminable firent alors leur entrée Mrs Fisher, fort imposante sous son châle orné de la broche de Ruskin et qui, tout sourires et bienveillance quand elle avait aperçu Mr Briggs, s'était soudain raidie en découvrant l'étranger ; puis Mr Wilkins, mieux habillé, brossé, peigné et pomponné qu'aucun homme au monde ; puis Mrs Wilkins, renouant quelque chose à la hâte ; puis... personne.

Lady Caroline était en retard. Où pouvait-elle se trouver ? N'avait-elle pas entendu le gong ? Peut-être faudrait-il demander de sonner à nouveau ? Et si elle n'allait pas paraître au dîner ?

Briggs sentit un grand froid l'envahir de la tête aux pieds.

« Présente-moi, demanda Frederick à Rose quand Mrs Fisher fit son entrée.

— Mon mari », dit Rose, le visage rayonnant — elle n'avait toujours pas lâché sa main.

Mrs Fisher songea qu'ils avaient maintenant fait le plein de maris, à moins bien sûr que lady Caroline n'en sortît un de sa manche.

Mais elle fit bon visage au nouveau venu, car il avait tout l'air d'un vrai mari. Rien en lui ne rappelait ces individus louches qui se font passer à l'étranger pour les maris des malheureuses qu'ils ont séduites. Elle supposa qu'il était venu tenir compagnie à sa femme pendant le voyage de retour et fit remarquer que la maison était désormais tout à fait remplie.

« Si bien, ajouta-t-elle en souriant à l'adresse de Mr Briggs, que nous pourrons enfin rentrer dans nos frais... »

Briggs sourit comme un automate lorsqu'il se rendit compte que quelqu'un lui avait destiné une plaisanterie, mais il n'avait ni entendu ni même regardé Mrs Fisher. Ce n'étaient plus ses yeux seulement, mais son corps tout entier qui maintenant se tendait vers la porte de la salle à manger.

Mr Wilkins fut présenté à son tour et se montra des plus aimables.

« Eh bien, mon cher monsieur, nous y voilà ! commença-t-il du ton de la sincérité la plus cordiale, ou plutôt... vous y voilà ! »

Et Mr Wilkins serra la main d'Arbuthnot avec une compréhension digne des complications que le mari de Rose n'allait pas manquer de connaître, tout en le regardant droit dans les yeux – comme doit faire un homme –, attentif à ce que son regard exprimât toute la loyauté, l'intégrité et le dévouement que pouvait souhaiter un ami dans le besoin. Mrs Arbuthnot semblait très rouge et cela n'échappa point à Mr Wilkins. Jamais il ne l'avait vu ainsi. « Sous peu, je serai leur homme », songea-t-il.

L'accueil de Lotty fut chaleureux puisqu'elle s'empara tout de suite de ses deux mains :

« Qu'est-ce que je vous avais dit ? fit-elle en se tournant vers Rose par dessus son épaule tandis que Frederick serrait les deux mains qu'on lui avait tendues.

– Que lui aviez-vous dit ? » demanda Frederick qui ne savait sur quel pied danser.

Cet accueil enthousiaste avait quelque chose de vraiment très étonnant. D'évidence tout le monde l'attendait, et non pas la seule Rose.

La jeune femme blonde ne répondit pas à sa

question mais parut follement heureuse de le voir. Pourquoi devrait-elle être follement heureuse ?

Frederick choisit d'être prudent dans ses paroles :

« Un endroit délicieux !

– Un véritable nid d'amour », répondit la jeune femme blonde d'un ton convaincu, ce qui ne l'éclairait guère.

Sa confusion atteint un paroxysme lorsqu'il entendit la vieille dame déclarer d'un ton ferme :

« N'attendons pas. Lady Caroline est toujours en retard. »

En entendant le nom magique, il se rendit compte qu'il n'avait plus accordé une seule pensée à la jeune femme qu'il aimait tant et tant.

Il entra dans la salle à manger comme dans un rêve. Quoi ? Il n'était venu à San Salvatore que dans l'intention de voir lady Caroline – et il le lui avait dit ! Il avait même poussé la fatuité jusqu'à dire – ce qui était la stricte vérité mais quand même bien fat –, qu'il n'avait pas pu résister à un désir plus fort que lui. Elle ignorait qu'il fût marié. Elle croyait qu'il s'appelait Arundel. Tout le monde à Londres croyait qu'il s'appelait Arundel. Il le croyait lui-même, depuis le temps qu'il publiait sous ce pseudonyme. Et voilà que pendant le court laps de temps qui s'était écoulé depuis qu'il l'avait laissée dans le jardin il avait retrouvé Rose, l'avait embrassée avec fougue – elle aussi l'avait embrassé –, et avait oublié jusqu'à l'existence de lady Caroline. Si seulement, par chance, le retard de lady Caroline signifiait qu'elle était trop fatiguée, ou trop ennuyée, pour paraître au dîner ! Alors il pourrait... mais non. Il devint plus rouge encore qu'à l'ordinaire – car il était d'un tempérament naturellement sanguin –, à l'idée d'une pareille lâcheté. Non, il ne s'éclipserait pas après le dîner pour attraper l'express de Rome. Pas sans Rose en tout cas. Mais ce serait une fuite tout de même. Impossible.

Lorsqu'il passèrent dans la salle à manger, Mrs Fisher s'installa d'autorité au haut bout de la table – le château lui appartenait-il ? Il n'en savait rien. D'ailleurs il ne savait rien de rien. Rose, qui depuis qu'elle avait entrepris de dégeler Mrs Fisher occupait le siège en face d'elle puisqu'en regardant une table on ne pouvait savoir où étaient le haut et le bas, fit s'asseoir à son côté Frederick qui aurait tant voulu être seul avec Rose, cinq minutes seulement, pour lui demander...

Mais il ne lui aurait sans doute rien demandé. Il aurait été trop occupé à l'embrasser.

Il regarda tout autour de lui. La jeune femme blonde invitait Mr Briggs à prendre place à côté de Mrs Fisher – était-ce à elle, en fin de compte, qu'appartenait le château ? Il n'en savait rien. D'ailleurs il ne savait rien de rien. Elle s'assit en face de Frederick, entre Rose et cet homme de belle humeur, émule de monsieur de La Palisse, qui s'était vigoureusement frotté les mains en répétant « nous y voilà nous y voilà ! »

À droite de Frederick, la chaise qui le séparait

de Mr Briggs restait désespérément vide : c'était celle de lady Caroline. Tout comme la jeune aristocrate ignorait tout de la place qu'occupait Rose dans la vie de Frederick, Rose ne se doutait pas le moins du monde que lady Caroline pût jouer un rôle dans celle de son mari. Qu'allaient-elles penser, l'une comme l'autre ? Il n'en savait rien. D'ailleurs il ne savait rien de rien. Ou plutôt si, il savait qu'il avait retrouvé sa femme de la façon la plus inattendue, la plus miraculeuse, la plus imprévisible, la plus... divine. Mais c'était bien tout. Pour le reste, il se sentait complètement dépassé par des événements auxquels il ne comprenait rien. Que faire ? Il ne se sentait pas de taille à faire mieux que suivre le mouvement.

Frederick avala sa soupe en silence. La jeune femme blonde en face de lui semblait dévorée de curiosité. Elle ne le quittait pas un instant de ses grands yeux, si animés et si beaux, et semblait fort bien disposée envers lui. Il sentait bien qu'il aurait dû lui adresser la parole, mais elle était sans doute à mille lieux de se douter qu'il se trouvait dans une situation des plus délicates. Briggs non plus ne desserrait pas les dents. Il avait l'air très mal à l'aise. Pourquoi donc ? Rose ne parlait pas davantage, mais elle n'avait jamais brillé par sa conversation. En revanche son visage rayonnait de joie. Combien de temps faudrait-il attendre lady Caroline ? Il n'en savait rien. Il ne savait rien de rien.

Heureusement, l'homme de belle humeur assis à droite de Mrs Fisher était un véritable moulin à paroles. Il aurait dû être pasteur, songea Frederick. Son éloquence torrentielle n'aurait pas manqué d'en faire un évêque en six mois. À présent il expliquait à ce pauvre Briggs, qui se dandinait gauchement sur sa chaise, combien il était piquant de songer qu'il était sans doute arrivé par le même train qu'Arbuthnot. Comme Briggs, toujours silencieux, avait eu une manière de tortillement qui paraissait indiquer un désaccord, il avait entrepris de lui démontrer, en phrases nettes et bien balancées, qu'il ne pouvait en être autrement.

« Qui est ce monsieur à la voix d'or ? » demanda discrètement Frederick à Rose.

Mais la jeune femme blonde, qui devait avoir l'ouïe fine des animaux sauvages, se hâta de répondre que c'était son mari.

« Dans ce cas, dit Frederick qui retrouvait un terrain plus solide, les règles de l'étiquette devraient vous interdire d'être assise à côté de lui.

— Mais j'en ai envie ! J'aime me trouver à côté de lui. Jamais cela ne m'était arrivé avant de venir ici. »

Ne trouvant rien à répliquer à cela, Frederick sourit aux anges.

« Cet endroit est magique, dit Rose en se penchant vers lui, il vous fait comprendre des choses auxquelles on n'aurait jamais songé auparavant. Vous aussi vous aurez compris bien des choses quand vous repartirez !

— Je l'espère de tout cœur », dit Frederick avec une ferveur non feinte.

On emporta la soupe, et le poisson fut produit. De l'autre côté de la chaise vide, Briggs paraissait de plus en plus mal à l'aise. Peut-être n'aimait-il pas le poisson ?

Frederick se demanda ce que Briggs ferait s'il se trouvait dans sa situation. On pouvait difficilement être plus agité. Frederick passait son temps à essuyer sa moustache et ne levait guère le nez de son assiette, mais son extrême trouble intérieur ne se manifestait d'aucune autre façon.

Même sans lever les yeux, il sentait braqué sur lui le regard inquisiteur de la jeune femme blonde, tout comme celui de Rose qui ne demandait rien, elle. C'était simplement un beau regard caressant, comme une bénédiction. Que se passerait-il quand lady Caroline serait là ? Il n'en savait rien. Il ne savait rien de rien.

Pour la vingtième fois il essuya sa moustache et ne réussit pas à calmer tout à fait l'agitation de sa main droite. Très intriguée par cette main secouée de soubresauts, Rose contempla son vis-à-vis avec une attention plus grande encore. Frederick ne comprenait rien à ce regain d'attention. Rien de rien.

C'est alors que Briggs se leva d'un bond. Que lui arrivait-il donc ? Oh ! Elle était... elle était arrivée enfin.

Frederick essuya sa moustache et se leva à son tour. On « y était », et pour de bon cette fois. Eh bien il ne lui restait plus qu'à suivre un mouvement qui le conduirait inévitablement à une humiliation publique et méritée. Il passerait pour un âne aux yeux de lady Caroline, un âne pervers et menteur qui plus est, une sorte de lourdaud serpent du jardin d'Eden – comment avait-il eu la folie de lui déclarer qu'il avait été poussé à venir la trouver par une force irrésistible ? Quant à ce qui pourrait passer par la tête de Rose quand lady Caroline le présenterait à elle comme un vieil ami qu'elle avait pris la liberté d'inviter à dîner, il préférait ne pas y penser.

La moustache bien essuyée, le regard fixe, le menton tendu, il s'apprêta à laisser l'avalanche l'ensevelir.

Mais c'était compter sans lady Caroline.

La jeune aristocrate ne manquait ni d'expérience ni de sang froid, et lorsqu'elle eut pris place sur la chaise que Briggs avait avancé pour elle, et que Lotty eut pris tout le monde de vitesse en s'écriant « Vous voyez, Caroline, le mari de Rose a battu tous les records de vitesse ! », elle se tourna vers lui sans manifester la moindre surprise et lui tendit la main avec un sourire angélique :

« Comment ai-je pu être en retard le soir de votre arrivée ? »

Ah, la fille des Droitwich...

CHAPITRE VINGT-DEUX.

Ce soir était un soir de pleine lune. Le jardin semblait rempli de fleurs blanches. Tout était devenu blanc et diaphane : lys, lauriers, fleurs d'orangers, giroflées, œillets, roses — seuls leurs parfums entêtants rappelaient le chatoiement de leurs couleurs.

Les trois jeunes femmes étaient assises sur le muret au fond du jardin, Rose un peu à part, et regardaient l'énorme lune passer lentement au-dessus du lieu où Shelley avait vécu ses derniers mois il y avait exactement cent ans. La mer frémissait sous la lune. Les étoiles tremblaient et clignotaient. Au loin les montagnes étaient couvertes d'une brume bleutée que perçaient par places de minuscules grappes de lumière à l'endroit des villages. Dans le jardin, pas un souffle de vent n'agitait arbres et fleurs. Par les fenêtres de la salle à manger on apercevait la table éclairée de bougies, les bouquets débordants des corbeilles — bouquets de capucines et de soucis, ce soir-là —, et les mouvements des trois hommes qui fumaient dans la pièce paraissaient incompréhensibles depuis le silence et la fraîcheur du jardin.

Mrs Fisher s'était retirée au salon pour se réchauffer. Lady Caroline et Lotty, les yeux levés vers le ciel, murmuraient de rares mots extasiés. Rose ne disait rien. Elle aussi avait les yeux levés, mais vers le pin parasol qui se détachait sur un fond d'étoiles. De temps à autre lady Caroline arrêtait son regard sur Rose. Lotty non plus ne pouvait s'en empêcher. Rose était devenue si jolie. En cet instant elle aurait damé le pion aux plus célèbres beautés du monde entier. Elle était ce soir-là si rayonnante que rien ni personne n'aurait pu lui faire de l'ombre.

Lotty se pencha à l'oreille de lady Caroline et murmura : « l'amour... »

Lady Caroline fit oui oui de la tête.

Elle était bien forcée de le reconnaître. Il suffisait de voir Rose pour comprendre ce que c'était que l'amour.

« C'est la plus belle chose du monde », murmura Lotty.

Lady Caroline continuait de se taire.

« Aucune force au monde n'est capable de pareils miracles, reprit Lotty après un instant. Retrouver un amour qu'on croyait perdu, pouvez-vous rien imaginer de plus merveilleux ? »

Lady Caroline n'en savait rien, et de toute façon

elle n'avait aucune envie de discuter. Cette nuit n'était pas faite pour les discussions, elle était faite pour... (Elle essaya de reprendre ses esprits)... l'amour ! Il n'y avait décidément pas moyen d'y échapper. Elle n'était venue jusqu'à San Salvatore que pour le fuir, et voici qu'il l'entourait de toutes parts. Même Mrs Fisher semblait avoir été touchée par une petite plume de l'aile d'Eros — pendant le dîner elle s'inquiétait sans cesse de l'appétit de Mr Briggs et tournait vers lui un visage tout maternel.

Lady Caroline arrêta son regard sur le pin parasol, immobile sous les étoiles. De la beauté naissait l'amour, et de l'amour la beauté...

Elle se serra dans son châle en un geste de défense et de défiance à la fois. Non, elle refusait de toutes ses forces de sombrer dans la sentimentalité débridée. Difficile cependant de résister à la tentation quand la nuit s'insinuait en soi par tous les pores de la peau, apportant avec elle, qu'on le voulût ou non, des sentiments et des pensées incontrôlables, graves et terribles, qui touchaient à la mort et au temps perdu, des pensées bouleversantes, magnifiques et dérisoires, qui la terrorisaient et la séduisaient à la fois. Son cœur battait très fort. Elle se sentait minuscule, perdue dans le vaste univers, et terriblement seule. Sans protection, sans défense... D'instinct, elle resserra son châle autour de ses épaules, comme si le mince morceau de tissu pouvait la réchauffer au milieu des déserts glacés de l'éternité.

« Je suppose, murmura Lotty, que le mari de Rose vous paraît un homme bien commun, avec son éternelle bonne humeur. Il existe tant d'hommes de quarante ans bâtis sur son modèle... »

Lady Caroline eut du mal à détacher les yeux du pin parasol pour les fixer sur Lotty.

« Des hommes un peu enveloppés, toujours un peu rouges », ajouta Lotty.

Lady Caroline opina du bonnet.

« Eh bien ce n'est pas vrai, souffla Lotty. Rose voit plus loin que tout cela. Ce ne sont que des oripeaux sans importance. L'amour sait lui faire voir, au-delà d'eux, un personnage qui nous échappe. »

L'amour, toujours l'amour.

Lady Caroline se leva et, toujours enveloppée dans les plis de son châle, se retira derrière les lauriers jusqu'à la cachette où elle s'abritait tout le jour. Là elle s'assit sur le muret et contempla la mer où le soleil s'était abîmé, la mer qui s'étendait, très loin là-bas dans la brume, jusqu'aux côtes françaises.

Oui, l'Amour était un grand faiseur de miracles, et Mr Arundel — elle n'arrivait pas à se faire à cet autre nom si bizarre —, en apportait la preuve éclatante. Mais ses miracles avaient parfois quelque chose de satanique, les miraculés ne devenant pas tous nécessairement des saints et des anges, loin de là. Toute sa vie elle avait été la victime de ce miracle à rebours. Si seulement il ne s'était pas produit, ou s'il avait gardé un caractère, comment dire, raisonnable, modéré, peut-être serait-elle devenue quelqu'un de bien : un être humain généreux, aimable et simple. Au lieu de cela, qu'avait fait d'elle cet amour que Lotty portait au pinacle ? Rien qu'une vieille fille amère, gâtée, égoïste et soupçonneuse.

La porte-fenêtre s'ouvrit, et les trois hommes passèrent au jardin. Lady Caroline reconnut très bien la belle voix grave de Mr Wilkins qui paraissait faire à lui seul tous les frais de la conversation.

Peut-être devrait-elle retourner auprès de Rose et de Lotty. Ce serait ennuyeux de se trouver coincée dans ce cul-de-sac avec l'entreprenant Mr Briggs.

Elle se leva donc, mais à contrecœur. Ce Briggs était vraiment impardonnable de l'obliger à errer comme une âme en peine. Quand elle sortit du bosquet de lauriers, elle eut l'impression de porter sur son visage une telle rage froide que Mr Briggs, si pour son malheur il devait la croiser, en aurait été frappé de crainte et de tremblement pour le restant de ses jours. Mais elle savait par expérience que ses colères, ses dégoûts et ses rages étaient imperceptibles pour le reste du monde. Pendant le dîner, Mr Briggs n'avait cessé de trembler, de rougir puis de pâlir en rapide succession, et avait manqué cent fois de renverser son verre ou son couteau au point que Mrs Fisher avait cherché des yeux lady Caroline comme pour lui demander de pardonner à un fils unique, seule joie et consolation de ses vieux jours.

Comment un être humain, fait à l'image et ressemblance de Dieu, pouvait-il se comporter de façon aussi ridicule ? Ce jeune homme devait pourtant être capable de grandes choses. Il était jeune, beau, intelligent. Oui, intelligent. Pendant le repas, elle avait écouté attentivement les réponses distraites qu'il faisait aux mille questions dont le pressait Mrs Fisher, et l'esprit ne lui manquait certes pas. Il n'était pas non plus dépourvu de caractère — sa tête avait quelque chose d'évidemment noble, noble et généreux. Pourquoi fallait-il mon Dieu qu'il perdît son temps, sa tête et sa tranquillité d'esprit pour des histoires de femme. Si seulement il pouvait voir quelle femme elle était réellement sous son enveloppe charnelle et charmeuse, il serait guéri de sa passion pour longtemps et elle pourrait tranquillement profiter de la beauté de cette nuit.

Au sortir du bosquet, ce fut Frederick qu'elle rencontra. Il avait l'air très, très pressé.

« Il fallait absolument que je vous voie seul à seule, dit-il tout essouflé. Je ne suis pas digne de baiser vos chaussures, mais je vous supplie de m'y autoriser...

— En êtes-vous sûr ? répondit lady Caroline avec un doux sourire. Dans ce cas j'aurais dû mettre mes souliers neufs. Ceux-ci ne méritent pas cet excès d'honneur. »

Elle se sentait envers Frederick la femme la mieux disposée du monde depuis qu'il ne représentait plus un danger pour sa tranquillité. Il n'avait pas joué bien longtemps les amoureux transis et était vite redevenu ce qu'il n'aurait jamais dû cessé d'être : un homme charmant, avec lequel on avait plaisir à bavarder. Elle se sentait beaucoup d'affection pour lui. À ce qu'il lui semblait comprendre, il s'était mis dans une situation impossible, et elle était très reconnaissante à Lotty de l'avoir empêchée de compliquer les choses davantage en prononçant des paroles irréparables. Dieu merci tout cela n'était plus qu'un mauvais souvenir, et il suffisait de voir le visage rayonnant de Rose pour être pleinement rassuré sur l'état de son mariage.

« Dorénavant je me proclame *urbi et orbi* votre très humble adorateur », dit Frederick.

Lady Caroline sourit.

« En êtes-vous bien sûr ?

— J'adorais passionnément votre beauté. À présent je sais que vous n'êtes pas seulement belle comme on ne l'est qu'en rêve, mais que vous savez vous montrer loyale aussi bien qu'un homme. »

Lady Caroline ne put s'empêcher de rire.

« N'exagérez-vous point mes mérites ?

— Nullement, je vous l'assure. Lorsque cette jeune femme impétueuse — Dieu bénisse son impétuosité ! —, vous a révélé *in extremis* que j'étais le mari de Rose, vous vous êtes comportée exactement comme l'aurait fait le meilleur des amis.

« Ah oui ? dit lady Caroline, sa fossette merveilleusement plissée.

— Une femme qui ait la loyauté d'un homme... que rêver de plus beau ?

— Croyez-vous ? » sourit rêveusement lady Caroline.

Le compliment était flatteur, trop flatteur. Si seulement elle était ainsi...

« Voilà pourquoi je ne désire rien tant que baiser vos chaussures.

— Peut-être cela suffira-t-il », dit-elle en lui tendant la main.

Il baisa celle-ci avec transport et, toujours pressé, reprit son chemin.

« Dieu vous bénisse ! lança-t-il en s'éloignant.

— Et vos bagages ? demanda lady Caroline.

— Oh mon Dieu... J'avais oublié. Ils sont à la gare.

— Je vais les faire chercher. »

Et il disparut dans les fourrés tandis qu'elle rentrait donner les ordres nécessaires. C'est ainsi que pour la deuxième fois de la soirée Domenico dut repartir pour Mezzago, ce qui ne laissa pas de le plonger dans un abîme de réflexions.

Lady Caroline, elle, après avoir pourvu autant qu'il était en son pouvoir au confort des tourtereaux retrouvés, revint au jardin. L'amour semblait apporter à tout un chacun le bonheur parfait, sauf à elle. Tout le monde était amoureux à San Salvatore, à une unique exception. Pauvre Mr Briggs ! Pourquoi avait-il fallu qu'il se lançât dans un grand amour aussi désespéré que ridicule. Bien sûr il partait le lendemain, mais cela ne suffirait probablement pas à le guérir.

Quand elle rejoignit les autres, Mr Arundel —

elle oubliait toujours que ce n'était pas son vrai nom — avait déjà rejoint Rose et l'avait entraînée dans l'intimité du petit jardin. Ils devaient avoir bien des choses à se dire. Visiblement ils avaient depuis longtemps un problème qu'ils venaient tout juste de résoudre. L'enchantement de San Salvatore, dirait Lotty... Et lady Caroline ne pouvait que croire à cet enchantement. Jamais elle n'avait été aussi heureuse. Le seul qui quitterait le *castello* malheureux serait le pauvre Briggs.

Pauvre, pauvre garçon... Il avait l'air beaucoup trop gentil et trop jeune pour ne pas mériter lui aussi sa part de bonheur. Comment le propriétaire du château, et donc en fin de compte le responsable de tout ce qui leur arrivait, pouvait-il être ainsi laissé pour compte ?

Lady Caroline se sentit envahie de remords. Quelles journées merveilleuses elle avait passées dans cette maison ! Elle avait adoré le jardin, les fleurs, les paysages, et n'avait eu que le souci de son confort et de son repos. De toute son existence, elle n'avait connu de moments aussi tranquilles, aussi sereins, et tout cela grâce à lui. Certes elle lui avait payé pour cela une somme dérisoire, mais à quoi bon en parler ? Et n'était-ce pas grâce à lui qu'elle avait connu Lotty ? Sans lui il aurait été impossible qu'elles se rencontrassent jamais.

Le remords réchauffa le cœur de lady Caroline qui se sentit pleine d'une gratitude infinie. Au lieu de l'éviter, elle se dirigea droit sur Mr Briggs.

« Je vous dois tant ! », dit-elle, et elle passa en

revue tout ce dont elle lui était redevable, honteuse et confuse de s'être montrée si désagréable avec lui pendant l'après-midi et le dîner. Bien sûr, il ne s'en était pas aperçu, tant elle savait dissimuler sa mauvaiseté sous la plus séduisante apparence. Désagréable. Il y avait des années qu'elle était désagréable avec tout le monde. Quiconque saurait la percer à jour verrait qu'elle n'était qu'une vieille fille amère, gâtée, égoïste et soupçonneuse.

« Je vous dois tant de choses », répéta-t-elle.

Lady Caroline prononça les mots sacramentels dans un esprit d'humilité et de contrition parfaite.

Le jeune homme n'y comprit rien.

« Vous... me devoir quelque chose... Mais c'est moi qui... que... qui vous dois... tout ! » bredouilla-t-il.

Dans ce jardin enchanté, aucune fleur n'était plus diaphane que lady Caroline.

« Je vous en prie. Comment pouvez-vous imaginer que vous me deviez quoi que ce soit ?

— Oh, lady Caroline... mais c'est à vous que je dois d'avoir vu pour la première fois...

— Pour l'amour du ciel ne vous rabaissez pas. Vous n'avez nulle raison d'être humble. C'est ridicule. Vous valez mille fois mieux que moi. »

« Voilà bien de l'imprudence ! », songea Mr Wilkins tandis que Lotty s'asseyait sur le mur. Il était surpris, inquiet, choqué de voir lady Caroline encourager ainsi Mr Briggs. « Très, très imprudent » se répéta-t-il en secouant tristement la tête.

Briggs avait atteint un tel degré de folie qu'il ne restait plus qu'à le repousser avec fermeté. Pas de demi mesures ! Une amabilité trompeuse ne pourrait qu'accroître la confusion du malheureux jeune homme. Non, la fille des Droitwich ne pouvait pas, il en était sûr et certain, encourager les agissements d'un Mr Briggs. Son nom seul aurait dû l'en empêcher : Briggs ! Sans doute lady Caroline ne se rendait-elle pas compte que dans sa bouche les mots les plus ordinaires paraissaient — mais si —, des encouragements. Et les mots qu'elle avait prononcés n'avaient rien eu d'ordinaire, c'était le moins qu'on en pût dire. Elle avait négligé de les peser au trébuchet de la sagesse wilkinsienne, et, plus que jamais, avait maintenant besoin des conseils d'un homme de bon sens. Comment pouvait-elle ainsi se jeter pratiquement aux pieds de Briggs ? S'il était nécessaire de remercier Briggs pour les vacances merveilleuses qu'ils avaient passées chez lui, il convenait de le faire sans excès. En tout cas, ce n'était pas à lady Caroline de s'en charger. Lui-même avait commencé à préparer mentalement un compliment de sa façon, où il se serait fait l'écho de la gratitude de tous les invités. Il se proposait de le prononcer le lendemain matin au moment du départ, comme il convenait, et fut donc aussi choqué qu'étonné d'entendre lady Caroline commencer à le remercier dans le jardin, au clair de lune, et alors que le jeune homme était visiblement très épris d'elle.

Aussi Mr Wilkins se hâta-t-il d'apporter à cette

embarassante situation le correctif de son tact exquis et tout professionnel :

« C'est à bon droit, cher Mr Briggs, que l'on vous remercie. Je vous prie de me laisser ajouter ma gratitude, ainsi que celle de Mrs Wilkins, à celle que vient de vous exprimer lady Caroline. Nous aurions dû porter un toast en votre honneur, ce soir. Sans aucun doute aurions-nous dû aussi... »

Mais Briggs n'avait cure de son éloquence fleurie. Il continuait de regarder lady Caroline comme s'il n'avait jamais eu de femme en face de lui. Lady Caroline non plus ne lui prêtait aucune attention. Elle avait toujours ce drôle d'air qui pouvait donner des idées fausses, paraître encourager, solliciter... Comme c'était imprudent. Imprudent, c'était le mot !

Lotty, en revanche, ne faisait que trop attention à lui. En cet instant où lady Caroline avait tant besoin de protection, la voilà qui descendait de son mur pour passer son bras sous le sien et l'entraîner Dieu savait où.

« J'ai quelque chose à vous dire, Mellersh, dit Lotty.

— Pas maintenant ! dit Mr Wilkins en la repoussant sans grand ménagement.

— Mais si », dit Lotty en l'entraînant.

Il ne la suivit qu'avec la plus extrême répugnance. Dieu du ciel, il n'était que temps de tenir à Briggs la rène courte !

« Eh bien ? » demanda-t-il impatiemment tandis qu'ils se dirigeaient vers la maison.

On ne pouvait pas abandonner lady Caroline dans une situation aussi délicate.

« Lady Caroline se débrouille très bien toute seule, le rassura Lotty comme s'il avait parlé tout haut.

— Détrompez-vous. Ce jeune Briggs est vraiment...

— Bien sûr. Et alors ? Allons retrouver Mrs Fisher. Elle n'a personne à qui parler.

— Il est hors de question de laisser lady Caroline seule au jardin, dit Mr Wilkins en tentant de se dégager.

— Ne soyez pas absurde, Mellersh. Elle n'est pas seule. Et puis j'ai vraiment quelque chose à vous dire.

— Eh bien dites-le !

— Quand nous serons à l'intérieur. »

Avec une répugnance qui croissait à chaque pas Mr Wilkins dut s'éloigner de plus en plus de lady Caroline. Il avait confiance en sa femme à présent, mais en la circonstance il trouvait qu'elle commettait une terrible erreur de jugement. Mrs Fisher était bien au salon, près d'un bon feu, et en temps ordinaire Mr Wilkins aurait été très heureux de se trouver au chaud dans une pièce bien close plutôt que dans un jardin baigné de lune. Mais lady Caroline ?

Mrs Fisher, les mains croisées dans son giron, regardait fixement le feu. La lampe était commodément disposée pour la lecture, mais elle n'avait pas envie de lire. Ses grands et chers amis disparus, ce soir, elle n'avait pas envie de les lire. Il lui semblait qu'ils ne faisaient que se répéter, qu'elle n'en tirerait plus rien de nouveau. Sans doute étaient-ils mille fois plus profonds que les écrivains d'aujourd'hui, mais enfin ils étaient morts. Que pouvait-on en attendre ? Elle se sentait un goût nouveau pour les vivants, et une sorte de dégoût pour tout ce qui était fossilisé, achevé, fini. Si seulement elle avait eu un fils comme ce cher Mr Briggs, toujours plein d'attentions charmantes, qui se serait occupé d'elle et l'aurait entourée de son affection...

L'expression de son visage donna à Mrs Wilkins un petit pincement au cœur. « La pauvre chère amie », songea-t-elle. Elle était seule comme tous ceux qui, ayant épuisé le temps qui leur avait été imparti sur terre, ne sont plus là qu'en surnombre, seule comme une vieille femme sans enfants ni amis. Il semblait que les mortels ne pouvaient être heureux que par deux, par paires — n'importe quelles paires, pas nécessairement des paires d'amants mais des paires d'amis, de mères et d'enfants, de frères et de sœurs —, et Mrs Fisher n'avait évidemment pas de quoi composer une paire de quoi que ce fût.

Mrs Wilkins se dit qu'un baiser ne lui ferait pas de mal. Le baiser de cet après-midi n'avait pas mal réussi. Elle avait bien senti que Mrs Fisher était contente. Elle alla donc l'embrasser à nouveau en déclarant joyeusement :

« Nous voici ! » — ce dont Mrs Fisher aurait pu se rendre compte par elle-même.

Mais cette fois Mrs Fisher tint la joue de Mrs Wilkins serrée contre la sienne — elle aimait trop sentir cette chaleur, cette affection, ce sang qui battait. Et puis, avec cette Lotty qui faisait elle-même des choses si bizarres, elle était certaine de ne pas être embarrassée par une réaction de surprise.

Mrs Wilkins n'était pas le moins du monde surprise. Elle était ravie.

« Nous serons une paire d'amies » pensa-t-elle en un éclair. « C'est moi, moi seule, qui serai sa meilleure amie ! »

Lorsqu'elle releva la tête elle riait de bonheur. Vraiment San Salvatore était un laboratoire de sentiments unique au monde. Mrs Fisher et elle... mais elle les *voyait* déjà devenir les meilleures amies du monde !

« Où sont les autres ? demanda Mrs Fisher.

— Merci ma chère », ajouta-t-elle lorsque Mrs Wilkins avança un petit tabouret dont ses jambes un peu courtes, et toujours lourdes, avaient bien besoin.

« Je me vois très bien apporter des petits tabourets à Mrs Fisher... » songeait Mrs Wilkins.

« Mr et Mrs Rose sont partis au jardin, dit-elle en se redressant. Je crois qu'ils avaient des choses tendres à se dire.

— Mr Rose ?

— Ou Mrs Frederick ! Comment les distinguer l'un de l'autre maintenant ?

— En ce cas ma chère, dites plutôt les Arbuthnot, intervint Mr Wilkins.

— Très bien, Mellersh... Va pour les Arbuthnot. Quant à Mr Caroline... »

Mr Wilkins et Mrs Fisher tressaillirent ensemble, Mr Wilkins davantage que Mrs Fisher — lui qui était pourtant si maître de ses nerfs, et si fier de l'être. Pour la première fois depuis son arrivée il était en colère après sa femme.

« Vraiment... commença-t-il tout étranglé d'indignation.

— Très bien, alors Mr et Mrs Briggs...

— Quoi ! »

Mr Wilkins était maintenant au comble de la fureur. C'était une insulte inqualifiable à tous les Dester passés, présents et à venir — on pouvait discuter pour savoir si les enfants à naître pouvaient ressentir l'injure, mais tout de même...

« Vraiment...

— Je suis désolée, Mellersh, dit Mrs Wilkins. Tu ne trouves pas cela charmant ?

— Charmant ? As-tu perdu tout bon sens ? Ils ne s'étaient jamais rencontrés avant aujourd'hui.

— C'est tout à fait vrai. Ils ont beaucoup de temps à rattraper.

— À rattraper ? »

Mr Wilkins était trop secoué pour faire autre chose que répéter ces mots presque obscènes.

« Je suis désolée, désolée, Mellersh... »

Ses yeux gris brillaient, et tout son visage irradiait cette rayonnante force de conviction qui avait tant surpris Rose la première fois qu'elle l'avait rencontrée.

« À quoi bon nous disputer ? À votre place j'abandonnerais un combat inégal car… »

Elle s'arrêta et contempla les deux visages alarmés et solennels à la fois. Un fou rire inextinguible montait en elle.

« … si mes yeux ne me trompent pas ils ont l'air d'être déjà devenus Mr et Mrs Briggs ! »

Cette dernière semaine de San Salvatore fut celle des seringas et des acacias. Nul n'avait remarqué qu'il y avait tant d'acacias au jardin avant qu'ils aient entièrement remplacé les glycines, emplissant l'air de leur parfum délicat. Rien que de rester allongé sous un acacia à regarder le ciel à travers ses branches menues, ses feuilles fragiles et ses fleurs si blanches, à respirer le parfum qui se répandait au moindre souffle de vent, on était au comble de la félicité. Peu à peu le jardin tout entier s'était habillé de blanc, et les parfums s'étaient faits plus entêtants. Il y eut d'abord les lys, plus vigoureux que jamais, puis les giroflées blanches, les œillets et les banksias blancs, les seringas et les jasmins, enfin, comme le bouquet final de ce feu d'artifice, la splendeur des acacias. Le premier mai, lorsque chacun rentra chez soi, on sentait encore le parfum des acacias très loin au delà de la grille de fer forgé, au pied de la colline et jusque dans le village.

ACHEVÉ D'IMPRIMER SUR LES PRESSES
DE L'IMPRIMERIE DARANTIERE
À DIJON-QUETIGNY
EN JANVIER 1990.

Imprimé en France
Dépôt légal : 1er trimestre 1990.
I.S.B.N. : 2-905899-13-1.
Numéro d'éditeur : 90-011 / Numéro d'imprimeur : 193